SAUERLÄNDER

Tobias Elsäßer, geboren 1973, arbeitet als freier Journalist, Autor und Musiker. Darüber hinaus leitet er Schreibwerkstätten und Songwriter-Workshops und schreibt Drehbücher. Bisher erschienen von ihm die Romane *Boygroup, Ab ins Paradies, Abspringen* (Kranichsteiner Literaturstipendium vom Deutschen Literaturfonds und dem Arbeitskreis für Jugendliteratur), *Für Niemand* (Auswahlliste »Die besten 7«, Deutschlandradio), *Wie ich einmal fast berühmt wurde* (Auswahlliste »Die besten 7«, Deutschlandradio), der Thriller *One* (Jugendliteraturpreis »Goldene Leslie«, Nominierung) sowie die Kinderbuch-Trilogie *Linus Lindbergh* (Bayern 2 Favoriten-Gütesiegel).

Weitere Informationen zum Kinder- und Jugendbuchprogramm, auch zu E-Book-Ausgaben, gibt es bei www.blubberfische.de und www.fischerverlage.de

Tobias Elsäßer

ZWISCHENLANDUNG

SAUERLÄNDER

Erschienen bei FISCHER-Sauerländer

Umschlaggestaltung: init Kommunikationsdesign, Bad Oeynhausen,
unter Verwendung einer Abbildung von Plainpicture/Johann Caspersen
Lektorat: Regine Teufel
Satz: Pinkuin Satz und Datentechnik, Berlin
Druck und Bindung: CPI books GmbH, Leck
Printed in Germany
ISBN 978-3-7373-5113-3

Die im Wachen träumen, haben Kenntnis
von tausend Dingen, die jenen verborgen bleiben,
die nur im Schlaf träumen.

Alfred Otto Wolfgang Schulze

Für Frederic und Katrin.

Freunde sind die besten Lotsen
in einer chaotischen Welt.

ERSTER TEIL

Prolog

Ein Taucher. Ein Golfball. Ein Mädchen.

Und die große Chance.

GREGOR

In wenigen Minuten würde ich sterben, halb sterben, aber das wusste ich nicht. Niemand weiß, wann er stirbt, wenn er nicht selbst die Finger im Spiel hat oder in die Mündung einer Pistole blickt. Deshalb kletterte ich gut gelaunt vom Traktor, versicherte Bauer Johannson, unsere Angelegenheit weiterhin vertraulich zu behandeln, und schleppte mein Zeug hinunter zum See.

Ein warmer Ostwind blies mir ins Gesicht, eine Schar Enten setzte zur Notlandung an. Die Wasseroberfläche explodierte unter den kurzen harten Schlägen ihrer Flossen. Ein Schwan auf Nahrungssuche taumelte kopfüber in der Seemitte. Aufgeschreckt durch den Lärm, kippte er nach oben und gab den Ankömmlingen zu verstehen, dass sie soeben fremdes Territorium betreten hatten.

»Respekt!«, schien er zu schnattern. »Respekt!«

In der Natur gibt es nur Freund oder Feind, kein Dazwischen. Niemand muss sich verstellen, niemand muss ein anderer sein als er selbst.

Samstags bei Sonnenschein ist viel los auf dem Golfplatz, das machte meinen Job nicht ganz ungefährlich. Aber ich wollte mein Taschengeld in Sicherheit bringen, bevor es vom angekündigten Unwetter in die Kanalisation gespült wurde. Lustlos schlüpfte ich in meinen stinkenden Neoprenanzug. Außentemperatur achtundzwanzig Komma neun Grad, Luftfeuchtigkeit fünfundachtzig Prozent. Willkommen in den Tropen.

Konstantin oder Konsi, wie wir ihn nannten, hatte angekündigt, zur End-of-Summer-Party am Abend etwas »Besonderes« mitzubringen. »Besonderes« hieß, besonders teuer, exklusiv, nicht für jedermann, und das gefiel mir. In einer Ortschaft mit achthundertneununddreißig Einwohnern, drei Kneipen und diversen gut getarnten Freaks waren Feste und Partys die einzige Möglichkeit, seinen Geist unverdächtig in alle Richtungen zu öffnen.

Um exakt 15.31 Uhr ging ich unter Wasser. Die Fische hatten sich im löchrigen Schatten der Trauerweide versammelt. Vielleicht tauschten sie den letzten Tratsch aus. Angeln war hier verboten. Folglich würden sie eines natürlichen Todes sterben. Ich wollte mir den Schilfgürtel am östlichen Rand vornehmen. Dort war das Wasser nicht allzu tief, angenehm temperiert, und ich konnte fürs Erste mit Schnorchel tauchen.

Innerhalb weniger Minuten hatte ich acht Golfbälle beisammen. Wenn das so weiterging, würde ich unseren Rekord brechen. Und das alleine. Ich brauchte den größeren Köcher, also tauchte ich auf und schwamm zurück zum Steg auf der gegenüberliegenden Seite. Oben, an Loch achtzehn, sah ich zwei Gestalten. Ich setzte die beschlagene Taucherbrille ab, nahm meine Ray-Ban-Sonnenbrille aus dem Rucksack und musste lächeln, als ich durch die verspiegelten Gläser blickte. Auf dem Hügel stand Mira. Die langen roten Locken züngelten im Wind wie lodernde Flammen. Sie würde nie verstehen, wie schön sie war. Sie war die Sehenswürdigkeit in einem Dorf ohne Sehenswürdigkeiten. Aber das war ihr egal, und gerade das machte sie noch attraktiver.

Ihre Stimme wurde gedämpft herübergetragen. Sie gab dem Spieler Tipps. Nach Golfbällen zu tauchen war ein außergewöhnlicher Nebenjob. Miras Geldquelle war ähnlich ungewöhnlich. Sie arbeitete als Caddy für Leute mit richtig viel Kohle. Ein aussterbender Beruf. Caddys, die Sklaven der Reichen, müssen den Platz und seine Eigenheiten kennen, das passende Eisen reichen und die entsprechenden Tipps geben. Groß, schlank und schön zu sein wie Mira war nicht von Nachteil, wollte man ein gutes Trinkgeld einstreichen. Für mich wäre der Job nichts gewesen. Ich hasste es zu buckeln, nur weil jemand Geld hat.

Jedenfalls stand Mira da, aufrecht, die Fahne von Loch 18 in der Hand wie eine mittelalterliche Freiheitskämpferin, eine Jeanne d'Arc, die ihre Macht noch nicht kannte. Sie schien mich nicht zu bemerken oder sie ignorierte mich, weil sie mich für einen hirnlosen Idioten hielt, der außer Mädchen, Partys und Geld nicht viel im Kopf hatte.

Ich wandte den Blick wieder ab, begutachtete die Beute in meinem Köcher und zuckte zusammen. Manche Menschen glauben an Zufälle, andere an Schicksal. Bis zu dem Tag wusste ich nicht, zu welcher Seite ich gehörte. Doch als ich den silbernen Ring zwischen den Fingern drehte, mit Spucke vom Schmutz befreite und die Initialen las, war mir klar, dass es keine Zufälle gab. Alles war vorbestimmt. Jeder Moment, jedes Lächeln, jeder Gedanke. Ich hielt den Atem an, wollte mich beherrschen, ruhig bleiben, aber mein ganzer Körper fing an zu zittern. Das hier war ein Märchen für einen Menschen, der nicht an Märchen glaubte. Das hier war eine, nein, *meine* dritte Chance, ein Wink des Schicksals, es noch ein letztes Mal zu versuchen. Der große Tag war gekommen.

Ich schaute zu Mira.

Ich schaute auf den Ring.

Ich wusste, dass es kein Zurück mehr gab.

Entweder das hier war der Auftakt zur kitschigsten Liebesgeschichte seit *Titanic* oder der traurige Schlusspunkt nach mehreren Jahren im Trainingscamp für unglücklich Verliebte. In Gedanken hörte ich einen Countdown.

Drei.

Zwei.

Eins.

Noch vor der Null nahm ich all meinen Mut zusammen, hielt den Ring in die Luft, ließ die Flossen an meinen Füßen und watschelte über den Steg zurück zum Ufer, was mit Sicherheit richtig dämlich aussah. Es war ein Wunder, dass ich nicht stolperte. Hinter dem Ufer, getrennt durch einen schmalen Grünstreifen, breitete sich der Sandbunker aus. Ich winkte Mira zu und hielt den Ring in die Luft, was sie aus der Entfernung unmöglich erkennen konnte. Mir ging so vieles durch den Kopf. Erinnerungen zogen im Schnelldurchlauf an mir vorüber. Ich surfte auf meiner Timeline vor und zurück.

Ja, verdammt!

Das hier war meine dritte Chance.

Ein Wink des Schicksals.

Die große Prüfung.

Mira ignorierte mich. Das hatte ich erwartet, also brüllte ich ihren Kosenamen quer über das Grün. »Mimi!«, rief ich wie früher, als wir noch jeden Tag zusammen verbracht hatten. »Hab ’ne Überraschung für dich.«

Sie reagierte nicht – zumindest nicht so, wie ich es mir erhofft hatte. Sie zeigte mir den Vogel und schüttelte energisch den Kopf. Mein Auftritt war ihr peinlich. Schließlich war das hier das Finale ihres übergewichtigen Kunden. So kurz vor dem Ziel wäre es dumm gewesen, sich ein ordentliches Trinkgeld zu verscherzen. Sie dachte, ich würde mal wieder den Clown spielen. Ich kannte sie gut genug – und meine beschissene Rolle ebenso, in der ich mich verfahren hatte. Mira konnte ja nicht ahnen, welchen Schatz ich da in meiner Hand hielt.

Es war windstill. Nur das Dauerfeuer der Driving-Range-Abschläge hinter dem Tannenwäldchen war zu hören. Die Zeit dehnte sich in die Unendlichkeit.

Plötzlich spürte ich einen stechenden Schmerz an meinem rechten Knöchel, oder war es ein Stich, vielleicht auch ein Biss? Schließlich gab es ja Schlangen. Vor allem Ringelnattern. Eine harmlose Spezies, wie mir mein Vater, der Naturexperte, versichert hatte. Jedenfalls zog mir der Schmerz das Bein weg. Ich kippte in den Sand. Jetzt sah ich garantiert aus wie ein paniertes Schnitzel – und mein Knöchel brannte höllisch.

Ich wischte meine Brille frei und lächelte: Mira kam vom Berg der Unerreichbarkeit heruntergeschritten. Sie wusste wirklich nicht, wie elegant, wie schön sie war. Es war ihr egal. Sie machte sich nichts aus Äußerlichkeiten und war dennoch immer perfekt angezogen. Sie war immun gegen flüchtige Trends, iPhones und Tablets und den ganzen anderen Kram, und dennoch oder gerade deshalb wurde sie bewundert und nicht geächtet. Sie hatte das Zeug zur Anführerin, das hatte sie schon als Kind bewiesen.

Ich blieb liegen, den Ring eingeschlossen in meiner Faust. Das Herz kurz vor der Explosion. Sie stand jetzt über mir. Das Haar leuchtend rot in der Sonne. Das Gesicht in kitschig vollendeter Schönheit und so unerreichbar wie der Himmel selbst.

»Was ist los mit dir?«, fragte sie. »Musst du immer so 'ne Show abziehen?«

»Ich …«, krächzte ich. Plötzlich war meine Stimme weg. Das passierte nur bei Mira oder in Mathe, wenn ich von Dr. Rothfuß an der Tafel gedemütigt wurde.

Sie war wütend. Die Sommersprossen in ihrem blassen Gesicht, ein neu entdecktes Sternbild. Ich fotografierte den Anblick, während der Neoprenanzug auf meiner Haut zu kochen anfing und ich darunter verbrannte.

»Warum brüllst du rum wie ein Irrer?«, fragte sie.

»Ich …«, setzte ich erneut an, während sich die Gedanken in meinem Kopf zu einer meterhohen Welle auftürmten, die mich komplett lähmte. Es war, als würde ich versuchen, die ganzen letzten Jahre in einen einzigen Satz zu packen.

Reiß dich verdammt nochmal zusammen! Sag ihr, was du gefunden hast. Sag ihr, dass du ein Date willst. Und gib ihr verdammt nochmal den Ring!

Es ging nicht. Da war eine Schranke, eine unüberwindbare Grenze. Da waren die Bilder ihrer unterbelichteten Exfreunde. Da war ihr Kopfschütteln, wenn ich auf dem Schulhof den Entertainer spielte. Da waren das Stechen in der Brust und der freie Fall, wie damals nach unserem ersten und einzigen Kuss, der mich komplett aus meiner Umlaufbahn geschossen hatte.

Der Ring! Gib ihr verdammt nochmal den Ring, und hör endlich auf mit dem Gesülze!

Ich fing mich wieder. Kam wieder in die Spur.

Ich war ein mittelmäßiger Schauspieler. Ich war Durchschnitt und sie über alle Maßen perfekt. Ich dachte an die

Reise, an meinen großen Traum, und überlegte, ob ich meine Chancen erhöhen würde, wenn ich ihr den Ring erst nach dem Abi gab. Ich hatte den Etappensieg in der Tasche und setzte auf volles Risiko.

Ich war ein Vollidiot!

Ich räusperte mich.

»Bist du heut Abend auch auf der Party?«, fragte ich.

»Von Helena?« Mira schaute mich entgeistert an. »Wie kommst du denn darauf?«

»Schade«, sagte ich, obwohl das klar gewesen war. Mira und Helena. Feuer und Wasser.

»Und deshalb hast du so rumgeschrien? Um mich das zu fragen? Ist das dein Ernst?« Sie schüttelte ungläubig den Kopf. »Was ist bloß los mit dir, verdammt! Kannst du nicht ein Mal normal sein?«

»Warte«, sagte ich. »Bitte, bitte geh nicht.« Ich änderte meinen Plan. *Jetzt oder nie* hieß der neue. »Ich hab tatsächlich was für dich.«

Sie zögerte, glaubte mir nicht. Ich streckte ihr die leere Hand entgegen, die Hand mit dem Ring behielt ich hinter dem Rücken, wie ein Kellner beim Einschenken. »Kannst du mir kurz aufhelfen?« Ich spürte, wie der Knöchel unter dem Anzug dicker wurde. Mira hob skeptisch die Brauen.

»Mich hat was in den Knöchel gestochen«, stöhnte ich.

»Ist jetzt aber nicht der nächste blöde Witz, oder? Darauf hab ich echt keinen Bock.«

»Nein«, jammerte ich. »Im Ernst. Es brennt.«

Sie streckte mir die Hand entgegen und schmunzelte leicht.

Ein Windstoß raschelte durch die Blätter der Trauerweide. Aus dem Tannenwäldchen wurde das Knacken von Ästen herübergetragen, die Entenschar setzte zum Weiterflug an und der Schwan plusterte sein Gefieder auf. Das Letzte, was ich sah, waren Miras Fingerspitzen. Ich spürte eine winzige Berührung, einen Stromstoß. Dann prallte etwas Hartes gegen meinen Kopf, kullerte über den Steg und landete im Wasser. Ein Golfball der Marke Slazenger. Gut erhalten. Zwei Euro. Ein Volltreffer!

1

Ein Tauchgang. Eine Leiche.
Und das Atmen unter Wasser.

GREGOR

Ich war wieder unter Wasser. Mir war schummrig, aber Sternchen sah ich keine mehr. Der Schmerz am Knöchel war verschwunden. Kurz blitzte das Bild eines silbernen Rings vor mir auf. Dann das Gesicht von Mira und ihre Stimme weit entfernt, wie sie meinen Namen rief. Ich ließ mich davon nicht aus dem Konzept bringen und sank hinab in die Schwerelosigkeit, die sich warm, weich und grenzenlos anfühlte. Der Ball, der mich getroffen hatte, musste irgendwo da unten sein, und ich würde ihn finden. Ich musste ihn finden. Leider war das hier kein seichter Tümpel, kein künstliches Hindernis, wie auf anderen Golfplätzen; das hier war ein richtiger kleiner See. Elf Meter an der tiefsten Stelle. Gespeist von einem Bachlauf, der dafür sorgte, dass es unter der Oberfläche von Lebewesen nur so wimmelte. Mein Herz pumpte in zuverlässiger Langsamkeit. Den Ball, den Volltreffer, wollte ich als Andenken behalten.

Mathis hatte immer Witze gemacht, wie es sich anfühlte, von einem Golfball am Kopf getroffen zu werden. Jetzt konnte ich ihm die frohe Botschaft überbringen, dass man zwar Sternchen sieht, ein kurzes Schwarzbild, ein silbernes Flimmern, aber von Schmerz keine Spur. Vielleicht bekam ich eine

Beule, aber das war mir diese einzigartige Erfahrung allemal wert. Wer konnte schon von sich behaupten, von einem Golfball am Kopf getroffen worden zu sein. Eine schöne Geschichte. Der perfekte Einstieg für die Party heute Abend.

Unterhalb von vier Metern war die Sicht selbst bei strahlendem Sonnenschein ziemlich mau. Der südliche Uferrand mit der Betonmauer fiel steil ab, deshalb musste ich ganz runter. An die schlechten Sichtverhältnisse gewöhnt man sich, an die Kälte nicht. Der erste Moment, wenn sich der Neoprenanzug mit Wasser vollsaugt, ist jedes Mal ein Schock. Vor allem an heißen Sommertagen wie diesem. Das ist wie ein Stromstoß. Man ist sofort wach. Selbst wenn man die Nacht davor gefeiert hat.

Beim Tauchen nach Golfbällen muss man sich auf seine Hände verlassen und auf sein Gespür. Das steht in keinem schlauen Buch und auch nicht auf Google. Mit einer Lampe konnte man nichts ausrichten. Hier unten gab es einfach zu viele Schwebeteilchen, die den Lichtschein reflektierten wie Schneetreiben das Fernlicht.

Das Wasser wurde wärmer. Der Neoprenanzug begann auf der Haut zu kribbeln. Stärker als sonst. Eine seltsame Hitze kroch bis hinauf zu meinem Gesicht. Ich hatte das Gefühl, in einem Strom aus lauwarmer Pisse zu baden. Mein Gleichgewichtssinn spielte verrückt. Oben und unten, links und rechts. Sollte ich wieder auftauchen? Ohne den Ball. Ohne die Beute?

Jetzt musste ich auch noch schwitzen. Unter Wasser. Schweißperlen quollen aus meiner Stirn und kitzelten wie Kohlensäure auf meiner Haut. Vielleicht wurde ich krank. So fing das immer an. Aber die Party wollte ich auf keinen Fall verpassen. Darauf hatte ich mich die ganzen letzten Wochen gefreut.

Helenas Eltern hatten richtig viel Kohle und eine Villa, wie man sie von Filmstars kennt. Mit einem Pool und einem riesigen Fernseher neben der Poolbar. Auf dem Land heizte man mit so einem Protzbau die Gerüchteküche an. Die Wahrheit blieb hinter den Erwartungen zurück: Ihr Vater handelte mit edlen Stoffen, war extrem locker und hatte einen grandiosen Sinn für Humor. Manche Familien sind wie Filme, man möchte von ihnen adoptiert werden.

Ich überlegte, was ich kurz vor dem Einschlag gemacht hatte? Daran konnte ich mich ums Verrecken nicht erinnern. War wohl doch nicht ganz so harmlos. Mir fehlten ein, zwei Minuten. Und was hatte Mira damit zu tun? Warum spukte sie mir plötzlich durch den Kopf? Sie würde bestimmt nicht zur Party kommen. Sie war so verdammt vernünftig, so erwachsen geworden. Langweilig trifft es besser. Aber dennoch war ich fasziniert von ihr, und das würde nie aufhören. Bisher hatte ich noch kein Mädchen kennengelernt, das ihr das Wasser reichen konnte.

Ich sah ihre schlanken Finger, ihr Gesicht, ein freches Grinsen. Die Sommersprossen, leuchtend braun. Eintrag ins Logbuch: Hier war etwas faul.

»Immer noch ein Clown«, hörte ich nun sogar ihre Stimme, ganz nah an meinem rechten Ohr. Ich bildete mir ein, ihren warmen Atem zu spüren. Verrückt. Das war total verrückt. Dann ohne Vorwarnung ein aufgebrachter Schrei, die Rückkehr in tiefste Dunkelheit und ein paar Sekunden Stille. Schließlich kehrte das vertraute Klicken der Kieselsteine zurück und wurde lauter. Boulekugeln auf Asphalt, so hörte sich das an. Spielte irgendein Idiot an der Schleuse rum? Ich konnte mir darauf keinen Reim machen, aber ich blieb ruhig. Mathis, mein großer spießiger Bruder, hatte mir beigebracht, wie man im Blindflug nach Golfbällen taucht, ohne in Panik zu geraten, wenn der Arm im Gitter eines Einkaufswagens steckenbleibt oder ein wütender Schwan durch die Wasseroberfläche Hallo sagen will. *Wer zappelt, verliert,* lautete unsere goldene Regel. Bei Missachtung verlor man die Orientierung und hatte gute Chancen, als Beifang, mit ausgeploppten Augen und dämlicher Visage, nach oben gezogen zu werden. Wasserleichen sehen richtig scheiße aus, kann ich euch sagen. Stellt euch das Widerlichste vor, was ihr je gesehen habt und multipliziert es mit zehn. Der Tag schafft es mühelos unter meine persönliche *Top 5* der schlimmsten Ereignisse.

»Sei froh, dass es kein Kind war«, sagte mein Bruder nach dem Vorfall. Bis vor einem halben Jahr waren wir immer zu zweit unter Wasser gewesen. Das war unser gemeinsames Ding. Mathis und ich. Buddys eben, Tauchpartner, die aufeinander zählen konnten. Doch seit dem letzten Streit ließ sich mein Bruder nicht mehr auf dem Golfplatz blicken.

»Werde endlich erwachsen!« Dieser Satz war der Anfang vom Ende gewesen. Er klingelte auch jetzt wieder in meinen Ohren. Ich sollte ihn mir übers Bett hängen. Als Mahnung, genau das Gegenteil zu tun. Es lebe die Freiheit! Unser Dorf war zu klein. Ständig wurde man beobachtet und beurteilt – und dann die vielen Gerüchte ... Damit könnte man ganze Bücher füllen. Sobald ich mit einer neuen Freundin aus der Stadt aufkreuzte, ging das Getuschel los. Die alten Männer waren neidisch, weil der Zug für sie abgefahren war, und die Jüngeren, weil sie nicht wussten, wie man ohne aufgemotzte Karre mit Doppelauspuff bei solchen Frauen landen konnte. Sie kapierten nicht, dass alles nur eine Frage des Stils war.

Stil ist die ultimative Formel, um Mädchen zu beeindrucken. Man darf es natürlich nicht übertreiben, sonst kommt man altmodisch rüber. Aber mit dem richtigen Maß an Anstand und Optik kann man selbst als Durchschnittstyp bei jeder Frau landen. Okay, das stimmt nicht ganz. Mira ließ sich nicht blenden. Mira war die Einzige, die mich durchschaute, als wäre ich nackt. Und wenn man es ernst meint, dann ist man nackt.

Als ich Mathis erzählte, an einer ernsten Sache dran zu sein, und ihm ein paar dürre Hinweise vor die Füße warf, um wen es sich handelte, rastete er aus. »Warum willst du das tun? Brauchst du noch mehr Striche auf deiner Liste? Wird das jetzt zu deinem Hobby? Mädchen flachlegen und ihnen dann einen Arschtritt verpassen?«

»Die Mädels gehen doch genauso ab wie wir«, sagte ich. »Die wollen Spaß. Aber das will ich ja gar nicht mehr. Darauf will ich doch hinaus. Ich will sesshaft werden.«

Wie mich Mathis jetzt anschaute, hielt ich es für das Beste, mein Vorhaben für mich zu behalten.

»Du weißt doch gar nicht, wie sich richtige Liebe anfühlt!«, schleuderte er mir entgegen. Ich hasste es, wenn er sich so allwissend aufführte. Wahrscheinlich glauben alle großen Brüder, ihre jüngeren Geschwister erziehen zu müssen. Aber damit war es ein für alle Mal vorbei. Ich hatte seine Bevormundung satt.

»Du weißt also genau, was Liebe ist?«, sagte ich herausfordernd. »Wahre, einzigartige Liebe? Kein Kompromiss-Scheiß? Kein ›Wir können's ja mal versuchen‹-Schwachsinn?«

»Ich – liebe – Hannah! Wenn du darauf hinauswillst.«

»Komm mal wieder runter. Das hab ich nie bezweifelt.«

Sein Blick, eine Mischung aus Wut, nein, Hass und Verständnislosigkeit. »Ich weiß nur eines«, kam es bissig aus seinem Mund. »So wie du dich aufführst, wirst du nie herausfinden, was richtige Liebe ist. Du tust mir echt leid. Kein Mädchen hat es verdient, von dir verarscht zu werden, nur weil du nicht weißt, was du willst, und dich wie ein kleines Kind aufführst, das zu viel Spielzeug hat.«

Beim letzten Satz war die Wut aus seiner Stimme gewichen, dafür klang Enttäuschung durch. Enttäuschung ist schlimmer als Wut. Enttäuschung heißt, dass man die Erwartungen des anderen nicht erfüllt.

Als mein Bruder nachbohrte, um wen es sich handelte, machte ich einen Rückzieher.

»Wozu willst du das wissen, ist doch sowieso nicht ernst?«, sagte ich ironisch.

Er schüttelte den Kopf. Offensichtlich wurmte ihn mein plötzlicher Vertrauensentzug. »Wieso musst du immer Ärger machen?«, sagte er mit zusammengebissenen Zähnen, als hätte er die Antwort in meinen Gedanken gelesen.

Ich schwieg.

Mathis kickte gegen den Eimer mit den Bällen und stapfte fluchend davon. Danach trennten sich unsere Wege. Keine Diskussion. Keine weitere Erklärung. Kein Handschlag der Versöhnung wie sonst. Nur sein Tauchanzug an meiner Zimmertür. Das war's.

Deshalb befand ich mich nun alleine im Dunkeln.

Irgendwo.

Es war still.

Das Wasser war still. Ich mochte Stille nicht. Ich streckte meine Hände nach vorne. Zentimeter für Zentimeter. Weit hinein in dieses Nichts, das mich umgab wie schwarze Tinte und die Zähigkeit von Hafergrütze aufwies, die ich auf den

Tod verabscheute. Etwas Scharfes kratzte über meine Fingerkuppen. Ein leichtes Brennen auf der Haut. Ich unterdrückte den Impuls, loszuschreien. Das Bild einer gemeingefährlichen Schnappschildkröte vor Augen, zuckte ich zurück und verharrte in der Bewegung. Das Brennen verschwand. Nur Einbildung. Wo war der verdammte Golfball? Woher kam dieses laute Brummen? Ich spürte ein Stechen an meinem Arm. Ein Hitzeschwall schoss durch meinen Körper wie glühende Lava. Dann Kälte, ein lähmendes Kribbeln in Armen und Beinen, als würden Gasbläschen durch meine Adern rauschen, weil ich zu schnell auftauchte. Hatte sich der Vulkankrater geöffnet? War ich zu weit runtergetaucht? Aber das war unmöglich. Beruhig dich, sagte ich mir und war glücklich darüber, den Sound des Atemreglers zu hören. Meine Sauerstoffflasche war ganz voll gewesen, als ich sie am Nachmittag aus dem Schuppen geholt hatte. Was das anbetraf, war ich so gewissenhaft wie mein Bruder. Ich fragte mich nur, wann ich die Flasche aufgezogen hatte? Noch etwas, woran ich mich nicht erinnern konnte. Ausradiert, gelöscht.

Das Geräusch des Reglers wurde lauter. Ich hatte das Gefühl, dass meine Lunge mit Gewalt gedehnt wurde. Aber ohne den Golfball würde ich nicht auftauchen. So viel Ehrgeiz hatte ich dann doch. Er musste hier irgendwo sein. Im Schlamm oder neben der kaputten Beinprothese. Seltsam, dachte ich, als ich mit den Fingerspitzen den Untergrund abtastete. Er fühlte sich an, als sei er aus Stoff. Irgendwas stimmte hier nicht, und ich kam nicht dahinter. Weiterdenken war unmöglich. In meinem Kopf baute sich ein gewaltiger Druck auf. Schwindel. Stechender Schmerz. Pochen. Dann ein Knistern und Knacken, als würde mein Schädel in einem Schraubstock stecken, den irgendein blöder Idiot mit voller Kraft zudrehte. Doch damit nicht genug. Ein neues Geräusch folgte. Es mischte sich leise, als würde jemand an einem unsichtbaren Regler drehen, unter den holprigen Beat meines Herzens. Ich versuchte, mich darauf zu konzentrieren, konnte es aber unmöglich zwischen dem Knirschen und Reiben orten. Es kam von überall und nirgends. Bewegte sich im Panorama mal nach links und dann wieder nach rechts und blieb unvermittelt stehen. Und während es dastand, halb rechts, etwa auf ein Uhr, wischte eine unsichtbare Hand meine Gedanken aus meinem Oberstübchen, bis von all den Fragen, die um mein Bewusstsein kreisten, nur noch eine einzige übrig blieb:

Wer bin ich?

2

Ein Schatten. Ein Splitter.
Und ein Schluckauf im Universum.

MIRA

Mathis umarmte mich wie üblich nur ganz kurz. Als wären wir zwei gleichgepolte Magnete, die sich abstoßen müssen. Er würde nie lernen, mit Berührungen umzugehen. Das war nicht sein Ding. Von seinen Eltern konnte er das nicht haben, Esther und Frank hatten kein Problem, einen zur Begrüßung in die Arme zu nehmen und zu drücken, als würde man zur Familie gehören.

Ich wollte gleich losreden, mit meinem Geständnis herausplatzen, als mir Mathis das Cello aus der Hand nahm. Ich wollte nicht dastehen, mit aufgesetztem Lächeln und einem Puls, der kurz davorstand, mich umzubringen. Aber ich war nicht auf der Höhe. Ich war so sehr damit beschäftigt, mir die Worte im Kopf zurechtzulegen, dass Mathis bereits die Treppe erreicht hatte, während ich noch im Türrahmen stand und meinem Magen zuhörte, wie er so laut knurrte, als wollte er mich verraten.

Ich schloss hinter mir dir Tür und betrat den Vorraum. Die Welt bewegte sich in Zeitlupe, während meine Gedanken rasten. Geräusche, Gerüche, das Ticken der kitschigen Kuckucksuhr an der Wand. Alles wirkte um ein Vielfaches verstärkt. Ein Stapel mit Zeitungen lag halb verdreht neben unzähligen Schuhpaaren. Das Radio im Wohnzimmer kündigte die stündlichen Nachrichten an. In der Schule, im Dorf und auf dem Golfplatz hatte es tagelang kein anderes Thema gegeben als Gregors Unfall. Sogar das Fernsehen hatte darüber berichtet und den vermeintlichen Hergang in eine medientaugliche Physik-Show fürs Vorabendprogramm gepackt. In zwei wichtigen Punkten irrten sich die aufdringlichen Journalisten: Gregor und ich waren kein Liebespaar gewesen und der Unfall hatte sich auch nicht so zugetragen, wie sie es in die Welt hinausposaunten. Es ging nur darum, Quote zu machen, Klicks zu bekommen oder Zeitungen zu verkaufen. Drei Tage später wurde Gregors Geschichte von einer Umweltkatastrophe abgelöst. Auf YouTube kursieren noch immer geschmacklose Experimente mit Wassermelonen, versehen mit hunderttausend Klicks. *Wassermelonen*, verdammt!

»Kommst du?«, fragte Mathis. Er stand auf der Treppe auf halber Höhe und schaute mich merkwürdig an. Vielleicht ahnte er etwas.

»Ich komme gleich«, sagte ich und schlüpfte in Zeitlupe aus meinem Mantel. Mathis nickte bloß, drehte sich um und verschwand nach oben. Ich blieb unentschlossen in der Diele stehen, hatte große Lust, einfach abzuhauen, wegzurennen, mich wie früher in unser morsches Baumhaus zu verkriechen. Natürlich war ich nicht schuldig, nicht richtig schuldig, aber trotzdem war nichts mehr wie vorher. Und daran hatte ich meinen Anteil.

Ich war da.

Mit allen Sinnen war ich da und Gregor nicht. Er sendete auf einer anderen Frequenz. So jedenfalls versuchte ich mir seinen jetzigen Zustand zu erklären. Ich sehnte mich nach Gregor, nach dem alten Gregor, dem verrückten Jungen von früher, der mit seinen bescheuerten Ideen und seinem derben Lachen alle anstecken konnte. Ja, lachen. Ich Idiotin hatte tatsächlich gelacht, nachdem ihn der Golfball am Kopf getroffen hatte. »Immer noch ein Clown«, hatte ich gesagt, als er schon dalag. Aber ich konnte ja nicht ahnen, dass es ihn so schwer erwischt hatte. Die Szene war so surreal gewesen, eine richtige Slapstick-Einlage, und Slapstick gehörte in Gregors Repertoire als Dauer-Entertainer. Im Moment vor dem Einschlag schien er eine Grimasse schneiden zu wollen. Das hatte er als Kind ja ständig gemacht. Aber dann verdrehte er nur die Augen und kippte zur Seite wie ein Cowboy in einem drittklassigen Western, wie ein nasser Sack. So langsam, so entsetzlich langsam. Als würde er seine Muskeln anspannen. Ich war mir sicher, dass er nur eine Show abzog, sonst hätte ich das mit dem Clown doch niemals gesagt. Ich dachte, er würde gleich mit einem überdrehten Lachen zurückkehren und mich mit Sand bewerfen oder so. Aber nichts. Er rührte sich nicht. Blieb einfach liegen, wie eine umgestürzte Schaufensterpuppe, die Arme unnatürlich nach hinten gedreht.

Und dann sah ich das Blut. Es kam aus seiner Nase, nicht viel – aber es reichte, um mich durchdrehen zu lassen. Und zwar richtig. Erst der Notarzt zog die Reißleine und stellte mich ruhig.

Das war vor sechs Wochen gewesen, und jetzt berührte ich Gregors rote Lederjacke, roch daran, inhalierte das würzige Parfum und wünschte mir, die Zeit zurückzudrehen. Am besten gleich um Jahre. Am besten bis dahin, wo wir uns aus den Augen verloren hatten, weil Gregor so cool geworden war.

Ich grub meine Finger in das weiche Leder.

»Gregor«, flüsterte ich. Ich redete mit einer Jacke, wie lächerlich. »Wenn du das hier auf irgendeiner Frequenz empfangen kannst, dann hör gut zu: Du kannst dich nicht einfach so aus der Affäre ziehen und mich mit diesem Scheißrätsel zurücklassen, was dein merkwürdiger Auftritt an dem Tag sollte. Das lass ich mir nicht gefallen, verstehst du?«

Ich ließ die Jacke wieder los. Die Abdrücke meiner Fingernägel waren deutlich zu erkennen. Ich würde ihm eine neue kaufen, wenn er wieder aufwachte. Versprochen.

Warte!, sagte ich in Gedanken und starrte auf ein Kinderbild von ihm und Mathis, das auf dem wackeligen Holztischchen neben dem Uralt-Telefon einstaubte. Ich bin noch nicht fertig. Hiermit verspreche ich hoch und heilig, dir den Kopf zu waschen, wenn du wieder richtig aufwachst. Dieser oberflächliche Playboy-Verschnitt, den du allen vorspielst, das bist du nicht. Du weißt das, und ich weiß das auch. Und glaub mir, ich werde jeder deiner aufgetakelten Tussen stecken, was für ein verdammtes Weichei du sein kannst, sobald es dunkel ist. Das gebe ich dir gerne schriftlich. Gleich nachher schreib ich dir eine SMS, die bekommst du dann, wenn du wieder fit bist. Aber die Wahrheit ist auch, dass ich dieses Weichei tausendmal mehr gemocht hab, als diesen aufgedrehten Clown, den du allen vorgespielt hast. Und deshalb werde ich meine Scheißangst vor Krankenhäusern überwinden, wenn du vorhast, dort noch länger zu bleiben.

Um ein Haar hätte ich geheult. Ich musste mich so was von beherrschen. Zum Glück war keiner da, außer Mathis, und der war ja schon oben.

Der Kloß in meinem Hals verschwand, als ich das Post-it an der Wohnzimmertür entdeckte: *AN ALLE MÄNNER IN DIESEM HAUS: ICH BIN NICHT EURE PUTZFRAU! NEUER PUTZPLAN HÄNGT AM KÜHLSCHRANK UND STEHPINKLER WERDEN IN DIESEM HAUSHALT NICHT GEDULDET!*

Ich musste kurz grinsen. Esther, Gregors Mutter, hatte den Zettel geschrieben. Sie liebte Post-its. Über dem dreckigen Geschirr auf der Spüle, am Waschbecken oder im Kühlschrank. Überall klebten die kleinen gelben Zettel. Manchmal mit Smileys mit Teufelshörnern, manchmal mit lustigen Sprüchen und manchmal mit unmissverständlichen Aufforderungen wie dieser hier.

Ich ging nach oben. Stufe für Stufe, Schritt für Schritt, mit Beinen aus Beton. Als Kinder hatten wir auf der Holztreppe getanzt. Jede Stufe machte ein anderes Geräusch. Wir hatten uns die Stufen als Klaviertasten vorgestellt, sie mit Zetteln und Klebern markiert und darauf »Alle meine Entchen« gespielt oder den Anfang von »Für Elise«. Mathis hatte dirigiert, Gregor und ich getanzt und herumgealbert, wenn Mathis die Sache zu ernst nahm.

Heute gaben die Stufen nur ein launisches Ächzen von sich. Als wollten sie nicht für mich alleine spielen. Die Tür zu Gregors Zimmer stand einen Spaltbreit offen. Ich spähte hinein. Das Bett war ordentlich gemacht, nicht zerknüllt wie sonst. Es lag keine dreckige Wäsche auf dem Boden. Das *Bitte-nicht-stören*-Schild hatte jemand entfernt. Ich ging weiter, vorbei an Familienbildern, Schnappschüssen und Porträts, die die Wände säumten wie eine meterlange Collage. Auf ein paar Bildern war ich selbst zu sehen. Mit Zahnspange, Pippi-Langstrumpf-Zöpfen und Beinen wie Streichhölzer. Mathis' Zimmer war kleiner als das von Gregor und immer aufgeräumt. Ein hohes Bücherregal trennte Schreibtisch und Bett vom Rest des rechteckigen Raums. Ich öffnete den Koffer, nahm das Cello heraus und fragte mich, ob es schon immer so schwer war.

»Sein Zustand hat sich nicht verändert«, sagte Mathis unvermittelt. »Es geht ihm gut. Er träumt viel. Die Ärzte sagen, dass er Glück hatte, weil der Splitter sich nicht bewegt.«

»Glück?« Ich schüttelte den Kopf, ließ den Stachel aus meinem Cello und breitete die Notenblätter aus. Was Blöderes hätte er nicht sagen können. Bei einem Menschen, der ein Bein verliert, sagt man doch auch nicht, er hat Glück, weil er ein zweites besitzt.

Ich schluckte meinen Ärger hinunter. Mathis öffnete das Fenster und schloss es gleich wieder, weil Bauer Johannson, der Nachbar, sich wie üblich lautstark mit seiner Frau stritt. Das Leben ging weiter. Gregor war nur ein Schluckauf im Universum.

»Wird er wieder aufwachen?«, fragte ich. »Gibt es *dazu* eine neue Prognose? Oder wäre das dann *zu* viel Glück?«

Keine Ahnung, woher plötzlich diese Wut kam. Ich hätte allen Grund gehabt, mich in die hinterste Ecke des Zimmers zu verkriechen, bei dem, was ich getan hatte.

Mathis ignorierte meine ironische Anspielung. »Das Gehirn braucht Zeit, um die Funktionen hochzufahren«, sagte er wie ein Arzt, der es gewohnt war, mit schwierigen Artgenossen umzugehen. »Bei solchen Verletzungen gibt es ganz unterschiedliche Verläufe und …«

»Stopp! Warum kannst du nicht einfach sagen, dass es dir beschissen geht. Glaubst du, bei mir ist das anders? Ich war dabei. Ich hab gesehen, wie das passiert ist. Also hör endlich damit auf, mir was vorzuspielen. Ich brauch das nicht.« Was ich brauchte, war die Wahrheit, meine Wahrheit, aber dazu fehlte mir im Augenblick der Mut. Ich hätte mich vor dem Unterricht betrinken sollen.

»Am Telefon hast du doch gesagt, dass es dir wieder bessergeht?«, sagte Mathis kleinlaut.

»Ja, das ... das stimmt ja auch.« Ich knetete meine Finger. Sie fühlten sich eiskalt an. »Ich finde es nur albern, wenn du mir was vormachst. Ich mein, wie lange kennen wir uns? Seit der zweiten Klasse? Denkst du wirklich, irgendwem ist damit geholfen, wenn wir einen auf heile Welt machen?«

Mathis antwortete nicht. Er setzte sich wieder hin. Er war der einzige Mann, den ich kannte, der sich Haarsträhnen hinters Ohr klemmte, wenn er sich unwohl fühlte.

»Gregors Fall liegt aber *wirklich* anders«, sagte er. »Und *das* wissen wir auch erst seit ein paar Tagen. Deshalb dachte ich, es könnte dich vielleicht interessieren.«

»O Mann, jetzt sei nicht gleich beleidigt. Natürlich tut es das. Ich ... ich bin einfach schlecht drauf. Und ich will nicht, dass du die Lage beschönigst, weil du denkst, ich könnte die Wahrheit nicht aushalten.« Ich lächelte ein wenig. »Also sag schon: Was ist bei Gregor anders?«

»Na ja, dort, wo das Belohnungssystem im Gehirn sitzt, passiert ungewöhnlich viel. Und das bedeutet aller Wahrscheinlichkeit nach, dass es ihm gutgeht. Seelisch gut, meine ich, und das ist doch wirklich was Besonderes.«

Ich nickte wie ein kleines Kind, das Mist gebaut hatte. »Ja, das ist es.« Ich rieb die Hände aneinander, um die Kälte zu vertreiben.

»Willst du überhaupt, dass wir heute Unterricht machen?«, fragte Mathis.

»Natürlich will ich das«, sagte ich und dachte das Gegenteil.

»Wir können auch ins Krankenhaus fahren. Jetzt, wo Gregor nicht mehr auf der Intensiv liegt, sieht es gar nicht mehr schlimm aus, ohne die ganzen Apparate. Davor musst du dich nicht fürchten.«

»Ich fürchte mich nicht. Ich bin nur noch nicht so weit. Du hast doch geschrieben, dass er vielleicht bald nach Hause kommt. Hat sich daran was geändert? Ihr steckt ihn doch nicht in ein Heim oder so?«

»Nein, natürlich nicht. Ist nur noch nicht ganz klar, wie wir das hier stemmen sollen. Gregor muss ja rund um die Uhr betreut werden. Und in sein altes Zimmer kann er ja auch nicht mehr.«

»Ich will auf jeden Fall mithelfen«, sagte ich und nahm den Bogen in die Hand, als wäre es ein Zauberstab, der meinem Willen gehorchte. Meine Hand zitterte. »Habt ihr eigentlich Anzeige erstattet?«

»Gegen unbekannt?« Mathis schüttelte den Kopf. »Dass jemand den Ball über das Wäldchen schießt, ist ja wie ein Sechser im Lotto.«

Ich stellte mir den Unglücksschützen vor, wie er von einer Meute Paparazzi gejagt wurde, und nickte. Je länger ich dasaß, desto weniger wusste ich, ob heute der richtige Tag war, um Mathis zu erzählen, dass ich weder dem Polizisten noch den Eltern den exakten Ablauf erzählt hatte. Was würde die Wahrheit ändern? Nichts! Sie hätte nur für Unruhe gesorgt und mich in den Mittelpunkt gerückt. Wahrscheinlich hätten sie mich bedauert oder so, wie ein Kind nach einem schrecklichen Erlebnis. Und das wollte ich auf keinen Fall.

Die nächsten zehn Minuten spielte ich das Stück für das Abitur-Vorspiel und befahl meinen Gedanken, Gregor auszublenden. Natürlich war es zwecklos. Seine Moleküle zirkulierten in jedem Kubikzentimeter Luft, den alte Häuser von ihren Bewohnern archivieren. Er war ein Schatten an der Wand. Ein Lachen im Korridor. Eine Projektion, die sich in durchscheinenden Bildern über die Wirklichkeit legte.

Mathis lobte mich trotzdem, obwohl er wusste, dass sich Dvořák im Grab umgedreht hätte, so wie ich sein Werk misshandelte. Meine Finger fühlten sich steif an. Das Cello war ein unbeherrschbares Tier zwischen meinen Händen.

Als ich wieder an derselben Stelle hängenblieb, brach ich ab. »Warum musste Gregor immer den Kasper spielen?« Ich drückte das Cello wütend von mir weg. »Und wann ist er so cool geworden?«

Mathis schaute mich überrascht, beinahe ängstlich an, dann zuckte er die Schultern. »Keine Ahnung. Wollte halt bei allen gut ankommen.«

»Wir hätten ihm das nicht durchgehen lassen sollen. Schließlich waren ...« Ich stockte. Wieso benutzte ich plötzlich die Vergangenheitsform? Gregor war am Leben. Er war nicht richtig da, aber am Leben. »Wir *sind* immer noch Blutsbrüder«, korrigierte ich mich. »Und das hat was zu bedeuten. Das war nicht bloß Spaß. Wieso haben wir ihm nicht einfach mal ordentlich den Kopf gewaschen, wenn er wieder mit so einer dämlichen Tusse angekommen ist?«

»Ich weiß es nicht.«

»Wir werden das nachholen. Sobald er wieder zurück ist, werden wir das nachholen und unsere Brüderschaft erneuern, auch wenn ich kotzen muss, wenn ich Blut sehe.« Ich spürte ein Brennen in den Augen. Gleich würde ich losheulen. Ich zwickte mich unauffällig in den Arm. Schmerz hilft gegen Tränen – es funktionierte.

»Deshalb willst du uns helfen, wenn Gregor nach Hause kommt?«, sagte Mathis leise. »Wegen des Schwurs. Hab ich recht?«

So wie mich Mathis jetzt anschaute, hatte ich das Gefühl, mich rechtfertigen zu müssen.

»Du findest das vielleicht lächerlich. Aber ich nicht. Gregor hat sich damals auch um mich gekümmert, als das mit meinem Vater passiert ist, falls du das vergessen hast.«

»Aber der Schwur ist doch ewig her.«

»Was spielt das denn für eine Rolle?«, sagte ich schroff. »So was verfällt nicht einfach.«

»Ich meine ja nur. Ihr hattet ja eigentlich nicht mehr viel miteinander zu tun. Deshalb fühl dich nicht verpflichtet. Wir kriegen das auch so irgendwie hin.«

Ich schüttelte fassungslos den Kopf. »Und ob ich mich verpflichtet fühle«, sagte ich lauter, als beabsichtigt. »Es ist ein Versprechen! Das bricht man nicht einfach mal so, wenn es schwierig wird. Egal, was aus unserer Freundschaft geworden ist, ob wir damals Kinder waren oder nicht, ob da Wochen, Monate oder Jahre dazwischenliegen. Ich steh zu meinem Wort. Sobald Gregor aus dem Krankenhaus zurück ist, werde ich bei ihm sein. Ob du das nun komisch findest oder nicht, ist mir scheißegal.«

»Jetzt komm mal wieder runter«, sagte Mathis. »Man darf sich doch noch wundern.«

»Ich mag es nur nicht, wenn man mich nicht ernst nimmt, *großer Bruder*.«

»Tut mir leid.«

»Schon gut.« Ich zwang mich, zu lächeln, obwohl mir noch immer nach Heulen zumute war. Gregor musste wieder gesund werden. So ein beschissener Unfall durfte nicht sein ganzes Leben kaputtmachen. Das hatte er nicht verdient. Das hatte keiner verdient.

Ein, zwei Minuten saßen wir da, ohne zu reden, dann stand Mathis auf und schenkte mir ein Glas Wasser ein.

»Gregor ist so oft davongekommen«, sagte er ruhig. »Erinnerst du dich noch an die frisierte Vespa und die Verfolgungsjagd mit der Polizei?«

Ich nickte.

»Und dann der Hochseilakt auf dem Kastanienfest und die Idee, gebrauchte Bälle als neu zu verticken. Er ist jedes Mal davongekommen. Aufräumen mussten immer die anderen. Ist verdammt scheiße, was passiert ist, schrecklich, aber wie oft kann man das Schicksal herausfordern, wie oft lässt es sich das gefallen? Irgendwann musste mal so was passieren. Irgendwann musste mal jemand auf die Stopp-Taste drücken. War nur eine Frage der Zeit.«

Ich hätte mich beinahe verschluckt. »Das kannst du nicht ernst meinen?« Ich stellte das Glas lautstark auf dem Tisch ab. »Gregor hat jetzt also die gerechte Strafe dafür bekommen, dass er im Gegensatz zu uns beiden normal war und rebelliert hat? Meinst du das wirklich ernst?« Die Wut von eben war zurückgekehrt. »Du findest es also gerecht, von einem Golfball getroffen zu werden, wenn man sich nicht an die spießigen Dorfregeln hält und stattdessen seinen eigenen Weg sucht?«

»So hab ich das nicht gemeint. Du drehst mir ja das Wort im Mund um. Ich ... ich ... was ich damit eigentlich sagen wollte, war, dass Gregor wirklich oft Glück gehabt hat. Ich ... ich hab immer Angst gehabt, dass mal was schiefgeht. Dass es dann nicht nur bei ein paar Schrammen oder Sozialstunden bleibt.«

Ich nickte. »Hört sich schon besser an.«

»Du hast doch auch oft gesagt, dass dir sein großspuriges Getue auf die Nerven geht.«

»Ja, aber das ist was anderes.«

»Wieso ist das was anderes? Meine Eltern, ich, Tante Irma.

Jeder hat sich Sorgen gemacht, dass mal was schiefgeht. Und glaub mir, das ist ein Scheißgefühl.«

Ich verstummte. Mathis steckte sich eine Zigarette an, öffnete das Fenster und pustetet den Rauch hinaus. Jetzt war es draußen still.

Ich trank noch einen Schluck Wasser, um irgendwas zu tun. Mit einem Mal waren meine Gedanken wieder bei den Sekunden vor dem Unfall. Die Szene war ausgeleuchtet wie bei einem Film. Scheinwerfer, heller als die Sonne. Ich hörte Gregors Stimme. *Ich hab tatsächlich was für dich.* Warum hatte er das gesagt?

»Ich hab das nicht böse gemeint«, sagte Mathis in die entstandene Stille. »Ich wollte damit eigentlich nur sagen, dass Gregor manchmal auch etwas Rücksicht auf die Menschen hätte nehmen können, denen er etwas bedeutet. Aber das hat er irgendwie ausgeblendet.«

Ich nickte. Die Szene verblasste.

»War bei Gregors Sachen eigentlich was Besonderes dabei?«, fragte ich.

»Nicht dass ich wüsste. Hast du was verloren?«

»Nein. Ich hab mich nur wieder daran erinnert, dass Gregor etwas in die Luft gehalten hat, bevor ich zu ihm runter bin. Er war völlig aus dem Häuschen deshalb, hat was von Überraschung gerufen und den Clown gespielt. Ich frag mich die ganze Zeit, ob das nur Spaß war.«

Mathis hob die Schultern. »Da musst du Esther fragen.« Er nannte seine eigenen Eltern beim Vornamen. Das hatte ich schon immer komisch gefunden. »Sie hat die Sachen weggeräumt. Aber sie hätte es bestimmt erwähnt, wenn ihr irgendwas aufgefallen wäre.«

»Ja, wahrscheinlich hatte er nur mal wieder Lust, auch für

mich den Entertainer zu spielen. Sein gackernder Fanclub war ja nicht zur Stelle, um ihn zu bewundern.«

»Noch was?«, sagte Mathis.

Ich zögerte. »Ich hab die Hand weggezogen?« Jetzt war's raus. Endlich. Ich holte tief Luft, konnte kaum fassen, dass es mir über die Lippen gekommen war.

»Was hast du?« Mathis schaute mich verwundert an. Ich redete weiter. Deshalb war ich ja eigentlich hier. Um die Geschichte endlich genau so zu erzählen, wie sie sich zugetragen hatte. Um mein Geständnis loszuwerden. »Kurz bevor Gregor vom Golfball getroffen wurde, hab ich die Hand weggezogen.« Meine Stimme füllte den ganzen Raum, so kam es mir jedenfalls vor. »Ich war mir sicher, dass er irgendwas im Schilde führt, so wie er sich aufgeführt hat. Ich dachte, er würde mich in den Sand reißen oder so, wenn ich ihm die Hand gebe.«

Mathis kniff die Augen zusammen und drückte wütend die halb gerauchte Zigarette in den Aschenbecher. »Ist das wirklich dein Ernst?«

»Ja, ja, sonst hätte ihn der Golfball vielleicht gar nicht getroffen. Wenn ich nicht –«

Er brachte mich mit einer Handbewegung zum Schweigen. Dann schüttelte er langsam den Kopf. »Und wo genau liegt da der Unterschied?«, sagte er ungewohnt scharf. »Glaubst du allen Ernstes, du hast an irgendetwas Schuld, weil du die Hand weggezogen hast? Hast du dich deshalb nicht mehr hergetraut? Ist das dein Ernst? Das ist ja einfach lächerlich!«

»Es *ist* meine Schuld!«, gab ich genauso scharf zurück. »In gewisser Weise ist es meine Schuld. Da führt kein Weg dran vorbei. Und jetzt spiel dich bitte nicht so auf. Wäre ich nicht zu ihm runtergegangen, wäre das alles nicht passiert. Das ist nun mal Fakt!«

»Das glaub ich jetzt nicht.« Mathis schüttelte energisch den Kopf. »Dann machen wir doch gleich mal weiter mit deiner *Theorie*. Es ist also auch die Schuld von Bauer Johannson, der ihn zum Golfplatz mitgenommen hat. Die Schuld meiner Eltern, weil sie nicht durchgreifen können. Meine Schuld, weil ich ihm das Tauchen überlassen hab. Und so weiter und so fort. Im Nachhinein sucht man doch immer nach Erklärungen, dem Anfang, dem Ausgangspunkt.« Er blickte mich wütend an. »Eines kann ich dir mit Sicherheit sagen: Deine Schuld war es nicht!«

GREGOR

Alles um mich herum war in ein Lichtermeer getaucht. Funkelnde kleine grüne Lichter. Algen bei Nacht. Ich berührte sie, und sie begannen zu leuchten, als würden sie Hallo sagen.

»Hallo, Idiot!«

Ich hatte mich so was von abgeschossen. Totaler Blackout. Die letzten Stunden waren gelöscht, ausradiert, verschwunden. Ich versuchte, einen Anker in die Vergangenheit auszuwerfen, aber meine Gedanken fanden keinen Halt. Keinen Einstieg, kein Bild, keine Szene, nichts, woran ich anknüpfen konnte. Ich war nicht mehr unter Wasser, ich war ... keine Ahnung, wo ich war. Auf der Party? Ja, das klang plausibel. Entfernt hörte ich das Gurgeln und Gluckern der Poolpumpe. Der Sound variierte. Jetzt klang es wie ein rhythmisches Röcheln. Ich atmete im selben Takt ein und aus, aus und ein. Ich musste sauer aufgestoßen haben. In meinem Rachen brannte es. Ich hatte es übertrieben. Das Einzige, woran ich mich erinnern konnte, war ein Golfball. Vor der Party war ich also auf dem Golfplatz gewesen. Alleine? Nein, da war noch jemand. Mira? Hatten wir miteinander geredet? Gestritten? Ich wusste es nicht. Ich wusste nur, dass irgendwas vorgefallen war. Irgendwas, das mit ihr zu tun hatte.

Seltsamerweise wusste ich nicht mehr, wie viele Bälle ich erbeutet hatte. Das vergaß ich sonst eigentlich nie. Vor meinem inneren Auge tauchte das Firmenlogo von Slazenger auf: ein Panther im Sprung. Ich mochte das Logo. Es steckte voller Energie. Ich überlegte, wie sich der eigentliche Rausch angefühlt hatte, wie war der Höhepunkt gewesen? War Mira auch auf der Party? Bei Helena? Nein, das konnte ich mir kaum vorstellen.

Vor lauter Fragen brummte mir der Kopf. Stromstöße entluden sich unter meiner Schädeldecke. Plötzlich war es dunkel – und still. Ich musste mich erholen. Schlafen, träumen, entspannen. Irgendwann würde der Trip zu Ende gehen. Irgendwann ging jeder Trip zu Ende. Ich fragte mich, ob was mit der schönen Helena gelaufen war oder ob wir das Projekt endgültig begraben hatten. Wenn man zu lange umeinander herumtänzelt, geht der Reiz verloren. Etwas Ernsthaftes aus Helena und mir zu stricken wäre nicht ehrlich gewesen, sosehr ich sie auch mochte. Sie hatte einen fürchterlichen Musikgeschmack, kannte weder Jim Morrison noch Bright Eyes – und sie war zu glücklich. Aber vor allem liebte ich sie nicht, und in dem Punkt war ich so altmodisch wie mein großer Bruder.

Wo war Chris, verdammt? Knöpfte er sich gerade Konsi vor, weil er mir mit Sicherheit dieses üble Zeug vertickt hatte?

»Hey«, stöhnte ich erleichtert. Die Leuchtalgen hatten wieder angefangen zu schimmern. Fluoreszierendes Grün, umgeben von einer Dunstwolke. Nicht so hell wie vorhin, aber alles war besser als Dunkelheit. Ich hörte meine Stimme in einem ziemlich tiefen Darth-Vader-Sound, der in meinem Schädelknochen vibrierte, als würde man mir eine Stimmgabel an die Stirn halten.

»Ist da jemand?«, fragte ich, der dunkle Herrscher über ein Heer von Leuchtalgen, und horchte in die Stille. Ein langer Nachhall wie in einer Höhle.

Keine Reaktion.

Ich war alleine.

Die nächsten Minuten versuchte ich meine Augen ganz aufzubekommen. Das war wie Gewichtheben: Es kostete unglaublich viel Kraft. Galaxien von Sternchen, die wie Leuchtwürmer aussahen, blinkten von zwei grauen Mattscheiben auf mich herab, je mehr ich mich anstrengte, und mir wurde übel. Das mit den beiden Scheiben fand ich sensationell, weil es sich tatsächlich um zwei getrennte Aufnahmen handelte, die mir mein Kopf gleichzeitig lieferte. Ein optisches Wunder, begleitet von einem tiefen an- und abschwellenden Brummen. Es war, als würde ich durch einen Feldstecher glotzen und zwei Ausschnitte des Nachthimmels betrachten. Für jedes Auge ein anderes Sternbild. Wahrscheinlich konnte ich meine Pupillen unabhängig voneinander bewegen und später als Attraktion in einem Zirkus auftreten, wenn ich dann doch auf dem Trip hängenblieb. An der Schnittmenge der beiden Mattscheiben kam es zu Entladungen, rosafarbenes Wetterleuchten.

Ich gab erschöpft auf. Wenig später spürte ich ein Ruckeln. Plötzlich zuckte ein Blitz vor mir auf. Ein Gewitter. Ich hörte entferntes Stimmengewirr. Gedämpftes Tackern. Schleifen. Die Party hatte sich bestimmt schon nach drinnen verlagert.

Wahrscheinlich lag ich hinter dem Pavillon und wurde deshalb übersehen. Gleich würde es regnen, und ich freute mich, denn mir wurde von Sekunde zu Sekunde wärmer. Mein Körper begann zu schwanken. Ein neuer Hinweis. Ich sah mich selbst aus der Vogelperspektive, festgenagelt auf der riesigen Hollywoodschaukel, in Sichtweite des blau schimmernden Pools, das Gesicht taub und überhitzt, k. o. in der dritten Runde. Vielleicht war das die Wirklichkeit. Dieses verwaschene Bild. Vielleicht hatten mich meine Kumpels dort abgelegt. Hoffentlich hatte ich nicht gekotzt. Ich hasste es, zu kotzen oder anderen dabei zuzuschauen. Aber dafür war der Geschmack in meinem Mund nicht widerlich genug.

Der nächste Blitz zuckte durch die Dunkelheit. Ich begann zu zählen, um die Entfernung zwischen mir und dem Gewitter abzuschätzen, und erwartete die ersten Regentropfen. Vergeblich. Der Donner blieb aus. Das Gewitter war vorbeigezogen. Statt kühlender Regentropfen hörte ich jetzt wieder das Tackern. Diesmal unrhythmisch, ohne durchgängigen Beat. Heller und direkt neben mir. Als Nächstes tanzten pechschwarze, ausgefranste Flecken vor meinen Augen. Ich hatte das Gefühl, jemand würde mir die Augäpfel in den Kopf drücken. Ein dumpfer Schmerz. Als Kind hatte ich mir manchmal aus Langeweile mit den Daumen auf die geschlossenen Augen gedrückt, nur um diese *Geisterflecken* zu sehen. Irgendwie krank. Aber das hier fühlte sich anders an. Ein Flashback vielleicht. Die Nachwehen meines Trips. Geister zitterten über eine helle Leinwand und quasselten durcheinander, bevor sie kreischend auseinanderstoben, wie eine Horde Raben nach der Verwandlung.

Von der Show wurde mir schlecht, kotzübel. Die Geister hüpften händchenhaltend im Kreis, tippten sich gegenseitig an den Kopf und bewarfen sich wie beim Holi-Festival mit roten Farbbeuteln, die nach künstlichem Edbeeraroma mieften. Ich war fassungslos, was der Rausch bei mir anrichtete. Was hatte mir Konsi da bloß angedreht? Ecstasy? Koks? LSD oder gar Chrystal, dieses Teufelszeug? Und wieso hatte ich verdammt nochmal zugegriffen? War das wieder so eine Ich-bin-cool-Nummer gewesen, oder steckte was anderes dahinter? Was auch immer da durch meine Adern rauschte, in Verbindung mit Alkohol legte es den Körper lahm.

In den nächsten Minuten versuchte ich erneut, die Augen ganz zu öffnen. Leider wurden meine Bemühungen von einer unsichtbaren Wand abgeblockt. Panik stieg in mir auf. Ich verspürte große Lust, bis zehn zu zählen. Vielleicht tat ich das immer, bis zehn zählen, wenn ich mich gestresst fühlte. Ich kam nicht weiter als bis zur eins, der einsamsten Ziffer im Zahlensystem, dann schmeckte ich etwas Bitteres auf der Zunge und dämmerte weg.

MIRA

Nichts, nichts, nichts. Ich machte die Plastiktüte wieder zu und legte sie zurück auf die Kommode. Bei den Sachen, die der Rettungsdienst nach dem Unfall ins Krankenhaus mitgenommen hatte, war nichts dabei, womit sich Gregors seltsames Verhalten erklären ließ. Ich war enttäuscht. Hatte mir einen Hinweis erhofft, einen kleinen Anhaltspunkt, etwas, das mir sagte, dass ich nicht bloß nach einer Erklärung für das Unerklärliche suchte. Was wollte mir Gregor auf dem Golfplatz geben? Warum die Frage nach Helenas Party, als ich neben ihm stand? Ich auf Helenas Party – das konnte er doch unmöglich ernst gemeint haben.

Ich ging in die Küche und schenkte mir ein Glas Wasser ein. Am Kühlschrank hing eine lange Einkaufsliste, daneben Rezepte für Gregor. Egal, wie oft ich mir die Szene auf dem Golfplatz ins Gedächtnis rief, ich kam jedes Mal zu dem Schluss, dass Gregor an dem Tag anders gewesen war. Er hatte »Mimi«, meinen Spitznamen, gerufen, seine Stimme hatte sich beinahe überschlagen. Warum sollte er das bloß aus einer Laune heraus getan haben? Das war nicht gespielt. Das war echt, so echt, dass ich mir kurz vorgestellt, nein, sogar gewünscht hatte, alles würde wie früher sein. Beste Freunde. Vertrauen. Ehrlichkeit. Gemeinsam träumen. Kein dämlicher Smalltalk, kein übertriebenes Getue, keine ironischen Anspielungen auf meine Exfreunde. Deshalb war ich zu ihm runtergegangen. Für einen Moment hatte ich *den* Gregor wiedergesehen, mit dem ich von der Brücke auf Züge gespuckt hatte und als Mutprobe durch Brennnesseln gerannt war. Aber vielleicht bildete ich mir das auch nur ein. Vielleicht hatte mein Gehirn damit begonnen, die Erinnerungen nach dem Unfall neu zu ordnen. So wie damals bei meinem Vater. Er war kein besonders toller Vater gewesen. Ständig auf Achse. Aber seit er nicht mehr da war, erinnerte ich mich vor allem an die schönen Momente mit ihm und fragte mich, ob es gerecht war, dass unser Gehirn so arbeitete.

Ich setzte mich an den Holztisch im Wohnzimmer. Die Handwerker hatten den Umbau in Rekordzeit zu Ende gebracht. Selbst der alte Dielenboden sah nach dem Abschleifen wie neu aus. Man konnte das Öl noch riechen. Das Chaos war beseitigt. So aufgeräumt hatte es hier sonst nur an Weihnachten ausgesehen. Durch die breite Glasfront schien die Sonne herein. Die Decke mit den freiliegenden Balken war weiß gestrichen worden, die Wände leuchteten in warmen

Gelb- und Rottönen. In Kombination mit dem Holztisch, der Ledercouch und den hohen Vasen war es sehr gemütlich. Es war verblüffend, wie großzügig und hell der niedrige Raum plötzlich wirkte. Ich griff nach dem großen Handspiegel auf dem Tisch. Ein ovaler Spiegel, wie ihn Friseure benutzen, um den Kunden eine Rückansicht ihrer Frisur zu zeigen.

»Ist das der Spiegel für den Test?«, fragte ich.

Mathis schob gerade Gregor ins Wohnzimmer herein. Die Räder des Rollstuhls quietschten auf dem Dielenboden. »Zum Spiegel kommen wir gleich«, sagte er und deutete mit dem Kopf zur breiten Glasfront. »Jetzt kann Gregor den ganzen Tag rausschauen.«

Ich nickte. Mathis sah geschafft aus. Aber das war ja auch kein Wunder, so wie er sich um seinen kleinen Bruder kümmerte. Ich fragte mich, wie er das neben dem Studium alles schaffte. Und eine Freundin hatte er ja auch noch.

Auf einem Tablett standen Gregors Medikamente. Ein ganzes Arsenal. Daneben aufgefächert eine DVD-Box mit der kompletten Sherlock-Holmes-Serie.

Mathis war meinem Blick gefolgt. »War Franks Idee. Funktioniert aber nicht so richtig. Gregor schläft ein, sobald der Vorspann läuft.«

»Und das bei *seinem* Sherlock Holmes. Das ist wirklich unglaublich.«

Mathis parkte Gregor neben dem Wohnzimmertisch. »Der Rollstuhl passt überall durch. Bald kriegen wir noch einen Aufzug für die Badewanne. Dann wird nur noch einer nass.« Er lächelte schief. Als Nächstes träufelte er Gregor Flüssigkeit in die Augen, damit die Bindehaut nicht austrocknete, wenn er zu wenig blinzelte. An der neuen Magnettafel über der Spüle hing ein Stundenplan. Physiotherapie, Ergotherapie,

Logopädie, Fahrten ins Krankenhaus zur Computertomographie. Die Tage waren gut gefüllt. In eine Liste musste man eintragen, ob und wie viel Gregor aß, wann er schlief, ob es irgendwelche Dinge gab, die er scheinbar mochte oder die ihm das Leben leichter machten.

Ich nahm den Spiegel und drehte ihn hin und her. Lichtreflexe schossen über Decken und Wände. »Wie oft muss man den Test machen?«

Mathis reagierte nicht. »Kleiner Bruder«, seufzte er. »Bitte kurz stillhalten. Nur noch einmal. Ist gleich vorbei.« Er legte seine flache Hand auf Gregors Stirn. Mit dem kleinen Finger zog er das Unterlid vorsichtig nach unten, damit die Tropfen ihr Ziel erreichten. »Und schon sieht die Welt wieder etwas verschwommener aus.« Lächelnd drehte er die Verschlusskappe auf das Fläschchen und wandte sich wieder zu mir. »Der Spiegel«, sagte er. »Ein-, zweimal am Tag. Je nachdem, wie er drauf ist. Er schläft und träumt ja immer noch viel. Zu viel. Manchmal bewegen sich seine Lippen, als würde er gleich losreden. Das ist normal. Da musst du nicht erschrecken.«

»Danke, großer Bruder.«

Er verdrehte die Augen. Er mochte es nicht, wenn ich ihn so nannte. Aber als Einzelkind hatte ich ihn gewissermaßen adoptiert.

»Er soll sich also im Spiegel erkennen?«, fuhr ich fort.

»Das wäre großartig. Erkennen ist ein wichtiger Teil des Bewussteins. Vielleicht der wichtigste.«

»Das klingt ja fast philosophisch.«

Er deutete zu einem Klemmbrett auf dem Tisch »Besonderheiten, also wenn er reagiert, müssen in die offizielle Skala eingetragen werden, nicht in die von Frank am Kühlschrank.

Sonst geht alles durcheinander. Die Spalte mit den Punkten kannst du freilassen, das mach ich dann.«

Bestimmt hatte Mathis alles gelesen, was es über Wachkoma zu lesen gab. Sein Perfektionismus konnte einen einschüchtern.

»Willst du vielleicht nicht doch noch auf Medizin umsatteln?«, fragte ich. »Arzt würde dir neben Musiker auch gut stehen.«

Mathis lächelte kurz, bevor er wieder ernst wurde. »Maschinen und Mathe sind aber weniger kompliziert. Am Ende steht ein Ergebnis. Es ist richtig oder falsch. Die Maschine läuft oder sie läuft nicht.«

»Verstehe.«

Als hätte Gregor die Worte seines Bruders gehört, legte er den Kopf von der einen auf die andere Seite und stieß einen röchelnden Laut aus. Ich zuckte unwillkürlich zusammen.

»Alles gut«, sagte Mathis. »Das Gehirn testet nur die Funktionen. Das hat leider nichts zu bedeuten. Hast du bei den Sachen vom Rettungsdienst irgendwas gefunden?«

»Fehlanzeige. War leider nichts dabei, mit dem sich sein Auftritt erklären ließe. Vielleicht hast du recht. Vielleicht wollte er einfach nur eine Show abziehen, weil sonst niemand zur Stelle war.«

»Willst du's nachher mal probieren?«, fragte er.

»Was meinst du?«

»Na, den Test mit dem Spiegel.«

»Klar.« Ich nickte, bevor ich groß darüber nachgedacht hatte. »Kann man da viel falsch machen?«

»Nein. Du musst dir keine Sorgen machen. Und glaub mir, wenn du ab jetzt häufiger kommst, dann kriegst du ein Gefühl für den *neuen* Gregor.«

»Ich finde es toll, wie du dich um ihn kümmerst. Nicht jeder große Bruder würde das tun.«

Mathis tat so, als hätte er mein Kompliment nicht gehört, nahm Gregors Hand und fühlte den Puls. »Wie ein Uhrwerk.«

Gregor saß einigermaßen aufrecht im Rollstuhl, den Mund leicht geöffnet. Ebenso die Augen. Man musste nur den Oberkörper fixieren, nicht den Kopf. Das war nicht selbstverständlich, wie ich im Internet gelesen hatte. »Wenn er also auf den Spiegel reagiert, trage ich das in die Liste am Kühlschrank ein? Hab ich das richtig verstanden?«

»Ja. Aber nur wenn er etwas tut, für das es in der offiziellen Liste auf dem gelben Klemmbrett keine Rubrik gibt, trägst du es in die Liste am Kühlschrank ein. Dort stehen auch Beobachtungen und Notizen, die wir dem Arzt zusätzlich vorlegen.«

»Aber dafür bekommt er keine Punkte?«

»Punkte bekommt er nur für die Sachen auf der offiziellen Liste.«

Ich stieß geräuschvoll Luft aus. »Das kann sich doch kein Mensch merken.«

»Das hast du schnell raus. Klingt nur am Anfang alles etwas verworren.«

»Und wofür braucht Gregor roten Lippenstift?« Ich drehte ihn heraus, roch daran und verzog das Gesicht. Der Duft verklebte einem die Nase. »Erdbeeraroma. Wie lecker. Auf die Erklärung bin ich jetzt aber gespannt.«

Mathis grinste. »Damit lockst du ihn aus der Reserve.«

»Mit dem ekligen Geruch?«

»Nein.« Mathis schmunzelte.

Ich knuffte ihn in die Seite. »Jetzt mach's nicht so spannend.«

Er nahm mir den Lippenstift aus der Hand und malte Gregor einen roten Punkt auf die Stirn, der die Größe eines Daumens hatte. Das sah albern aus. So albern, dass wir lachen mussten. Und dieses Lachen war befreiend. Dieses Lachen tat so verdammt gut. »Du machst aus deinem kleinen Bruder aber jetzt keine Dragqueen, oder?«

»Wart's ab.« Mathis griff nach dem Spiegel und wurde wieder ernst. »Du musst ihm den Spiegel vors Gesicht halten, nicht zu nah. So dreißig, vierzig Zentimeter. Dann bewegst du ihn langsam hin und her. Etwa so. Und achte darauf, ihn senkrecht zu halten, sonst hat Gregor die Decke im Blick, und das könnte ihn verwirren.«

»Und dann schaue ich auf seine Mimik und die Pupillen, ob sich da was verändert?«

»Exakt. Das ist Schritt eins.«

»Und wie lange mach ich das?«

»Nach Gefühl. Ein paar Minuten. Wenn der Kopf auf die Brust kippt, versuch ihn anzuheben, bis seine Nackenmuskeln wieder mitmachen. Das geht am besten, wenn du ihm über die Wange streichst. Das hat Frank rausgefunden. Steht auf seiner Liste unter Motorik.«

»Die Liste in der Küche?«

»Genau.«

»Und Schritt zwei?«

»Schritt zwei, der eventuell auch vor Schritt eins passieren könnte, bedeutet, dass er den Punkt auf seiner Stirn bemerkt und fixiert. Dann darfst du den Spiegel nicht mehr bewegen. Das ist ganz wichtig. Halte ihn ruhig und rede ihn mit seinem Namen an.«

»Sieht man das dann auch an den Pupillen?«

»Nicht unbedingt. Kann sein, dass er erst die Arme bewegt. Oder einen Laut ausstößt. Schließlich gehört der Punkt da nicht hin.«

Ich begann zu lächeln. »Verstehe. Das ist schlau. Ein Fehler im Bild.«

»Und die Rückkehr ins Bewusstsein«, ergänzte Mathis. »Gregor hört seinen Namen und erkennt sich selbst. Eine ganz einfache Gleichung. Damit wären wir schon fast zu Hause.«

»Das ist ziemlich clever.«

»Sollte das passieren, muss er schnellstmöglich ins Krankenhaus. Nur im CT kann man sehen, ob das mit dem Splitter zusammenhängt oder wirklich mit dem Spiegeltest.«

»Was?« Ich schaute ihn ängstlich an. »Ich ... ich dachte, der Splitter würde sich nicht mehr bewegen? Das hast du doch gesagt. Dass da nichts mehr passieren kann. Stimmt das gar nicht?«

»Die Ärzte sind sich in dem Punkt nicht ganz einig. Geht ja um Mikrometer.«

»Und rausholen können sie das beschissene Ding nicht?«

Mathis schüttelte den Kopf. »Zu gefährlich.«

3

Sherlock Holmes. Das Duft-Dreieck. Und die Weltherrschaft der Ratten.

GREGOR

Ich bildete mir ein, soeben den Titelsong meiner Lieblingsserie Sherlock (die BBC-Version) gehört zu haben. Wahrscheinlich war nur noch der harte Kern von der Party übrig, kauerte nun mit ordentlich Restalkohol im Blut an der Pool-Bar herum und schaute zum Ausklang ein paar Folgen auf dem gigantischen Flatscreen. Dazu passte das unscharfe Flimmern vor meinen Augen, das vermutlich die Spiegelung auf dem Pool war. Bestimmt hatte ich meine Brille verloren oder irgendein Idiot hatte sie mir abgenommen, damit sich der Rahmen nicht in mein überhitztes Gesicht drückte.

»Sherlock, beginnen Sie mit der Rekonstruktion der Fakten«, forderte mein persönlicher Dr. Watson. Keine Ahnung, wie viel Zeit vergangen war. Ich hatte geschlafen, unruhig geschlafen und geträumt, von fremden Menschen mit verzerrten Stimmen, die auf mich einredeten, dass mir die Ohren klingelten. Manche Partys gehen echt an die Substanz. Ich war immer noch zu schwach, um mich zu bewegen, hatte weder Durst noch Hunger. Also vielleicht doch Chrystal, gemischt mit was besonders Fiesem. In die Kristalle hauen sie ja alles rein, von der ätzenden Batteriesäure bis hin zu Putzmitteln, Hauptsache, es ist billig. Ich konnte nicht glauben, von dem Dreckszeug probiert zu haben. Irgendwas musste vorgefallen sein, irgendwas Schlimmes, sonst hätte ich diese Grenze nicht überschritten.

Hatte Mira einen neuen Freund?, schoss es mir unvermittelt durch den Kopf. Mira? Wieso dachte ich schon wieder an Mira? Wieso bildete ich mir ein, dass sie in meiner Nähe war? Oder war das nur die verdammte niemals endende Sehnsucht, die von der Droge verstärkt wurde? Förderte das Zeug die Wahrheit zutage? Ich bekam Mira einfach nicht aus dem Kopf. Egal, wie viele Mädchen ich küsste. Egal, wie oft ich die Bilderleiste meiner Bekanntschaften unter meinem Daumen rauf- und runterscrollte, die einzige Frau, die mich wirklich faszinierte, war Mira, die Unerreichbare.

Hatte sie vielleicht doch kurz auf der Party vorbeigeschaut? Mit einem neuen Freund? Irgendeinem dämlichen Blender? Hatte sie denn immer noch nicht genug von all den Arschlöchern, die nur mit ihr angeben wollten? Wieso machte ihre Intelligenz eine Ausnahme, wenn es um Liebe oder was auch immer das war, ging? Wieso angelte sie sich immer die größten Vollpfosten? Typen, die zur Selbstüberschätzung tendierten und nicht wussten, wie man mit einer Frau ihres Kalibers umging?

Ich spürte ein Stechen in der Brust, hielt kurz die Luft an und ließ sie stockend wieder ausströmen. Nein, das war es nicht. Das würde sich anders anfühlen. Schmerzhafter. Beschissener.

Es war dämmrig. Irgendwo in der Ferne brannte ein einzelnes rotes Licht, umgeben von einem wabernden Dunstschleier. Penetranter Erdbeerduft stieg mir in die Nase. So wie vorhin schon mal bei den tanzenden Geistern mit den roten Farbbeuteln. Vielleicht Erdbeerbowle aus Sirup mit einer Tonne Geschmacksverstärker, die jemand in den Pool geschüttet hatte. Am liebsten hätte ich gekotzt, aber ich riss mich zusammen. Schlimmer als betrunkene oder in meinem Fall zugedröhnte Leute sind Leute, die kotzen. Wobei Kotzen vielleicht gar nicht so schlecht wäre. Vielleicht würde es den Entgiftungsprozess beschleunigen. Aber es ging nicht. Ich brachte es nicht mal fertig, zu würgen. Nur ein leises Stöhnen drang aus meinem Mund. Ich war ein gefallener Soldat auf dem Schlachtfeld der krassesten Party meines Lebens.

Mein restlicher Körper hatte sich wieder abgekühlt. Tau überspannte meine Haut mit einem feuchtwarmen Film. Bleigewichte drückten auf meine Lider. Unmöglich, sie weiter zu öffnen als einen Nanometer. Ich ließ sie wieder zufallen. Ein Kaleidoskop aus Bildern und Tönen zitterte durch meinen Geist. Nichts passte zusammen. Nichts machte Sinn. War ich gar nicht richtig wach? War das hier ein Traum? Ein endloser Traum? Ein Traum, in dem man hin und wieder klar denken konnte? Arme und Beine abgehackt, die Zunge herausgeschnitten.

Seltsamerweise wusste ich nicht mehr, wie Konsi aussah. Dasselbe galt für Chris und Helena und sämtliche Namen, die mir durch den benebelten Geist schwirrten. Helena hatte einen derben Humor und schöne Beine, das wusste ich, weitere Details: Fehlanzeige. Erschreckender noch war die Tatsache, dass ich nicht mehr wusste, wie ich selbst aussah. Erinnerung gelöscht. Zugriff verweigert. Mein Gesicht, Birkenrinde mit Narben für Augen, Mund und Nase. Wahrscheinlich mussten die verbliebenen grauen Zellen in meinem Hirn das Schlachtfeld von gefallenen Artgenossen säubern, um zu den Basisfunktionen zurückzukehren.

Oder war ich tot? T-O-T. Drei Buchstaben mit der Wucht

eines Vorschlaghammers. Vielleicht war das hier der letzte Funke Bewusstsein, mit dem meine müde Seele über den Jordan schipperte. Das Ufer unerreichbar. Ich war nicht gläubig oder so, auch wenn ich mir das manchmal gewünscht hatte, wenn mein Opa gut gelaunt aus der Kirche kam. Seligkeit auf Knopfdruck. Eine Bestellung beim Universum. Bei mir ganz oben auf meiner ewigen Wunschliste. Mein Verstand wehrte sich dagegen, mein Leben in die Hände des ewigen Superstars zu legen.

Auf einem kleinen Hügel oberhalb unseres Vierkanthofs gab es eine Kapelle. Nach dem Tod meines Opas und der Bekanntschaft mit Miras erstem Freund hatte ich das Schloss geknackt und da drin so was wie Erleuchtung, Trost oder beides gesucht. Als das weder im einen noch im anderen Fall funktionierte, fing ich damit an, meinen Übertritt in die Glaubensgemeinschaft zu beschleunigen, indem ich mich im Angesicht des gekreuzigten Jesus mit den Riesenbrustwarzen betrank. Ich versuchte es mit Kiffen, mit Weinen und Beten und anderen lächerlichen Ritualen, aber da war kein Gott. Zwischen den Holzbänken gab es nur widerliche Stille und das Geräusch der Ratten, die sich fiepsend und zischelnd unter dem Dielenboden vermehrten, als wollten sie von dort aus die Weltherrschaft übernehmen.

»Die Ruhe bewahren«, meldete sich Holmes zu Wort. »Vermutlich handelt es sich um eine temporäre Amnesie, ausgelöst durch den unsachgemäßen Umgang mit verbotenen Substanzen. Höchstwahrscheinlich synthetischer Herkunft.«

»Also doch?«

»Könnte jemand in einen Drink gemischt haben.«

»Um das Opfer gefügig zu machen?«

»Oder es auszurauben.«

»Und weiter?«

»Alter siebzehn. Geschlecht unbekannt?«

»Wie bitte?«

»Sehen Sie selbst.«

Ich zuckte zusammen, fühlte mich für einen flirrenden Moment tatsächlich wie ein Neutrum, ein Baby, das sich noch nicht darum kümmern musste, wie sich Mutter Natur entschieden hatte. Dr. Watson schüttelte missmutig den Kopf. Er war nicht zum Scherzen aufgelegt. »Es ist natürlich ein Junge«, sagte er genervt. Ja, ich war ein Junge, auch wenn mir das in dem Zustand egal war.

Holmes und Watson schnurrten zusammen wie Playmobilfiguren im Feuer. Passend dazu kratzte ein beißender Geruch in meiner Nase, zog hinauf in meine Nebenhöhlen wie Rauch durch einen Kamin. Ich wollte niesen, konnte aber nicht. Ich wollte aufstehen, konnte aber nicht. Ich wollte lachen, konnte aber nicht. Was für ein elender Trip! Ich musste den Peak verschlafen haben. Keine Spur von Glück. Kein uneingeschränkter Blick in die Sterne. Aber auch kein Down. Kein Tal, keine tiefe Sehnsucht, den Rausch zu wiederholen. Dieser Trip war wirklich merkwürdig.

Ich war allein, und ich hatte jegliches Zeitgefühl verloren. Das Geräusch meines Atems brandete in Wellen gegen mein Trommelfell. Eigentlich sollte ich in Panik geraten, dachte ich. Eigentlich sollte ich schreien. Aber ich war nicht unglücklich. Ich war frei. Widersprüchlicher ging es nicht. Das Schwanken der Hollywoodschaukel war zurückgekehrt. Ich war erleichtert. Es durften also erst ein paar Stunden vergangen sein, sonst wäre es ja auch hell gewesen. Selbst hinter geschlossenen Augen sah man, wenn es hell war. Ich meinte, die Schwere einer Decke auf meinem Körper zu spüren. Die

Feuchtigkeit, der Tau, waren verschwunden. Unter der Decke war es kuschelig warm. Das Schwanken wirkte beruhigend. Ich war ein großes zugedröhntes Baby, das man in der Wiege vergessen hatte. Ein Gute-Nacht-Lied hatte es nicht gegeben. Keinen Kuss auf die Stirn, aber trotzdem umspannte mich ein Gefühl von Geborgenheit.

Plötzlich blitzte eine Großaufnahme von Miras Gesicht in meinem Kopf auf. Sie grinste herausfordernd. Ihre Lippen bewegten sich, die Tonspur fehlte. Dann erschien wieder der Golfball. Eine Nahaufnahme. Der Panther im Sprung. Der Ball kullerte in Zeitlupe über den morschen Holzsteg, begleitet von einem rhythmischen Klacken. *Ta-tack-tack-ta-tack.* Ein neuer Duft verdrängte den Erdbeergestank. Ich nahm einen tiefen Zug. Der Duft kam mir bekannt vor. Meine Mutter hatte immer ein Stofftaschentuch mit einem Wässerchen aus Irmas esoterischer Hausapotheke beträufelt, wenn ich Kopfschmerzen hatte. Ich konzentrierte mich. Rosmarin, ja, ganz fein der Duft von Rosmarin. Ich taufte den Duft Dreieck. Ich weiß, wie schräg sich das anhört, einem Duft den Namen einer geometrischen Figur zu geben, aber kurz bevor mein Riechorgan diesen speziellen Duft identifizierte, flirrten die schimmernden Umrisse eines Dreiecks durch die Dunkelheit, als hätte jemand ein Relief in die Finsternis gehauen.

MIRA

Ich schob Gregor vor die offene Terrassentür und tupfte ihm die Stirn mit dem Stofftaschentuchtuch ab, das mir Esther gegeben hatte. Es roch angenehm nach Rosmarin, Minze, Eukalyptusöl und Zedernholz und war zu einem Dreieck gefaltet. Das Schwitzen sei normal, hatte Esther gesagt. Vermutlich wurden die Hitzeschübe durch Tagträume ausgelöst. Hoffentlich hatte Gregor keine Angst, dort, wo ihn seine Träume hinführten. Hoffentlich bemerkte er das Licht, die hellen Farben und die Berührung meiner Hand. Seine fühlte sich im Moment kalt und kraftlos an.

Und tatsächlich, es dauerte nur ein paar Minuten und sein Atem ging wieder gleichmäßig und ruhig. Er wirkte erschöpft. Sein Kopf neigte sich zur Seite. Ein leises Säuseln drang aus seinem Mund. Ich wischte ihm den roten Punkt von der Stirn. Er hatte nicht auf den Spiegel reagiert. Die offizielle Liste dokumentierte seinen Zustand oder besser gesagt Stillstand. Mal bekam er vier Punkte, mal fünf. Die Skala reichte bis vierundzwanzig. Einen Achttausender zu besteigen schien momentan realistischer.

Gregors Gesicht war seit dem Unfall schlanker geworden, kantiger, dadurch wirkte er älter und reifer, aber nicht krank. Nein, tatsächlich, er wirkte weder krank noch unglücklich. Der Ausdruck auf seinem Gesicht war friedlich. Wachkoma, sagte ich in Gedanken. Wie konnte jemand wach sein und gleichzeitig schlafen? Wie konnte jemand mit offenen Augen träumen? »Experten gehen davon aus ...« Diese Einleitung fand man unzählige Male im Internet. Als Kind hatten wir uns immer mit den Worten »Bis später im Traum« voneinander verabschiedet. Träume waren eine Parallelwelt gewesen, die man nach dem Einschlafen von unterschiedlichen Seiten betreten konnte. In dieser Welt war es möglich, sich mit anderen zu verabreden und Abenteuer zu erleben. Was hätte ich darum gegeben, in Gregors Welt einzutauchen.

»Ich bin da«, sagte ich und strich ihm über den Kopf. »Ich hoffe, dir geht es gut.« Gregors Augäpfel bewegten sich. »Was träumst du gerade?« Ich legte meine Hand auf seine und umschloss sie sanft. »Ich will die Überraschung sehen, von der du auf dem Golfplatz gesprochen hast. Also streng dich an.«

GREGOR

Als ich das nächste Mal zu mir kam, brannten meine Augen. Sie waren geöffnet. Es war hell, die Nacht war endlich vorüber, und ich steckte voller Zuversicht, mich bald aus den Fängen der Droge zu befreien. Ich musste aufstehen. Ich musste mich bemerkbar machen. Tatsächlich hörte ich das Zwitschern von Vögeln. Ich musste Hilfe rufen. Ich musste auf mich aufmerksam machen.

»Hallo«, glaubte ich zu sagen. Meine Stimme war kaum mehr als heiße Luft mit ein paar undefinierbaren Tönen. Ich verstummte. Aus dem Flimmern schälte sich das flatterhafte, extrem unscharfe Gesicht eines Typen heraus, der entsetzlich nach Schweiß stank. Der Gestank war mir egal, denn endlich hatte mich jemand gefunden. Wahrscheinlich war die Party vorbei, jetzt kümmerte man sich um die Opfer. Hoffentlich kam keiner auf die Idee, einen Krankenwagen zu rufen. Der Rausch würde vorübergehen, der Ärger mit meiner Mutter bleiben. Ganz zu schweigen von Mathis, er würde mir eine Standpauke über Vernunft, Verantwortung und den ganzen anderen Müll halten, dem man sich seiner Meinung nach unterordnen muss, wenn man erwachsen wird. Ja, das konnte er gut, mir Vorschriften machen. Kaum zu glauben, dass wir demselben Genpool entstammten. An den drei Jahren Altersunterschied konnte es nicht liegen. Wir würden nie denselben Blick auf die Welt haben.

Der Typ vor mir wirkte ziemlich träge. Hilfe hatte ich mir anders vorgestellt. Seine Bewegungen erinnerten an eine

Schildkröte am ersten Tag nach dem Winterschlaf. Wahrscheinlich hatte auch er von der Drecksdroge probiert, kroch nun auf allen vieren durch die Prärie und war bei mir hängengeblieben. Somit waren wir das absolute Dreamteam. Sein Gesicht ließ sich ums Verrecken nicht scharf stellen, aber immerhin hatte ich meine Augen aufbekommen, ohne dafür mit Kopfschmerzen zu bezahlen. Wenn das Konsi war, der nun wie ein gebrochener Zirkuselefant vor mir hin und her pendelte, würde ich ihm zur Begrüßung eine reinschlagen. Bestimmt hatte er sich in den höchsten Tönen für die Reinheit des Stoffs verbürgt. Das tat er immer, und ich glaubte ihm. Der Fehler meines Lebens. Synthetisches Zeug war immer ein Risiko, deshalb hatte ich bisher einen großen Bogen darum gemacht. Wieso ich meinen Vorsatz letzte Nacht gebrochen hatte, ließ sich nicht rekonstruieren. Meine Erinnerungen waren noch nicht zurückgekehrt. Dummerweise war ich neugierig. Das war mir schon als Kind zum Verhängnis geworden. Erfahrungen aus zweiter Hand genügten mir nicht, ich war der Junge, der sich die Pfoten an der Herdplatte richtig verbrennen musste, um seine Lektion zu lernen. Ein Mal war nicht genug, meist setzte erst nach dem zweiten Versuch der Lerneffekt ein. Konsi war eine Verbindung hinaus in die große weite Welt. Berlin, New York, Amsterdam, Prag. Wenn nur die Hälfte von dem stimmte, was er so von sich gab, dann lebten wir tatsächlich hinter dem Mond, und das wollte ich spätestens nach dem Abitur ändern. Von einem Trip nach Holland hatte mir mein Gelegenheitskumpel auf Bestellung Hanfsamen mitgebracht. Richtig gute Ware. Die Samen waren Teil eines persönlichen Hilfsprojekts gewesen, das gewaltig in die Hose gegangen war. Ich taugte weder zum Bauern noch zum Dealer.

Um ehrlich zu sein, wusste ich nicht, wozu ich überhaupt taugte. Meine liebenswert schräge Tante Irma hatte die halbe Welt bereist und sich schließlich für unser Kaff entschieden. Warum auch immer. Ich wusste nur, dass ich nach dem Abi reisen wollte. Quer durch Europa. Ich wollte unterwegs sein. Ich wollte wissen, ob meine Heimat das Unterwegssein war oder ob es einen anderen Ort auf der Landkarte gab, der mich mit offenen Armen empfing und nichts von mir verlangte, außer da zu sein. Nicht zuletzt wollte ich herausfinden, ob ich Heimweh bekommen und meine Familie vermissen würde. Und Mira? Sie wollte ich am liebsten dabeihaben. Sie war Teil meines Traums. Um, wie mein Vater es immer tat, in Wahrscheinlichkeiten zu sprechen: Die Chance, dass sie mitkam, stand bei eins zu einer Million. Aber es war eine Chance. Den ersten Versuch, bei ihr zu landen, hatte ich verbockt, an den zweiten konnte ich mich gerade nicht erinnern. Aber aller guten Dinge sind bekanntlich drei, somit bestand noch Hoffnung.

»Tu was«, knurrte ich den Typ an, als er mit dem Pendeln aufhörte und mich mit einem besonders leeren Blick ansah. »Der Trip dauert zu lange.«

Meine Stimme war ein dunkles Nuscheln. Es klang, als hätte man mir den Kiefer verdrahtet. In meinen Ohren rauschte, piepste und brummte es im Wechsel. Der Typ bewegte sich nicht mehr. Er war zur Salzsäule erstarrt. Sein Gesicht, ein verwaschenes Aquarell. Augen, Mund, Nase und Stirn, eine Landschaftsaufnahme aus der Vogelperspektive. Dreitausend Meter über dem Meer. Endlich gelang es mir, auf seine Nasenspitze scharf zu stellen, schon einen halben Zentimeter dahinter begann verschwommenes Niemandsland. Wahrscheinlich waren meine Kontaktlinsen ausgetrocknet, verrutscht oder beides. Diesmal kam alles zusammen. Murphy's Gesetz, würde mein Vater sagen. Alles, was schiefgehen kann, geht schief. Damit hatte auch er Erfahrung. Er war Biologe und hatte die letzten fünf Jahre damit verbracht, ein Waschmittel zu entwickeln, das auf der Basis von Schneckenschleim funktionierte. Leider hatte er seine Firma in den Sand gesetzt und einiges an Geld und Selbstbewusstsein verloren. Aber Aufgeben kam trotzdem nicht in Frage, obwohl ihn die Leute im Dorf als Sonderling abstempelten. Ich liebte ihn dafür, dass er sich trotz allem nicht von seinem Plan abbringen ließ. Gibt nicht viele Leute, die bereit sind, so hart für ihre Sache zu kämpfen und nicht zu verzweifeln.

»Wer bist du?«, fragte ich mein Gegenüber, trotz der Störgeräusche. Ich gab mir keine Mühe mehr, freundlich zu sein. Vielleicht war es mein Bruder. Mathis hatte Antennen dafür, wenn ich in Schwierigkeiten steckte. Als Kind hatte er mich in den Schwitzkasten genommen, wenn ich Mist gebaut hatte, mittlerweile stammten seine Strafmaßnahmen aus dem Lehrbuch für CIA-Agenten. Ich wiederholte meine Frage. Meine Stimme fühlte sich an, als würde sie nach innen umgeleitet. *Good cop, bad cop*, kam mir in den Sinn. Die altbewährte Methode, um einen Verdächtigen weichzukochen. Allgemeines Schweigen gab es immer kurz vor dem Geständnis. Aber ich hatte nichts zu gestehen. Das hier war mein ganz persönlicher Absturz, und das vor mir konnte dann doch nicht mein Bruder sein. Der hätte mich schon längst angebrüllt. Vielleicht hatte es bei dem Typen die Zunge erwischt. Bis ich sein Gesicht in meiner defekten Datenbank gefunden haben würde, taufte ich ihn auf den Namen Walter, Walter Unscharf. So wie James, James Bond. Ich taufte ihn Walter, weil er noch näher kam und seinen Unterkiefer mechanisch hin und her schob wie ein Spielzeugroboter im Endlos-Loop. Zwar kannte ich keinen Roboter mit dem altmodischen Namen Walter, aber aus irgendeinem Grund fand ich genau das lustig. Mein Humor kannte seltsame Wege.

Ohne Vorwarnung flog Walter plötzlich links aus dem Bild. *Wusch!* Vielleicht war er umgekippt. Dahinter war alles orange. Die Sonne ging auf, alles war erleuchtet. Ich hörte ein Knacken, ein Poltern, sah dunkle Flecken und schmeckte etwas Bitteres auf der Zunge. Eine Geschmackswiederholung. Meine Augenlider wurden schwer. Auch das eine Wiederholung. Ich versuchte mich dagegen zu wehren, aber ich schlief ein. Dunkelheit, keine Träume.

Wenig später wachte ich wieder auf. Der grelle Lichtschein war verschwunden. Blassweißes Licht zog über meinen Kopf. Der Geruch von scharfen Putzmitteln schlug mir entgegen. Ein Papagei mit nassem Gefieder starrte mich verständnislos an. Verwirrend das Ganze. Wo war Walter? Wo waren die anderen? Ich hörte Schritte. Brummen. Ich spürte einen Druck auf meinem Arm, dann ein Schmerz und Hitze unter der Haut. Ich dachte daran, wie mir Mira einmal *Brennnesseln* gemacht hatte. Sie war stark, trotz ihrer zierlichen Statur. Sie hatte Kraft in den Händen.

»Von eins bis zehn«, sagte sie. »Okay?«

Zehn war unerträglich, zehn waren Höllenschmerzen. Ein Schlag mit dem Hammer neben den Nagel, zielsicher auf den Daumen. Das war zehn. Sie umfasste meinen Unterarm mit beiden Händen wie zwei Zangen und verdrehte meine Haut.

»Vier«, sagte ich, obwohl das Brennen auf der Haut mindestens sieben war.

Mira nickte. »Soll ich aufhören?«

»Nein«, stöhnte ich. Helden kennen keinen Schmerz.

Sie drückte und drehte noch weiter. Gleich würde meine Haut durch alle Schichten reißen und splatter-movie-mäßig Blut spritzen. Ich biss die Zähne zusammen. Ich wollte ihr beweisen, wie stark ich war.

»ZEHN!«, brüllte ich und sprang auf. Mira kippte nach hinten. Mein Arm brannte wie verrückt. Die Abdrücke von Miras Finger waren deutlich zu erkennen. Sie klopfte sich die Strohhalme von der Hose, dann rollte sie den Ärmel ihres Pullis zurück. »Jetzt darfst du«, sagte sie, ohne Angst.

»Wie weit willst du gehen«, fragte ich.

Mira grinste. »Natürlich bis zur Zehn.«

Die Erinnerung verblasste. In meinen Ohren begann es zu knattern. Kühle Morgenluft strich über mein Gesicht. Ich hörte eine aufgeregte Männerstimme, die von dem Knattern zerhackt wurde. Spürte ein Schwanken. Lag ich immer noch auf der Hollywoodschaukel? Oder wieder? Jedenfalls wollten meine Augen ums Verrecken nicht aufgehen. Die Stimme kam näher. Walter war wieder bei mir – und er hatte einen Redeflash. »Rufen Sie an ... die Leitung ... vierundzwanzig Raten.« Walter war nicht stumm, er war voll drauf und bildete sich ein, Moderator eines Verkaufssenders zu sein. Verdammt, was hatte der Typ nur geschluckt?

4

Eine Kiste. Ein Roboter.
Und Dessous-Mode für Mollige.

MIRA

Eine grüne Klappbox, mehr hatte ich im Keller nicht gefunden. Ich stellte sie auf den Esstisch und wischte den Staub und die Spinnweben weg. Die Box verströmte den typisch muffigen Geruch eines Gewölbekellers, in dem Kartoffeln, Äpfel und Einweckgläser lagerten. Gregor und ich waren vermutlich die einzigen Menschen, die bei dem Geruch sofort auf Entspannung schalteten. Zusammen mit der Stille war so ein Keller der perfekte Ort, um runterzukommen. Stundenlang hatten wir als Kinder mit Decken auf umgedrehten Weinkisten gesessen und uns Gruselgeschichten vorgelesen.

Hier oben war an Entspannung nicht zu denken. Der Fernseher lief schon seit einer Stunde. Laut genug, um sich mit dem Scheppern der Spülmaschine zu einer gemeinen Belästigung zu verbinden.

»Der Typ treibt einen ja in den Wahnsinn mit seinem Geschrei«, rief ich in Richtung offener Kellertür. Mathis war noch unten. »Kaufen! Kaufen! Kaufen!«, äffte ich den Moderator nach. »Mathis! Kann ich ausschalten? Ich kann den Wahnsinn nicht länger ertragen.«

»Ist noch zu früh.« Mathis kam die Treppe hoch. Er trug einen Bananenkarton und schloss die Tür mit einem schwungvollen Fußtritt nach hinten, der ihn beinahe zu Fall gebracht hätte.

»Damit könntest du auftreten«, sagte ich.

»Besser nicht.« Er stellte den Karton ab und wischte sich die Spinnweben aus dem Gesicht. »Wir dürfen den Tagesablauf nicht immer wieder ändern. In einer halben Stunde kriegt er Abendessen, erst dann ist Schlafen angesagt. Nimm so lange einen anderen Shopping-Kanal. Frauenstimmen gefallen ihm ohnehin besser.«

»Das hätte ich mir ja denken können, du alter Playboy«, sagte ich zu Gregor, nahm die Fernbedienung von seinem Schoß und machte ein übertrieben gequältes Gesicht. »Wieso müssen es unbedingt Shopping-Sender sein, auf die du ansprichst?« Ich machte eine Pause und hob erwartungsvoll die Brauen. Sein Gesicht sah tatsächlich aus, als würde er über eine schlagfertige Antwort nachdenken. »Dazu fällt dir wohl nichts ein.« Ich strich ihm über die stoppelige Wange. Morgen musste er wieder rasiert werden. Zu viel Veränderung schmälerte die Erfolgsaussichten beim Spiegeltest. Vielleicht durfte ich Gregor diesmal rasieren. Bei meinem Vater hatte ich das als Kind auch manchmal gemacht.

Gregors rechte Hand griff ins Leere. Das sind nur Reflexe, sagte ich in Gedanken zu mir selbst. Ich hielt die Hand fest und spürte die kleinen Impulse. Und wenn er gar nicht hier ist?, dachte ich. Wenn er sich an einem anderen Ort befindet und in Gedanken spazieren geht, nach Golfbällen taucht oder mit einem der vielen Mädchen flirtet, die ihm auf WhatsApp Nachrichten schreiben? Mathis hatte das Handy in Gregors Zimmer gefunden. Über und über voll mit Nachrichten. Gregor hatte es auf dem Golfplatz nicht dabeigehabt. Jetzt war er endgültig offline, und die Besuche wurden von Tag zu Tag weniger.

Mathis verschwand in Gregors neues Zimmer, um das Bett frisch zu überziehen, bevor er ihn dort nachher hineinhievte. Er wusch ihn sogar. Bei aller Fürsorge, darauf wollte ich dann doch lieber verzichten. Ich glaub auch nicht, dass Gregor das gewollt hätte (wenn ich ihn nackt gesehen hätte). Ich lächelte ihn an. »Schauen wir mal, ob es in den unendlichen Weiten der Fernsehkanäle vielleicht doch etwas gibt, was dem Herrn zusagt, außer diesen Nervtypen.« Ich strich ihm eine Haarsträhne aus der Stirn. »Schön die Augen auflassen, mein Lieber, sonst krieg ich Ärger mit deinem großen Bruder. Schlafen ist erst in einer Stunde angesagt. Und du bekommst ein frisches Bett. Ist ein Service hier wie in einem Fünf-Sterne-Hotel.«

Gregor hatte die Augen halb geöffnet. Sah tatsächlich etwas schläfrig aus. Die Pupillen waren starr geradeaus gerichtet. Nach der Krankengymnastik bewegten sich seine Hände weniger als sonst. Normalerweise. Heute nicht. Heute sahen seine Finger aus, als würde er Klavier spielen. Bewegung konnte der Schlüssel zur Rückkehr sein. Das Gehirn zeichnet alles auf, jeden Druck, jeden Widerstand, jede Umdrehung auf der surrenden Tretmaschine, die Gregor dazu zwang, mitzumachen. Irgendwann würde er selbst wieder die Kontrolle übernehmen, davon war Mathis überzeugt. Beim Schlucken hatte das ja auch funktioniert. Sogar Fleisch hatte er neulich in winzigen Happen gegessen. Fragte sich nur, wann der große Tag kommen würde. Die letzten Wochen waren zäh gewesen. Bei den Untersuchungen im CT hatte es nichts Neues gegeben. Keine Veränderungen.

Ich zappte weiter durch die Programme. Dreihundert Sender, und das meiste davon Schrott. Vielleicht gab es irgendwo eine Tierdoku. Die mochte Gregor – jedenfalls früher. Nach ein paar Minuten wurde ich fündig: Raubkatzen. »Das gefällt dir doch auch besser, oder?« Ich schob Gregor näher vor den Fernseher und rückte seine Brille zurecht. Sein Kopf kippte zur Seite. Ich erschrak nicht. Nicht mehr. Ich wusste, dass es keine Antwort auf meine Frage war.

»Bei Shoppingsendern kann er sich wirklich am besten entspannen«, kam es von hinten. Mathis war wieder da. Seit Gregor im Wachkoma lag, hatte er sich nicht mehr rasiert. Der Bart stand ihm. Er war voll im Trend. Genauso wie die längeren Haare. Damit sah er lässiger aus, wie ein Künstler, der sich seiner Leidenschaft verschrieben hat. Ich hab seinen plötzlichen Sinneswandel damals ohnehin nie verstanden. Maschinenbau statt Musik. An seinen Eltern konnte es nicht liegen. Esther und Frank liebten Musik und hatten großen Respekt vor Künstlern, nicht nur, wenn sie es zu etwas gebracht hatten.

Mathis stellte einen Schuhkarton auf den Tisch. »Alles andere hab ich durch. Selbst bei Sherlock Holmes verdreht er nur die Augen und schläft ein.«

Ich blickte ihn fragend an. »Er soll sich also entspannen, aber nicht so sehr, dass er einschläft?«

»Zu viel Schlaf ist nicht gut. Er braucht einen Rhythmus. Trotz des Schlafmittels und des Stundenplans geht bei ihm alles durcheinander. Kann sein, dass ihn das verwirrt.«

»Er war schon immer der Chaotischere von euch beiden.«

»Aber jetzt braucht er Struktur.«

»Und Shopping-Sender?«

»Die leider auch.«

»Na gut.« Tatsächlich waren Gregors Augen jetzt nur noch einen kleinen Spalt geöffnet. Er sah aus, als würde er gleich in einen Traum hinübergleiten. »Na gut, dann verabschieden wir uns wieder von den netten Leoparden und wenden uns der bescheuerten Spezies Mensch zu.«

»Danke«, sagte Mathis.

Ich zappte weiter und blieb bei einer aufgetakelten Brünetten hängen, die so melodiös über die neueste Dessous-Mode für Mollige redete, als würde sie eine Arie singen. Ihr unnatürlich weißes Haifischlächeln blendete. »Dann versuchen wir es mal damit.«

Ich setzte mich zu Mathis an den Tisch. Er sortierte seine Fundstücke aus dem Karton. »Zum Abschluss also noch ein geheimnisvoller Karton, interessant.«

Er grinste. »Die verschimmelten Tauchersachen wollte ich dir ersparen. Ich rede nachher mal mit Esther. Vielleicht hat sie noch was aufgehoben, woran er hing.«

Der Deckel des Schuhkartons war übersät mit kleinen Löchern. Auf der Frontseite war in windschiefer Kinderschrift Gregors Name gekritzelt. Mathis hob den Deckel. Der Karton war bis zur Hälfte mit Heu gefüllt und verströmte einen Geruch nach Pappe, Sommer und etwas anderem, nicht Identifizierbarem. Vielleicht nach Vergangenheit. Mathis griff hinein und förderte zwei Schneckenhäuser zutage.

»Schneckenhäuser?« Ich runzelte die Stirn. »Was sagt Dr. Watson denn dazu?« Früher hatten wir stundenlang die alte und neue Serie geschaut. Mathis wollte immer sein wie der grüblerische Dr. Watson. Gregor und ich standen total auf den extrovertierten Sherlock Holmes.

Mathis zuckte die Achseln. »Hab keinen Plan.«

Ein kühlender Luftzug wehte durch das Zimmer. Der neue Kanonenofen verbreitete eine Wahnsinnshitze. Er knisterte und knackte wie verrückt. Das Klappern eines Schlüsselbunds hallte durch die Diele. Gregors Vater betrat das Wohnzimmer. Er arbeitete als Biologe für eine Firma, die Waschmittel herstellte, und machte keinen Hehl daraus, dass ihm der Job keinen Spaß machte. Nach der Pleite seiner Firma musste er einen Schuldenberg abtragen, deshalb hatte er sich darauf eingelassen.

Er umarmte mich, fragte, ob alles okay sei, und gab Gregor einen Kuss auf die Stirn. Dann schaute er kurz die Post durch. »Wir sollten dringend im Lotto gewinnen. Sonst fällt Weihnachten dieses Jahr aus. Ist ja abenteuerlich, was Handwerker heute verdienen.«

»Frank«, sagte Mathis und hielt ein Schneckenhaus in die Luft. »Kannst du damit was anfangen? Gregor hat es aufgehoben. Schien ihm wichtig zu sein.«

Franks Blick haftete an dem Fernseher, wo eine besonders mollige Frau Damenunterwäsche mit Shaping-Effekt vorführte und dabei aufreizend mit den Hüften wackelte. Er schüttelte ungläubig den Kopf. »Manche Erkenntnisse durch die Liste sollten wir besser ignorieren.« Schließlich haben wir auch einen Erziehungsauftrag. Shopping-Kanäle sind ab heute tabu.«

»Ganz meine Meinung«, sagte ich.

»Aber dann schläft er ein«, hielt Mathis dagegen.

»Wir werden eine Alternative finden«, sagte Frank und schaltete zum Kinderkanal, wo sich Tom und Jerry eine halsbrecherische Verfolgungsjagd lieferten. »Die beiden hat er als Kind vergöttert. Lachen ist die beste Medizin.«

Tatsächlich schienen Gregors Augen darauf zu reagieren. Die Pupillen zuckten ganz leicht.

»Was ist jetzt mit den Schneckenhäusern?«, bohrte Mathis nach. »Fällt dir dazu was ein? Gibt es dazu vielleicht eine *kurze* Geschichte.«

»Gewiss doch.« Frank schaltete den Fernseher stumm. »Die Bilder genügen. Das war ...« Er legte die Stirn in Falten. Die Erinnerung schien ihm nicht zu gefallen. Er schürzte die Lippen. »Hätte nicht gedacht, dass ihn das damals so mitgenommen hat. War viel zu tun. Hatte ja gerade erst die Sache mit den Mikroorganismen rausgefunden und das erste Spülmittel getestet.«

Mathis verdrehte die Augen. »Frank, bitte, die Kurzversion.«

»Ja, ja.« Er kratzte sich das Kinn. »Also bleiben wir bei diesem wunderbaren Zwitterwesen.« Er nickte seufzend. »Ich hatte Gregor damals versprochen, mich um Archibald und Mister Schleich zu kümmern, solange er im Trainingslager war ...«

»... und du hast es vergessen«, vollendete Mathis.

»Ja, aber ... ich ... meine, ich hab gedacht, es würde Regen geben. Konnte ja nicht ahnen, dass die beim Wetterdienst nur Idioten beschäftigen.«

»Warum hast du nicht einfach zwei neue Schnecken aus dem Labor geholt? Das hast du doch damals mit seinen Rennmäusen auch so gemacht.«

»Das hätte Gregor bemerkt. Ich habe ihm die Besonderheiten dieser Gattung erklärt. Kein Schneckenhaus gleicht dem anderen. Das spürt man, wenn man darüberstreicht.« Er hielt mir die beiden Schneckenhäuser hin. »Spürst du die ausgeprägten Anwachsstreifen?«

Ich strich darüber, es stimmte. »Ja«, sagte ich. »Tatsächlich.«

»Über zwei Muskeln ist das Schneckenhaus mit dem Körper verbunden.« Behutsam legte Frank die Schneckenhäuser zurück in das Heubett und wandte sich Gregor zu. »Tut mir leid, mein Junge. Ich hab nicht geahnt, wie sehr du sie gemocht hast.« Franks Blick ging zur Uhr. »Mist! Muss gleich noch zu einem Vortrag vom Chef. Sag deiner Mutter, dass der Mann von der Kranken- oder Rentenkasse wieder angerufen hat.«

»Was hat er gesagt?«

»Dass er mit deiner Mutter sprechen will.«

»Du hast also nicht nachgefragt?«

»Wozu? Deine Mutter ist mit der Materie bestens vertraut, da will ich nicht dazwischenfunken. Zu viele Köche verderben bekanntlich den Brei.«

GREGOR

»Walter«, glaubte ich zu sagen, »wir brauchen Hilfe. Ich brauche Hilfe. Mach was, bitte!« Ich hatte genug von der seltsamen Party und den krassen Halluzinationen, die meine Sinne verwüstet hatten wie ein Hurrikan. Zurück blieb eine kaputte Welt in einer heilen, die mich anscheinend nicht wiederhaben wollte, sosehr ich mich auch bemühte. Ich hatte genug von den egoistischen Säcken, die sich nicht um mich kümmerten und von diesem Dreckszeug, das einem vorgaukelte, ein sprechender, denkender Kopf ohne Körper zu sein, und das einem jegliches Zeitgefühl nahm. Es war hell, ich hatte entsetzliche Kopfschmerzen und hörte seltsames Stimmengewirr. Als hätten die Partygäste Helium inhaliert. Mein Vater hatte das zu meinem Kindergeburtstag mal gemacht. Ballons mit Helium gefüllt. Danach kann man ja für ein paar Sekunden reden wie Micky Maus. Die Eltern der anderen Kinder fanden das nicht so lustig. Meine Mutter musste mit Engelszungen auf sie einreden, damit sie keine Anzeige erstatteten. Der Geburtstag war trotzdem cool gewesen, weil ich von Mira ein Buch mit dem Titel »Überleben in der Wildnis« bekommen hatte und seither wusste, wie man ohne Uhr erkennen konnte, wie lange es noch hell sein würde. Doch dieses Wissen half mir jetzt nicht, weil ich nicht wusste, wo meine Hände waren.

Keine Hände, keine Uhrzeit. So einfach war die Gleichung.

Ich rief erneut nach Walter. Diesmal spürte ich meine Stimme im Brustkorb.

»Was schreist du so rum?«, sagte Walter ohne Vorwarnung.

Das vorhin, dieses Verkäufergelaber, war gar nicht Walter gewesen. Seine Stimme hörte sich anders an. Aber warum hatte er sich die ganze Zeit taub gestellt?

Fürs Erste war ich jedenfalls baff, denn seine Stimme hatte etwas Autoritäres. Sie kam von überall und nirgends, und ich kannte sie nicht. Sie war mir fremd. Sie klang im Wechsel blechern und dumpf, war versehen mit einem langen Nachhall und einem Geräusch, das an knarzende Metallfedern erinnerte. Mit dem Roboter als Namensgeber hatte ich ins Schwarze getroffen.

»Glotz nicht so dämlich aus der Wäsche!«, fuhr er mich ohne Grund an. »Sonst wird das heut nix mehr.« Seine Pupillen bewegten sich in Zeitlupe von links nach rechts. Was hatte er da auf der Stirn? War das ein roter Punkt? War der Typ Inder oder so? Aber machten das nicht nur die Frauen?

»Wovon redest du?«, fragte ich.

Schweigen. Ich hielt es für das Beste, ihn nicht weiter zu provozieren. Schließlich war ich ihm schutzlos ausgeliefert, und was, wenn er zu Gewalt neigte?

Er kostete seine Überlegenheit aus. Hatte er mich entführt? War das hier doch nicht mehr die Party? War es deshalb plötzlich so ruhig? Und das Schaukeln – wann hatte es aufgehört?

Ich bekam es nicht zusammen. »Kannst den Mund wieder zumachen«, sagte Walter schroff. Seine Lippen bewegten sich nicht. Ein Bauchredner.

Ich fragte ihn, woher wir uns kannten. Er sagte, es würde keine Rolle spielen. Das gab mir den Rest. Wollte er mich quälen, musste er mich nur unter den Achseln kitzeln. Vielleicht sollte ich ihm den Tipp geben, bevor er sich aus dem Repertoire argloser Terroristen bediente. Besonders helle wirkte er ja nicht.

Sein Kopf begann zu pendeln. Von links nach rechts. Langsam und zitternd. Meine Augen konnten die Schärfe nicht halten. Sein linker Mundwinkel hing ein wenig nach unten. Als würde dort normalerweise eine Kippe herunterbrennen. »Du kapierst einfach nicht, was abgeht«, machte er weiter. »Wartest, wartest und wartest. Wenn du hier rauswillst, musst du was tun. Eine Rückkehr gibt's nicht für lau.«

»Was willst du von mir? Geld? Einen Gefallen?«

»Geld, Schotter, Kohle, Zaster. Deine Gedanken drehen sich viel zu oft um dieses Thema. Das ist nicht gut, Mann. Das verdirbt den Charakter.«

Offensichtlich war ich in die Fänge eines Irren geraten. Wieso ausgerechnet ich? Mir ging der Arsch auf Grundeis. »Soll ich dich mit ›Gott‹ ansprechen?«, versuchte ich meine Panik zu überspielen. Durch die Serie *Homeland* hatte ich gelernt, dass selbstbewusste Geiseln eine größere Überlebenschance hatten.

Und tatsächlich: Sein Mund zuckte unentschlossen. Er überlegte. »›Walter‹ ist okay«, sagte er sanfter. »Der Name passt.«

»Gut. Freut mich, dich kennenzulernen, Walter. Ich weiß leider nicht, wo meine Hände abgeblieben sind.« Ich stellte mir vor, mit den Schultern zu zucken. Vielleicht kam das irgendwie bei meinen Nerven an. Er musste wissen, dass ich ihn nicht scharf sehen konnte. Sonst hätte er mir die Augen verbunden. Eine andere, weniger optimistische Möglichkeit war, dass er mich töten wollte.

»Spielen wir mit offenen Karten«, sagte ich kraftlos. Das Reden saugte mir die Akkus leer. Das Rauschen kehrte zurück. »Ich würde gerne wissen, was los ist?« Meine Zunge klebte am Grund fest, wie ein Stück Pfannkuchen. »Ist das hier noch die Party? Von ...« Mir fiel der Name nicht ein.

»Helena«, sagte er abgehackt wie eine Maschine. Er war gut informiert. Das machte mir Sorgen.

»Ja, Helena«, sagte ich.

Das Rauschen in meinen Ohren ging in ein pulsierendes Brummen über.

»Die Party hat nie stattgefunden«, knallte mir Walter vor den Latz, ohne dabei auch nur mit der Wimper (die ich nicht gesehen hätte) zu zucken. Jetzt war ich wirklich verwirrt. Und was war mit der Hollywoodschaukel, dem Drogenabsturz, den seltsamen Gedanken und Gefühlen und der Erdbeerbowle? Hatte ich mir das alles nur eingebildet? Oder hatte er mich betäubt und von dort weggeschleppt?

Er kam näher. Die Unschärfe blieb. Sein Atem roch nach Haferbrei. Ich hasste Haferbrei, aber Mundgeruch wäre auch nicht besser gewesen.

»Ich soll dir eine Nachricht überbringen«, hauchte er, ohne die Lippen zu bewegen, und machte eine längere Pause. Er handelte also im Auftrag. Wer hasste mich so sehr, dass er mich entführen ließ? Mit wem hatte ich mich angelegt? Ich hatte keine Ahnung.

»Von wem ist die Nachricht?«, fragte ich in die Stille.

»Von einem Freund, einem ehrlichen Freund, den du vor langer, langer Zeit weggesperrt hast. Das war ein Fehler. Ein wirklich großer Fehler. Freundschaften muss man pflegen.«

»Ich hab jemanden weggesperrt?« Es wurde immer mysteriöser. Wäre ich Sherlock Holmes gewesen, hätte ich die Puzzleteile zusammengefügt, aber meine Kombinationsgabe reichte dafür nicht aus, und neue Kopfschmerzen waren auch schon im Anmarsch.

»Im übertragenen Sinne«, machte er weiter.

»Im über...« Ich versuchte zu lächeln, die Kopfschmerzen drückten auf meine Augen. Ich kniff sie zu. »Es geht also um mich?«, brachte ich angestrengt hervor.

»Exakt.«

»Hast du mich entführt, um mir das zu sagen? Hab ich dir 'ne Frau ausgespannt oder so?«

»Daran kannst du dich also erinnern?«, sagte Walter. Eine Spur Überheblichkeit lag in seiner Stimme. Ich war auf der richtigen Spur.

»Um wen geht es?«

»Um alle. Du hast sie benutzt!«

»Einen Quatsch hab ich. Das beruhte immer auf Gegenseitigkeit.«

»Du hast sie benutzt, weil du ein Feigling bist. Du hast dich nicht getraut, das Mädchen, dass du wirklich liebst, anzusprechen.«

»Wovon redest du?«

»Jetzt stell dich nicht dumm, okay. Du bist nicht ehrlich zu dir gewesen. Du hast gedacht, dass es irgendwann vorbeigeht. Dieses Gefühl. Dieser Schmerz, etwas nicht auf dem Silbertablett serviert zu bekommen. Aber so spielt das Leben nicht.« Sein Gesicht zitterte jetzt heftig. Er hatte einen Bart.

Einen Dreitagebart, wie er gerade in Mode war. »Du hast die anderen Mädchen nur benutzt, um dein Ego aufzupolieren.«

»Das stimmt nicht.«

Mein Geist drückte auf die Play-Taste und präsentierte mir eine überaus charmante Auswahl an Gesichtern, wie die Leiste in einem Chat-Protokoll. Namen: Fehlanzeige. Das Aufgebot war groß. Ganz offensichtlich hatte ich keine besondere Vorliebe. Gut, sie waren alle hübsch oder hätten es mit ein paar Korrekturen an Brille, Frisur oder Make-up sein können. Mit ein paar Ausnahmen wirkte ihr Lächeln sympathisch – und sie lächelten alle. Zu keinem Mädchen spürte ich eine tiefere Verbindung. Aber genauso wenig spürte ich Reue oder ein schlechtes Gewissen in mir aufsteigen. Ich war ein komischer Mensch. Ich war ein Arschloch. Das stand fest. Keine Ahnung, warum ich das erst jetzt bemerkte. Vielleicht machte das die Droge. Vielleicht zeigte sie einem die ungefilterte Wirklichkeit.

»Okay«, sagte ich, als die Briefmarkenansichten verblassten. »Genügt es, wenn ich sage, dass ich mich ändern will?«

»Du machst es dir zu einfach.«

»Wie bitte?«

»Du musst bereit sein, zu leiden. Du musst bereit sein, es noch einmal zu versuchen. Ohne Wenn und Aber. Das ist das Leben. Manchmal muss man für sein Glück kämpfen.«

Langsam hatte ich genug von seinen albernen Weisheiten. Ich hatte das Gefühl, dass er Hollywood-Zitate aus drittklassigen Liebesschnulzen auf mich abfeuerte.

»Ich leide doch. Ich weiß nicht, wo ich bin und was los ist. Reicht das nicht? Ich mein, ich kapiere, dass ich ein Arschloch war. Glaub mir, ich hab meine Lektion gelernt, wenn das dein Ziel war.«

»Und warum warst du ein Arschloch?«

»Weil ... was weiß ich. Was wird das jetzt? Ein Kreuzverhör?«

»Mach dir darüber Gedanken. Zeit hast du genug. Such den Punkt in deinem Leben, an dem du so geworden bist.«

»Wie bitte? Wovon sprichst du?«

Walter Unscharf verstummte. Er löste sich nicht auf wie ein Flaschengeist, obwohl das zu seinem Auftritt gepasst hätte. Die nächsten Minuten präsentierte er mir einen entrückten Blick. Soweit ich erkennen konnte, hatte es die Natur nicht besonders gut mit ihm gemeint. Schön war er nicht mal im verschwommenen Zustand. Hässlich aber auch nicht. Er wirkte gedemütigt. Enttäuscht. Ablehnung ist eine beschissene Erfahrung. Das wusste ich nur zu gut. Diese Lektion hatte ich von Mira gelernt.

Walter saß da wie eine schmollende Buddha-Statue, starrte mich an und schwieg.

Meine Augen ließen sich nicht schließen. Im Zeitraffer ging neben ihm die Sonne auf, davor war es kurz dunkel gewesen. Ein roter verschwommener Farbklecks erschien auf seiner Stirn. Um uns herum war es still.

Ich hatte eine neue Erklärung: Nach einem missglückten Drogenexperiment zusammen mit Walter, der natürlich nicht Walter hieß, befanden wir uns in der geschlossenen Abteilung einer Psychiatrie. Der Freak und ich. Die Party hatte also doch stattgefunden. Ich war wie gelähmt, konnte mich nicht bewegen, und Walter war voll drauf. Ich wusste nicht, ob ich tauschen wollte. Jedenfalls linderte diese neue Version meine Angst, zu sterben oder zu leiden, weil Walter ja doch nicht mein Entführer war und somit auch nicht vorhatte, mich zu quälen. Wir beide waren eine schräge Schicksalsgemeinschaft.

Nachdem der Punkt verschwunden war, verschwand auch Walter – zumindest aus meinem Blickfeld, denn hören konnte ich ihn immer noch. Er hatte die Tonlage gewechselt. Bei ihm war definitiv mehr als eine Sicherung durchgebrannt. Seine Stimme schraubte sich nach oben, bis er sich wie eine Frau anhörte. Irgendwie vertraut und dann doch nicht. Er redete so leise, dass ich mich extrem konzentrieren musste, um überhaupt etwas zu verstehen. »Wir haben das Labyrinth bezwungen«, hörte ich ihn sagen, bevor ich unter meinen tauben Handflächen – waren es meine Handflächen? – etwas Raues spürte. »Das Labyrinth«, wiederholte die Stimme. »Erinnerst du dich an das Labyrinth?«

5

Eine Schleuder. Batman.

Und das Leben im Rückspiegel.

MIRA

Ich musste lächeln. Endlich hatte ich etwas gefunden, mit dem ich was anfangen konnte. Eine Schleuder, geschnitzt aus Kirschholz. Das war nicht irgendeine Schleuder. Nein, dieses vergilbte Stück Holz hier barg Geschichte. Mit dieser Schleuder hatten wir gemeinsam gekämpft, unser Baumhaus beim Weiher gegen einen übermächtigen Feind verteidigt. Gregor, Mathis und ich. Offensichtlich hatte dieser Tag auch Gregor etwas bedeutet, das machte mich glücklich.

Ich nahm die Schleuder aus der Kiste. An der Gabelung war sie mit Schnitzereien verziert, an der Unterseite des Griffs hatte Gregor seine Initialen mit einem Lötkolben eingebrannt. Ziemlich krumm und krakelig das Ganze. Ich spannte das Gummi. Es knisterte, als würde es gleich reißen. Dann fixierte ich ein imaginäres Ziel. »Guck mal, die hat er aufgehoben. Wie schön!«

Mathis nickte stumm, ohne aufzuschauen. Er blätterte in verstörender Langsamkeit durch ein Fotoalbum. Seit der Suchaktion im Keller war er schlecht drauf. Vielleicht hatte er ja Ärger mit seiner Freundin. Vorhin hatte ihr Bild auf seinem Handy aufgeleuchtet. Er hatte sie einfach weggedrückt.

Mit jeder Woche, in der Gregor keinen Fortschritt machte, schrumpften die Chancen, dass er wieder völlig gesund wurde. Auch das konnte der Grund für Mathis' Stimmungstief sein. Stillstand war das Letzte, was wir jetzt gebrauchen konnten.

Vorsichtig ließ ich das Gummi wieder los und legte die Schleuder auf den Tisch.

Etwas von Bedeutung hatte der Arzt gesagt. Damit sollten wir es versuchen. Als ob das so einfach wäre. Was hatte Gregor denn etwas bedeutet? Gut, offensichtlich die Schleuder hier. Aber worum ging es dabei? Um unsere Freundschaft und die Erinnerungen, die mit dem Teil verbunden waren? Geld war ihm wichtig. Das viele Geld, das er mit dem Golfballtauchen verdiente. Oder? Und dann die DVD-Serien. In seinem Zimmer stand ein ganzes Regal damit voll. Frank hatte es die letzten Wochen vergeblich mit Sherlock Holmes versucht. Und auf die uralte Schwarzweißausgabe der Holmes-Serie, die Gregor immer mit seinem Opa geschaut hatte, hatte er genauso wenig reagiert.

Ich blickte hinüber zu Gregor und sagte nichts, weil Mathis so versunken über den Fotos dahockte und ich ihn nicht stören wollte.

Vielleicht sollten wir eine Party organisieren und alle Mädchen einladen, mit denen Gregor was zu tun hatte. Einige davon hatten Blumen geschickt. *Blumen.* Sogar Lilien. Ich meine, hallo?, Gregor war nicht tot, er war verdammt nochmal am Leben.

Die Mutigeren aus seiner Anhängerschaft kamen ab und zu vorbei, tippten auf ihren Handys herum und redeten mit Gregor, als sei er ein Baby, bevor sie sich mit fadenscheinigen Begründungen nach ein paar Minuten wieder aus dem Staub machten. Eine von ihnen, eine Brünette mit edler Michael-

Kors-Handtasche, hatte sogar ein Selfie mit Gregor gemacht und es später gepostet. Das war krank. Wirklich krank. Sie war wohl mehr Fan als Freundin gewesen.

Ich wusste nicht, was Gregor an diesen Tussen fand.

»Hat Gregor in letzter Zeit eigentlich eine feste Freundin gehabt?«, fragte ich. Die Stille war inzwischen unerträglich. Mathis hatte sogar das Radio ausgeschaltet, und der Fernseher lief ohne Ton.

Er schaute auf, träge wie eine Schildkröte. »Nicht, dass ich wüsste.«

»Hatte Gregor überhaupt schon mal eine feste Freundin?«, bohrte ich weiter.

»Glaub schon, aber das ist bestimmt zwei Jahre her und ging nicht allzu lange. Er brauchte ja immer Nachschub.«

»Das weißt du sicher? Oder bist du gerade wieder wütend, wie neulich schon mal, und lässt deshalb kein gutes Haar an ihm?«

»Ich ... ich bin nicht wütend, und ich ... ich bin immer für ihn da gewesen. Immer. Warum sagst du so was?«

»Schon gut. So hab ich das nicht gemeint.« Ich griff nach der Schleuder.

»Hast du deine Schleuder eigentlich auch noch?«

»Meine ...« Mathis starrte mich mit einem seltsamen Blick an. »Meine *Schleuder*?« Er klappte das Album zu und zuckte mit den Achseln. »Ich ... die müsste irgendwo im Keller sein oder im Schuppen. Soll ich ... soll ich nachschauen?«

»Nein, schon gut«, sagte ich. »Bleib sitzen. Was ist denn bloß mit dir?«

»Hab schlecht geschlafen.« Er stand auf und griff nach seinem Handy, das auf dem Tisch lag und vibrierte. Er schaltete es aus.

»Sie hat dir also nicht viel bedeutet?«, machte ich weiter.

»Wer? Wer hat mir nicht viel bedeutet?«

»Na, die Schleuder.« Ich fuchtelte damit in der Luft herum. »Du stehst heut aber echt auf dem Schlauch.«

»Doch, natürlich. Ich kann schauen, wo sie ist, wenn du willst.«

»Ne, lass mal. Ist schon gut.«

»Sorry. Ist heute nicht mein Tag.«

»Danke, dass du das sagst. Sonst hätte ich es nicht gemerkt.«

Mathis ließ sich neben Gregor auf den Stuhl sinken. »Die Schleuder *hat* mir etwas bedeutet«, kam es leise aus seinem Mund. Er fühlte Gregors Puls. »Hast du deine noch?«

»Nein«, sagte ich. »Wir haben doch damals zusammen danach gesucht. Erinnerst du dich nicht mehr?«

»Stimmt.« Er nickte, während seine Lippen stumm zählten.

»Ich frag mich nur, warum Gregor das Ding aufgehoben hat?«, sagte ich. »Das hat doch was zu bedeuten. Erst die Schneckenhäuser und dann die Schleuder.«

»Vielleicht wollte er die Sachen wegwerfen, und Esther hat sie aus dem Müll gezogen. Wäre ja nicht das erste Mal.«

»Manchmal werd ich echt nicht schlau aus dir. War doch deine Idee, den Keller nach seinen Sachen zu durchforsten. Und jetzt ist es dir anscheinend egal. Sollen wir morgen weitermachen?«

»Nein, tut mir leid.«

»Hast du wieder Ärger mit Hannah?«

Mathis zögerte, dann nickte er.

Ich stieß geräuschvoll Luft aus. »Mann, dir muss man echt alles aus der Nase ziehen. Das ist echt anstrengend. Wie gesagt: Ich kann deine Schicht gerne mal für ein paar Tage übernehmen. Dann kannst du zu ihr fahren oder sie kann herkommen, und ihr könnt die Sache wieder geradebiegen. Fernbeziehungen sind ja bestimmt nicht ganz einfach.«

»Hannah kann nicht weg. Hat Prüfungen. Und ich ... ich will bei Gregor bleiben.«

Ich seufzte. »Dann schreib deiner Hannah wenigstens irgendwas Nettes, aber drück sie nicht die ganze Zeit aus der Leitung. Das ist ätzend.«

»Danke für den Ratschlag, *kleine* Schwester!«

Ich grinste. »Gerne. *Großer* Bruder.«

Mathis schenkte uns Tee ein. Blutroten Malventee. Davon hatten wir als Kinder literweise getrunken. Nur dass der Tee von damals zu einem Drittel aus Zucker bestanden hatte und trotzdem nie süß genug sein konnte.

»Ist doch eigentlich zu früh für Erinnerungen, findest du nicht?«, sagte ich. »Das macht man doch erst, wenn man steinalt ist. Das Leben im Rückspiegel betrachten und nach den Abzweigungen suchen, wo man falsch abgebogen ist. Manchmal glaub ich, wir beide sollten uns mehr trauen.«

»Was?«

»Na, so wie Gregor. Er hat sich nie so viele Gedanken über das Wie und Warum gemacht, sondern ist einfach seinem Instinkt gefolgt. Könnten wir uns doch 'ne Scheibe von abschneiden.« Ich ahnte, was gleich kommen würde, und hob vorauseilend die Hand. »*Ich weiß*. War nicht immer okay, was Gregor mit seiner *Freiheit* gemacht hat. Aber ist es wirklich besser, wenn alles nach Plan läuft? Denkst du nie daran, dass du irgendwas verpassen könntest? Das richtige Leben verpassen, weil du zu straight bist und nie aus der Spur läufst?«

»Weiß nicht. Partys waren nie so mein Ding.«

»Meins ja auch nicht, aber Vernunft ist doch manchmal

auch scheiße. Vernunft ist das Gegenteil von Leben. Hast du mal gelesen, was für krasse Dinger viele Komponisten gemacht haben, nur um an neue Ideen zu kommen?«

»So bin ich aber nicht«, sagte Mathis. Fast wirkte er gekränkt. »Ich find es okay, normal zu sein. Gibt doch schon genug Entertainer.«

Ich legte die Schleuder neben die Schneckenhäuser und beschloss, das Thema zu wechseln.

»Ohne dich hätten wir das damals nie geschafft«, sagte ich. »Der Plan war perfekt. Das war so cool, einfach Johannson den Traktor zu klauen.«

»Ja«, sagte Mathis geistesabwesend oder traurig, oder was auch immer sich da hinter seinen müden Augen versteckte. Er stand mit steifen Bewegungen auf und ging zur Tür. »Ich schau mal im Schuppen nach. Vielleicht find ich dort den alten Gameboy. Damit hat er oft gespielt.«

»Soll ich mit dem ersten Versuch warten, bis du wieder zurück bist?«

»Nein. Fang ruhig schon mal an.«

»Ist es okay, wenn ich es zuerst mit den Schneckenhäusern und der Schleuder versuche, oder soll ich das Fotoalbum nehmen?«

»Mach, wie du willst.« Er nahm den Schlüssel von der Kommode und zog die Tür auf.

»Zuerst den Spiegel und dann die Sachen?«, sagte ich. »So rum ist es doch richtig?«

Er nickte. »Du kannst ihm die Brille abnehmen. Auf die Entfernung braucht er sie nicht.«

Er zog die Haustür leise ins Schloss. Ich legte den Spiegel auf den Tisch und setzte mich auf den Stuhl neben Gregor.

»Gregor«, sagte ich flüsternd. »Wir brauchen unbedingt

wieder Punkte. Also streng dich an. Dein Bruder und ich, wir alle brauchen ein Erfolgserlebnis.«

Ein hohes *Pling* ließ mich zusammenfahren. Die Glühbirne der Stehlampe war durchgebrannt.

»Wow, Geisterstunde.« Ich strich Gregor über die Wange und zog mir die Strickjacke über. Plötzlich hatte ich Gänsehaut. »Ich hoffe, das geht nicht auf deine Kappe, mein Lieber. Du weißt genau, dass ich Mystery-Kram nicht ausstehen kann, also lass das.«

Ich ging in die Küche, um die offizielle Liste zu holen. Vielleicht würde Gregors Durststrecke heute enden. Auf der Briefablage stapelten sich Rechnungen. Das Wort »Mahnung« sichtete ich gleich dreimal. Bei dem, was Esther alles organisieren musste, wüsste ich auch nicht, wo mir der Kopf steht. Sie hatte gesagt, dass die Krankenkasse für alles und jedes eine Bestätigung über die medizinische Notwendigkeit brauchte und damit begonnen hatte, rigoros auszusortieren, weil es keine Fortschritte mehr gab.

Ich nahm die Schleuder und setzte mich neben Gregor. Auch wenn wir damals erst zehn oder elf gewesen waren, hatte sich dieses Ereignis bestimmt auch in Gregors Gedächtnis eingebrannt. Behutsam öffnete ich seine linke Hand, drehte die Handfläche nach oben, legte den Griff der Schleuder hinein und wartete. Nur ein leichtes Zittern. Keine Reaktion.

»Gut«, sagte ich. »Dann gehen wir gleich zu Schritt zwei über.« Ich strich ihm über die Innenseite des Handgelenks, legte seine Finger an das grob geschnitzte Holz und registrierte jede Veränderung in seinem Gesicht. Außer einem mehrmaligen Blinzeln passierte nichts. Erst als ich die Fingerkuppen etwas stärker gegen den Griff drückte, setzte der

Greifreflex ein. »Das sieht gut aus. Weiter so. Erinnerst du dich? Kannst du dich an das Labyrinth erinnern und an den Kuss?« Ich ließ die Schleuder los. Gregor hielt sie eigenständig fest. »Schön weiterhalten und spüren und ...« Die Vorderseite der Schleuder schlug nach oben aus, wie eine Wünschelrute, die auf eine Wasserader gestoßen war. Das hatte beinahe etwas Geisterhaftes. »Okay, jetzt wird's gruselig.«

Ich wollte ihm die Schleuder wieder aus der Hand nehmen, aber Gregor krallte sich daran fest. »Alles gut, mein Lieber. Test bestanden. Du kannst loslassen. Bitte.« Ich nahm eines der Schneckenhäuser vom Tisch und hielt es ihm unter die Nase. Vielleicht beruhigte ihn der Duft. Dann strich ich ihm zärtlich über die Hand. Und tatsächlich: Die Finger ließen los. Der Ausdruck auf seinem Gesicht veränderte sich. Über seiner Nasenwurzel bildete sich eine kleine Falte. Ich musste hohl schlucken. »Du ... du musst keine Angst haben. Ich bin da«, sagte ich und merkte dabei selbst, wie belegt meine Stimme klang. »Ich vermisse dich. Wir alle vermissen dich.« Vor lauter Aufregung hielt ich die Luft an. Ich dachte daran, wie wir uns geküsst hatten. Wie ich damals beinahe gestorben war, als sich unsere Lippen berührten und er dabei meine Hand festhielt. Doch anstatt es Gregor zu zeigen, verstellte ich mich und tat so, als sei der Kuss nichts weiter als ein banales Experiment gewesen. Dabei hatte er mich umgehauen. Und völlig verwirrt. Denn solche Gefühle hatte man doch anscheinend in unserem Alter noch gar nicht. Das war doch zu früh, um mehr als verknallt zu sein.

Ich wartete einen Moment, bis ich mich wieder gefangen hatte, dann hielt ich ihm den Spiegel vors Gesicht und flüsterte seinen Namen. Wie sehr ich mich nach unserer Freundschaft zurücksehnte! Ich wollte, dass wir ganz von vorne anfangen konnten, noch mal eine Chance bekamen. Vielleicht war das gerade der Anfang?

Gregor schluckte. Extrem langsam. Fast so, als müsste er seinen Speichel hinunterwürgen. Ich bewegte den Spiegel ganz vorsichtig, wie es mir Mathis gezeigt hatte. Gregor begann zu blinzeln. Mehrmals hintereinander. »Siehst du dich?«, fragte ich leise und spürte, wie mir die Tränen über die Wangen liefen. Ich hatte mich jetzt lange genug zusammengerissen. Hatte lange genug angekämpft gegen diese eiserne Faust im Magen. »Ja, das bist DU. Das sind deine wunderschönen blauen Augen.« Mit der freien Hand wischte ich mir die Tränen aus dem Gesicht.

Gregors Augenlider senkten sich.

»Nein, nein, nein, mein Lieber. Schlafen kannst du später noch. Jetzt möchte ich, dass du dich im Spiegel ansiehst. Bitte. Wir brauchen wieder Punkte. Erinnere dich an das Labyrinth. Erinnere dich an unsere Freundschaft. Bitte.«

GREGOR

Meine Augen brannten, meine Mundhöhle war staubtrocken, und das Schlucken tat weh. Ich rief nach Walter und hatte ihn plötzlich so dicht vor der Nase, dass ich seinen Atem riechen konnte. Wenn ich wenigstens mehr als ein paar Zentimeter gesehen hätte, aber Walters Visage kam unscharf und überbelichtet daher. Er roch überraschend angenehm. Nach Minze, nicht nach Haferbrei, wie beim letzten Mal, obwohl ich ja Haferbrei aus unerfindlichen Gründen plötzlich mochte. Vielleicht hatte er gerade die Zähne geputzt. Zeit zum Schlafengehen. Die Müdigkeit nagte an meinem Bewusstsein. Aber ich wollte nicht schon wieder träumen. Ich hatte keine Lust auf die Kopfschmerzen danach und die Flashbacks der Scheißdroge, die mich wahlweise in ein orangefarbenes Flammenmeer zogen oder durch einen endlosen Korridor schossen, in dem es nach Desinfektionsmitteln roch und Vögel (es waren seltsamerweise Papageien, badende Papageien) zwitscherten und zankten, als stünde der Frühling vor der Tür oder ein anderes Ereignis, für das man sich in Stimmung brachte.

In Walters rechtem Auge war ein Äderchen geplatzt. Das ließ ihn verwegen aussehen. Noch ein paar Zentimeter näher. Seine Iris wirkte unnatürlich blau, als würde man sie von hinten anstrahlen. Wie der Ozean. Dazu passten der salzige Geruch und das leichte Brandungsrauschen in meinen Ohren

»Walter«, sagte ich ruhig. »Ich kann dein Rätsel nicht lösen. Ich weiß nicht, was du von mir willst. Was sollte das mit dem Labyrinth? Wenn ich dir ein Mädchen ausgespannt habe oder dir zuvorgekommen bin, dann tut es mir aufrichtig leid. Ich hab einen miesen Charakter. Ich hab das nur zum Spaß gemacht. Du kannst mich gerne zusammenschlagen, wenn es dir dann bessergeht, aber binde mich los. Bitte.«

»Nein.«

»Wieso nicht?«

»Das kannst du nur selbst.«

»Das ist doch Quatsch. Ich kann das eben nicht. Ich ... ich bin gefesselt. Du hast mich betäubt und gefesselt und von der Party weggetragen. So ist es doch gewesen«, sagte ich niedergeschlagen.

»Hab ich nicht«, entgegnete Walter ungewohnt sanft.

»Die vermissen mich bestimmt schon. Entführung ist kein Kavaliersdelikt, verstehst du? Gibt echt Ärger, wenn das rauskommt. Also mach mich los.«

»Das kann ich nicht. Wirklich. Das kannst nur du selbst.

Du musst es wollen. Bitte. Erinnere dich an unsere Freundschaft.«

»An unserer *Freundschaft*?« Ich schüttelte innerlich den Kopf. Walter und ich waren einmal Freunde gewesen? In der Grundschule? Hatte ich ihn in meiner aggressiven Phase beim Fußballspielen auf dem Schulhof gefoult? Ging es hier gar nicht um irgendeine Frau, sondern um gekränkten Stolz?

»Du musst zugreifen«, sagte er.

»Zugreifen?« Der Typ war echt krank. »Wie bitte?«

»Du brauchst wieder Punkte, sonst wollen sie nichts mehr bezahlen.«

»Punkte?«, stieß ich resigniert aus. Jetzt wurde es wirklich schräg. »Kannst du zur Abwechslung mal Klartext reden? Wofür brauche ich diese beschissenen Punkte, und was soll wer bezahlen? Langsam hab ich die Nase voll von deinem Rätsel. Das hier ist kein Spiel, verstehst du? Ich will verdammt nochmal endlich nach Hause. Die machen sich bestimmt schon Sorgen.«

»Ohne Punkte keine Rückkehr«, sagte Walter tonlos. Es folgte eine Pause, in der ich neben seinem zitternden Kopf eine Tür entdeckte. Sie stand offen. Neben der Tür stand ein großer Blumentopf, aus dem eine Bananenstaude mit glänzenden grünen Blättern herausragte. Wo war ich, verdammt nochmal?

»So leid es mir tut«, fuhr Walter fort. »Ohne Punkte, keine Rückkehr. Das ist der Deal.« Beim letzten Satz verstellte er wieder seine Stimme. Warum wollte er unbedingt klingen wie eine Frau? Und wieso kam mir diese Stimme so bekannt vor?

Die Fesseln waren jedenfalls da. Ich spürte den Druck an Armen und Beinen. Ohne fremde Hilfe war ich aufgeschmissen, da führte kein Weg dran vorbei.

»Du kannst wieder loslassen«, sagte Walter immer noch mit flüsternder Frauenstimme.

Ich stellte mich taub, obwohl mir diese Worte zusetzten. Sagte man so etwas nicht zu Sterbenden in den letzten Atemzügen, wenn es kein Zurück mehr gab? Bei dem Gedanken fing mein Herz an schneller zu schlagen, und ich hatte das Gefühl, keine Luft mehr zu bekommen. Ohne Vorwarnung berührte mich Walter am Kopf. Zum ersten Mal. Zumindest hoffte ich, dass es das erste Mal war, obwohl die Berührung guttat. Ich musste echt kaputt sein, wenn mir so etwas gefiel. Stockholm-Syndrom. Geiseln verlieben sich in ihre Entführer. Unnützes Wissen. Ich stand auf Frauen. Also war es nur das Grundbedürfnis nach Nähe, was dieses wohlige Gefühl verursachte und keine unterdrückte Neigung, die ich aus Angst vor Ausgrenzung verdrängt hatte.

Ein seltsamer Geruch stieg mir in die Nase. Salzig. Wieder das Meer. Plötzlich spürte ich meine Hände. Das taube Gefühl, das Ameisenkribbeln schien zu verschwinden. Das war großartig. Hatte Walter mich losgebunden? Ich spürte etwas Trockenes über meine Finger gleiten. Holz. War das Holz? Kleine Unebenheiten. Mit einem Messer geschnitzt. Beides zusammen, der Geruch und das Stück Holz, machten mich glücklich und unglücklich zugleich. Machten mir Angst und Hoffnung. »Das Labyrinth«, dachte oder sagte ich und sah ein Maisfeld von weit oben aus der Vogelperspektive, durch das ein alter Traktor seine Bahnen zog. Staubwolken wehten davon. Soweit ich das erkennen konnte, saß ein schmächtiges Kind am Steuer. Viel zu klein für dieses große Gefährt. Staub wirbelte auf und wurde in Wolken davongetragen. Ich war ein neugieriger Vogel, der sich das entstehende Muster anschaute. Ein Labyrinth. Das war ein Labyrinth. Ich entdeckte zwei Kinder am Rande des Maisfelds. Sie rannten einen Hügel hinauf. Ich wollte sehen, wer diese Kinder waren, ging in den Sinkflug über und jagte dicht über ihre Köpfe hinweg. Ein Mädchen mit roten Locken, ein Junge mit schwarzen schulterlangen Haaren. War das Mädchen meine Schwester? Hatte ich überhaupt eine Schwester? Und der Junge? Das Bild fiel in sich zusammen. Ich wechselte die Perspektive. Ich schlüpfte in den Körper des Jungen. Spürte sein Herz, wie es mächtig gegen die Rippen donnerte. Blieb aber bei meinen eigenen Gedanken. Das Mädchen, es war vielleicht zehn oder elf, rief »Bruderherz« in meine Richtung. Wir steuerten im Laufschritt auf eine Linde zu. Sie thronte auf einem grünen Hügel, wurde von hinten von der Sonne beschienen. Kaum hatten wir sie erreicht, kletterte das Mädchen, meine Schwester, in die mächtige Baumkrone. Von unten konnte ich einen Bretterverschlag erkennen. War das ein Baumhaus?

Ich blieb unten. Meine Schwester schien sich darüber nicht zu wundern. Sie hielt Ausschau mit einem klobigen Feldstecher. Vielleicht hatten wir eine Bande. Vielleicht befanden wir uns im Krieg? Jedenfalls verkündete sie die Ankunft des Feindes. Der Wind frischte auf und trieb eine gewaltige Staubwolke über den gegenüberliegenden Hügel. Die perfekte Tarnung für einen herannahenden Angreifer.

»Sie kommen!«, brüllte meine Schwester unerschrocken aus voller Kehle, als würde hinter uns ein ganzes Heer stehen.

Ich blickte mich um. Da war niemand, außer einer blökenden Schafherde.

»Hol die Schleuder!«, befahl sie.

»Schleuder?« Jetzt war ich aufgeschmissen. Wie, verdammt nochmal, sollte ich wissen, wo die Schleuder war. Ich war nur zufällig hier reingeraten, in diesen Traum, diese Erinnerung oder was das auch war. Die Gedanken des Jungen blieben mir verborgen. Auch wenn ich es vielleicht selbst war. Ja, vielleicht war ich das selbst.

»Worauf wartest du?«, brüllte meine Schwester. »Im Astloch!«

Im Stamm, in etwa einem Meter Höhe, befand sich ein faustgroßes Loch. Ich steckte meine Hand hinein, wurde nicht gebissen, aber gestochen. Ich ignorierte das Brennen und hielt die Schleuder in die Höhe. Dumpfes Grollen erfüllte die eingetretene Stille. Der Boden begann zu zittern. Auch ohne Fernglas konnte ich den Feind sehen, wie er in dreihundert Metern Entfernung unbarmherzig über den Hügel kroch.

»Der Countdown läuft!« Meine Schwester kletterte ein paar Äste nach unten. In ihrem sommersprossigen Gesicht zeigte sich nicht der kleinste Funken Angst. »Zehn …«

Ich suchte nach Munition, entdeckte Paintballkugeln zu meinen Füßen und fragte mich, wieso wir Farbkugeln hatten, aber keine passende Waffe.

»… neun.«

Die Motorengeräusche wurden lauter. Die Stahlkolosse waren am Fuße unseres Hügels angekommen. Der Lastwagen mit der Sägevorrichtung hatte sich an die Spitze gesetzt. Wie ein Ungeheuer stieß er dunkle Rauchfahnen in die Luft. Die Reifen krallten sich unbarmherzig in die Erde.

Meine Schwester zählte weiter. »Acht, sieben, sechs, fünf, vier, drei, zwei, eins. FEUER! FEUER!«

Ich schoss, was das Zeug hielt.

»Treffer!«, brüllte meine Schwester. »Weiter links. Nachladen. Los, beeil dich! Schneller.« Sie machte einen Satz vom Baum herunter, rollte sich ab, riss mir die Schleuder aus der

Hand und feuerte wie wild auf den Feind. »Wo ist Mathis?«, keuchte sie. »Wo ist er?«

Ich schaute mich um. Mathis? Ein Name, ohne Bild und Verbindungsgrad. »Weiß nicht.«

Die Motorengeräusche erstarben. Mehrere Männer stiegen aus den Kolossen, die mit Farbklecksen übersät waren, schimpften und brüllten in unsere Richtung. »Er hat's geschafft«, sagte Mira erleichtert und deutete mit dem Kopf zu einem morschen Holzschuppen, der von der Natur überwuchert wurde. Lichtreflexe zuckten in unsere Richtung. Mira zog einen kleinen Spiegel aus der Hosentasche und antwortete. Mehrere kleine Einschläge waren zu hören. Glas zerschellte auf Metall. »Rückzug«, sagte Mira. »Gleich stinkt's hier gewaltig.« Kaum hatte sie das gesagt, begannen die Forstarbeiter zu husten. »Für heute haben wir sie besiegt«, verkündete sie.

Die Männer hatten uns entdeckt. Sie kamen keuchend, hustend und fluchend den Hügel heraufgerannt, auf dem wir, die Wächter des Baumhauses, standen. »Rückzug«, sagte Mira, strich sich eine Lockensträhne hinter das rechte Ohr, grinste und flüchtete in das angrenzende Maisfeld. Ich hinterher, einen kleinen Hügel hinauf, dann wieder abwärts. Vor uns öffnete sich ein Korridor aus Schatten und Licht. Das Rascheln der Blätter und der Wechsel zwischen hell und dunkel verstärkten den Eindruck, von diesem grün-braunen Tunnel geschluckt zu werden. Alle paar Meter eine neue Abzweigung, mehrere Möglichkeiten, ein Labyrinth, in dem es nach Sommerhitze duftete. Meine Schwester preschte durch die Gänge, ihre Füße schienen den Boden kaum zu berühren. Plötzlich nahm sie meine Hand, drückte sie fest, scherte ohne Vorwarnung nach rechts aus und durchbrach die Wand aus Maishalmen. Wir waren auf der anderen Seite. Wütende Schreie entfernten sich. Meine Schwester grinste. Ihr Plan schien aufzugehen. Wir kraxelten einen kleinen Abhang hinunter. Sie stützte mich. Meine Lungen standen in Flammen. Doch meine Schwester dachte gar nicht daran, stehen zu bleiben. Sie bog in ein Waldstück ab, ein Dickicht aus Ästen und Sträuchern, wo es nicht mal einen Trampelpfad gab. Wir erreichten den Rand eines Steinbruchs, rutschten über ein schmales Kiesbett den Abhang hinunter und wurden vom Quaken unzähliger Frösche empfangen. Der Untergrund hatte sich in feuchten Morast verwandelt. Libellen flirrten über uns hinweg. Unsere Schritte schmatzten. Endlich wurde meine Schwester langsamer. Ihr Gesicht glühte, die Sommersprossen leuchteten rotbraun. Wir folgten einem Bachlauf, der am südlichen Ende durch eine kleine Schlucht aus der Grube hinausführte. Nach einigen Minuten erreichten wir eine halb zugewachsene Betonröhre.

»Geh da rein«, sagte sie und drückte einen dicken Ast zur Seite. Meine Schwester war wirklich das stärkste Mädchen, das ich kannte. »Worauf wartest du?«

»Was ist da drin?«, fragte ich.

»Nichts, außer ein paar toten Ratten.«

»Aber –«

»Hast du jetzt Schiss oder was?«

Ich schüttelte den Kopf und kroch in den Tunnel. Mein Herz raste. Mir war entsetzlich heiß. Meine Schwester ließ sich keuchend neben mich plumpsen. Sie schaltete die Taschenlampe an. Ein Rinnsal Blut lief ihr über den Unterarm, und sie lachte. Ja, sie lachte aus voller Kehle, als hätte sie soeben den Verstand verloren. »Die haben wir voll drangekriegt. Hast du gehört, wie die gehustet haben.«

Ich nickte und starrte auf das Blut.

»Ist nur ein Kratzer. Kein Grund, so zu glotzen.«

»Du hast doch Angst vor Blut?«

»Wer sagt denn so was?«

Sie spuckte auf den Arm und wischte das Blut weg. »Das hat Mathis super gemacht. Die sind fürs Erste beschäftigt. Morgen ist ja die Anhörung. Die können uns nicht einfach ignorieren, bloß weil wir Kinder sind. Schließlich waren wir zuerst hier. Euer Opa kommt doch? Das hat er doch gesagt?«

»Ja, er wird da sein.«

»Gut, das ist sehr gut. Ohne sein Grundstück müssen sie den Plan komplett über den Haufen werfen. Und ich bezweifle, dass sie das wollen.«

Für ein paar Minuten saßen wir schweigend nebeneinander und horchten nach draußen. »Hast du schon mal ein Mädchen geküsst?«, fragte meine Schwester wie aus heiterem Himmel. Sie schlang die Arme um ihre Beine, als sei ihr die Frage peinlich.

»Geküsst?« In der Theorie hatte ich das schon mal durchgespielt, aber es wäre übertrieben gewesen, zu behaupten, dass mich das zum Experten machte. »Ob ich –« Ich spürte, wie ich rot anlief. Zum Glück hatte Mira die Taschenlampe auf den Boden gerichtet.

»Auf den Mund«, sagte sie und rutschte näher an mich heran.

Mein Körper hatte sich gerade erst auf normal heruntergekühlt, jetzt wurde mir entsetzlich heiß.

»Richtig auf den Mund«, fuhr sie fort. »So wie Erwachsene, wenn sie sich lieben. Kein Kinder-Kuss, sondern mit allem Drum und Dran.« Sie grinste.

»Mit allem Drum und Dran«, krächzte ich. Wir waren aber doch Kinder? Ich entschied mich für die Wahrheit und schüttelte den Kopf.

Sie machte eine Handbewegung. »Ist nicht schlimm. Zusammen kriegen wir das hin. Wir sind ja nicht doof.«

»Aber wir sind doch Geschwister«, wandte ich ein. »Geschwister dürfen sich doch nicht küssen?«

»Jetzt übertreib mal nicht. Wir sind Blutsbrüder. Blutsbrüder dürfen sich küssen. Das ist von Gesetzes wegen erlaubt.«

»Blutsbrüder?« Jetzt kapierte ich gar nichts mehr. Wieso dachte ich, dass Mira meine Schwester war? Ich zwickte mich unauffällig in den Arm. Schmerz. Kein Traum.

»Es genügt jedenfalls, dass wir unterschiedliche Eltern haben«, sagte Mira. »Damit sind wir auf der sicheren Seite.«

Ich spürte ihren Arm an meinem. Die Fläche, auf der sich unsere Haut berührte, heizte auf. »Was ist jetzt?«, fragte sie ungeduldig. Der Vorstoß schien ihr nicht mehr peinlich zu sein. »Sollen wir's tun? Bevor Mathis kommt? Wir müssen ihm ja nichts davon erzählen. Das könnte unser Geheimnis sein.«

Ich zögerte. Küssen, dachte ich. Wie Erwachsene. Vielleicht sogar mit Zunge. Wie sollte ich das hinkriegen?

»Bin ich dir nicht schön genug?«, fragte Mira.

»Doch, natürlich. Du bist sehr schön. Und du hast nie Angst. Und ...« Sie legte mir den Finger auf die Lippen, schloss die Augen und spitzte den Mund. Ich ließ die Augen geöffnet und drückte meine Lippen auf ihre. Das schien ihr nicht zu genügen. Sie schob mir ihre Zunge in den Mund und zog sie gleich wieder zurück. Unsere Lippen blieben aufeinander liegen. Ich spürte einen seltsamen Schmerz in mir aufsteigen. Einen allumfassenden Schmerz. Einen Schmerz, der das Herz in Ketten legt und einem die Luft zum Atmen nimmt. Ich konnte sehen, wie sich Miras Gesichtszüge entspannten. Wir lösten uns voneinander.

Ich saß da wie erstarrt, als hätte mich der Blitz getroffen.

Mira klemmte sich eine Lockensträhne hinters Ohr und runzelte die Stirn. »Und darum machen Erwachsene so ein Gewese.« Sie sah mich seltsam an und schüttelte schließlich den Kopf. »Alles Übertreibung.« Sie wischte sich mit dem Handrücken über den Mund. Ich nickte. Und zitterte am ganzen Körper. Ich war überglücklich und tieftraurig zugleich. Wir lösten uns voneinander. Mira klemmte sich eine Lockensträhne hinters Ohr und runzelte die Stirn. »Alles Übertreibung«, seufzte sie. »Alles Übertreibung.« Sie wischte sich wieder über den Mund und verzog das Gesicht, als hätte sie saure Milch getrunken. Plötzlich weiteten sich ihre Augen. »Du dampfst! Was ist mit dir?«

Jetzt sah ich es auch. Aus den Poren meiner Haut schossen zischende kleine Wölkchen empor, die unpassenderweise nach Lavendel dufteten. »Wasser«, sagte ich wie ein Verdurstender in der Wüste. »Wasser.« In dem Moment tauchte mein Vater auf. Ich wusste, dass es mein Vater war. Denn ich fühlte mich geborgen in seiner Stimme. Er war eine Projektion an der Betonwand. »Sie sind Künstler«, sagte er. »Echte Künstler.« Er zeigte auf eine Weinbergschnecke, die über ein Stück Zeitungspapier kroch. »Sie können extreme Hitze aushalten, indem sie in Trockenstarre fallen.« Er hob die Schnecke vorsichtig am Gehäuse an. »Dazu verschließen sie den Eingang ihres Hauses mit einem Deckel aus Kalk.« Die Projektion schrumpfte zusammen. »Schließ den Zugang!«, rief ich meiner Schwester zu, die nicht meine Schwester war. Mir schwirrte der Kopf, als würde ich gleich ohnmächtig werden.

»Was?«

»Siehst du's denn nicht?«, wimmerte ich. »Ich trockne aus!«

6

Ein Kontakt. Walter.
Und die Explosion im Spiegelkabinett.

MIRA

Ich hielt die Luft an. Was war das gewesen? War das ein Kontakt? Konnte man das so nennen? Mein Herz raste. Ausgerechnet jetzt, wo Mathis nicht da war, musste so etwas passieren! Ich wollte nicht rüberkommen wie ein hysterisches Mädchen, das soeben einen Geist gesehen hat, deshalb rief ich nicht nach ihm, sondern hielt Gregors Hand und spürte, wie sie schlaff wurde. Ich fühlte seinen Puls. Er ging ähnlich schnell wie meiner. Seine Augen waren halb geöffnet. Sein Blick direkter als sonst. Die Pupillen waren ziemlich groß.

»Gregor«, sagte ich. »Bist du da?« Ich griff nach dem Spiegel, hielt ihn zittrig vor sein Gesicht und sagte seinen Namen. »Gregor. Das bist du. Kannst du dich erkennen. Bist du hier? Bist du zurück?«

Seine Augen fielen wieder zu.

»Bleib da«, sagte ich. »Bleib da. Ich muss dir was sagen.« Die nächsten Minuten redete ich ohne Punkt und Komma auf ihn ein. Sagte, wie sehr ich ihn vermisste, dass ich ihn wieder zurückhaben wollte, dass Mathis der beste große Bruder der Welt war und wir zu dritt in Urlaub fahren würden, wenn das hier ein Ende hatte. Das hätten wir längst tun sollen. Meine Stimme überschlug sich beinahe. Ich hatte das Gefühl, dass

Gregor kurz davorstand, die unsichtbare Mauer zu durchbrechen, die ihn von uns, von *mir* trennte. Vielleicht bedeute ich ihm ja noch was, schoss es mir durch den Kopf. Vielleicht ging es ihm ja genauso – und auch er wollte unsere Freundschaft zurückhaben und mit seiner lächerlichen Show aufhören, die uns auseinandergebracht hatte.

Seine Augenlider zuckten, aber sie blieben geschlossen. Ich legte den Spiegel auf seinen Schoß. Meine Hand zitterte wie verrückt. »Du ... du weißt, dass ich da bin?«, sagte ich, »nicht wahr? Du weißt, dass ich hier auf dich warte. Dass wir alle auf dich warten. Weil dieses Kaff einen Verrückten wie dich braucht, der alle zum Lachen bringt und zeigt, wie bescheuert wir sind.«

Ich legte meine Hand auf seinen Oberschenkel, bildete mir ein, dass seine Muskeln vibrierten und stand kurz davor, erneut in Tränen auszubrechen.

Er hatte es nicht geschafft.

Wir hatten es nicht geschafft.

Aber er war da gewesen. Für einen kurzen Moment war Gregor da gewesen, in dieser Welt, in dieser Zeit und nicht in einem Traum. Und das hatte ich mir nicht bloß eingebildet.

Ich schielte zum Klemmbrett mit der offiziellen Liste. Für das, was eben passiert war, gab es zwar die Rubrik Motorik, aber die Bewegung, dieses bewusste Greifen nach der Schleuder, war ja nicht alles gewesen.

Ich brauchte jetzt auch Franks Liste. Auf jeden Fall verdiente Gregor Punkte. Jede Menge Punkte. Und wenn er so weitermachte, einen Preis.

Synästhesie, dieses merkwürdige Wort kam mir in den Sinn. Ich hatte es neulich in einem Bericht über Wachkoma-Patienten gelesen, die mit Musiktherapie behandelt wurden.

Das Gehirn gibt Sinneseindrücke falsch weiter. Töne können Farben sein. Und Gerüche – Bewegungen auslösen? Ich runzelte die Stirn. Ja, vielleicht war es der Geruch gewesen. Die Schneckenhäuser verströmten einen leicht salzigen Duft, wenn man sich darauf konzentrierte. Was, wenn sich Gregors Geruchssinn verstärkt hatte. Das wäre doch möglich. Vielleicht konnte er nicht besonders gut sehen, aber dafür umso besser riechen, schmecken, tasten oder hören? Auf jeden Fall musste ich meine Theorie überprüfen. Zusammen mit Mathis. Aber nicht mehr heute. Dafür war es zu spät. Gleich bekam Gregor sein Schlafmittel.

Er atmete jetzt wieder ruhiger. Ich zog die offizielle Liste heran und klickte mit dem Kugelschreiber. Was, wenn ich mich getäuscht hatte? Aber seine Finger hatten erst getastet, nachdem ich ihm das Schneckenhaus unter die Nase gehalten hatte. Dann hatte er zugegriffen und geseufzt. Ein tiefer ängstlicher Seufzer war das gewesen. Kein zufälliger Laut. Bei dem Gedanken bekam ich auch jetzt wieder eine Gänsehaut. Das konnte ich mir doch nicht eingebildet haben. Vielleicht hatte Gregor beides erkannt, erst die Schleuder und dann das Schneckenhaus – und dann die Bilder im Kopf zusammengefügt. Jedenfalls hatten sich seine Nasenflügel mehrmals hintereinander kurz bewegt. Das war nicht nur ein Reflex. Das war der Einstieg, der Eingang zu einer Erinnerung. Und dann das anschließende Röcheln ... Es hatte sich aufgeregt angehört. Seine Brust hatte sich gehoben und gesenkt, wie bei einem Schluchzen, als würde ihn etwas zutiefst beunruhigen. Vielleicht hatte Gregor endlich den Anschluss gefunden. Vielleicht hatte sein Gehirn den Blick nach draußen in die Wirklichkeit freigegeben.

Ich legte den Kugelschreiber neben die Liste. Solange ich

mir nicht ganz sicher war, war's vielleicht doch besser, meine Beobachtungen für mich zu behalten. Ein Fehlalarm war das Letzte, was wir alle jetzt gebrauchen konnten. Natürlich gab es da noch den Splitter in seinem Kopf. Aber jetzt war Gregor ja wieder ganz normal, als sei nie etwas passiert.

Ich strich ihm über die Wange und gab ihm einen Kuss auf die Stirn. »Wir werden das morgen noch mal machen. Und bis dahin bleibt es schön unter uns.«

Gregor schien jetzt zu schlafen. Zu träumen. Seine Augäpfel bewegten sich ganz leicht.

Ich öffnete die Terrassentür und trat hinaus in die kalte Abendluft. Aus der Scheune drangen Geräusche herüber. Mathis suchte anscheinend immer noch. Bauer Johannson saß im Schein des Scheunenlichts auf der Bank vor seinem Haus, rauchte eine seiner stinkenden Selbstgedrehten und winkte mir zu. »Was macht unser Sorgenkind?«, rief er herüber.

»Er träumt.«

»Das ist gut. Träume sind gut. Die Wirklichkeit ist manchmal ein Tritt in den Allerwertesten.« Er lachte auf und ließ den Kopf in den Nacken fallen. »Wir sind ohnehin nur ein Furz im Universum.« Er blies eine Rauchfahne in die Dunkelheit und streichelte Walter, den alten zerzausten Kater, der die Hälfte seiner neun Leben schon aufgebraucht hatte.

Ich setzte mich erschöpft auf den Mauervorsprung am Kopfende der Terrasse, fühlte mich wie nach einem Dauerlauf. Meine Gedanken rasten. Ich hatte Gregor geküsst. Zwar nur auf die Stirn, aber wenn Mathis das gesehen hätte? Und wieso hatte sich das so gut, so vertraut angefühlt? Wieso machte ich mir plötzlich Gedanken darüber, wie es weiterging, wenn er wieder aufwachte. Eines konnte ich mit Sicherheit sagen: Ich würde es nicht mehr zulassen, dass wir uns wie Fremde behandelten. Eine Aussprache musste her. Wir durften nicht mehr länger miteinander umgehen, als wäre uns der andere egal. Das hätten wir nie tun sollen.

Plötzlich tauchte der Kater neben mir auf. Wie aus dem Nichts. Walter war ein geübter Jäger. Er verströmte einen süßlich muffigen Geruch. Ich streichelte ihn. »Du gehörst mal wieder gewaschen.«

Er drückte sich gegen meine Hand. Bei Tieren war es selbstverständlich, dass sie ihr Leben ohne große Veränderungen, ohne große Ziele verbrachten. Wir Menschen machten uns Gedanken, ob es überhaupt ein Leben war, wenn sich nichts veränderte. Wenn man nicht ständig unterwegs war und etwas erlebte. Aber vielleicht erlebte Gregor ja etwas. Vielleicht war seine neue Welt viel schöner als die alte. Vielleicht war er deshalb noch nicht dazu bereit, zurückzukehren.

Der Kater fing an zu schnurren, sprang von der Mauer und schlich hinüber zur Terrassentür. Auf der Schwelle blieb er stehen, als würde er um Erlaubnis fragen.

»Geh rein«, sagte ich. »Gregor freut sich über Besuch.«

Der Kater setzte eine Pfote über die Schwelle und verharrte in der Bewegung. Er schaute zurück. Etwas schien ihn zu beunruhigen. Ich stand auf. »Was ist los mit dir? Husch, husch. Du musst keine Angst haben.«

Der Kater rührte sich nicht vom Fleck. Plötzlich hörte ich von drinnen ein aufgeregtes Röcheln. Glas zerschellte auf dem Boden. Ich stürzte ins Wohnzimmer und erschrak. Gregor saß schwer atmend im Rollstuhl und japste nach Luft. Vor seinen Füßen: der zerbrochene Spiegel!

GREGOR

Die Explosion kam überraschend. Ein Stromschlag jagte durch meinen Körper. Zehntausend Volt. Ich saß auf dem elektrischen Stuhl. Das Urteil wurde vollstreckt. Walter zersprang vor meinen Augen in Tausende kleine Walter, als sei er aus Glas. Tausende verwirrte Augenpaare, die mich erst träge und im nächsten Moment fassungslos anstierten. Der Anblick war verwirrend wie in einem Spiegelkabinett. Ich hatte das Gefühl, keine Luft zu bekommen und kippte den Walter-Augenpaaren entgegen. In Zeitlupe. Das Bild kam abrupt zum Stehen.

Nach einem Augenblick der Dunkelheit sah ich Sternchen, dann wurde es wieder hell. Ein gebeugter Schatten huschte über Walters Gesichter-Meer. Blut sprenkelte die Gesichter. Hatte sich Walter die Birne weggeschossen? Hatte er sich umgebracht? Vor meinen Augen? War sein Leben so unerträglich? War das die Strafe dafür, dass ich sein Rätsel nicht gelöst hatte? Aber das ergab doch keinen Sinn.

Ich wusste nicht, was los war. Ich wusste nur, dass mir die Luft ausging. Jeder Atemzug war ein Kampf. Ich wollte gerade losheulen, als sich das zerzauste Fell eines Katers ins Bild schob. So dicht vor meiner Nase, dass ich die Kälte an seinem Fell riechen konnte. Walter hatte sich verwandelt. Eine spontane Wiedergeburt. Raus aus dem einen, rein in den nächsten Körper. Großartig, dachte ich, hechelnd wie ein Asthmakranker, kurz vor dem Ersticken. Ich fragte mich, ob sein Karma gut oder mies gewesen war und was ihn im nächsten Leben erwartete. Ich wollte nach ihm fassen. Dann öffnete sich meine Lunge und wurde von einem Schwall kalter reiner Luft geflutet. Ich war unendlich erleichtert. Mein Puls beruhigte sich.

Ich versuchte, meine Arme zu bewegen, aber sie klebten an meinem Körper wie festgefroren. Mit einem eleganten Sprung verabschiedete sich Walter Wiedergeboren aus meinem Blickfeld. *Good bye*, Alter, sagte ich. *Good bye,* und es schnürte mir die Kehle zu, weil ich ihn gemocht hatte.

In meinen Ohren begann es zu rauschen. Ein riesenhafter Schatten stülpte sich über mich. Aus dem Rauschen wurde ein Tosen. Die Monsterkopfschmerzen von neulich kehrten mit Gewalt zurück und wucherten unter meiner Schädeldecke, als wollten sie jeden klaren Gedanken zerstören. Gleich würde mein Kopf platzen. Ich spürte ein Brennen auf dem Handrücken. Hörte aufgeregte Stimmen, einen Namen – Gregor? – rufen, wurde müde, schlief ein und wurde kurze Zeit später vom Lärm eines startenden Düsenjets geweckt. Es roch nach Desinfektionsmitteln, und der Himmel über mir war in ein unnatürliches Licht getaucht. Ein graublauer Himmel mit Papageien. Ich suchte nach einem Kondensstreifen. Vergeblich – und das machte mich wütend. Richtig wütend.

Ich wartete auf den Knall, wenn der Jet die Schallmauer durchbrach, obwohl ich wusste, dass er nicht kommen würde, weil dieser Himmel nur eine Farbe war, eine Illusion, und das steigerte meine Wut ins Unermessliche. Irgendwann musste der Drogenrausch doch zu Ende gehen. Irgendwann musste die Reise, meine Zwischenlandung, doch vorbei sein.

Ich spürte ein Ziehen an meiner Stirn. Dann hörte ich die aufgeregte Stimme eines Mannes, die ich neulich schon gehört hatte, bevor es um mich herum gebrummt hatte. Es war genau dieser Mann, den ich verprügeln wollte. Ich stellte mir vor, wie ich ihn mit meinen Fäusten bearbeitete, weil ich mir sicher war, dass er mir diesen Schmerz zufügte.

Aus Wut wurde Hass, aus Hass im nächsten Augenblick

Selbstmitleid und Verzweiflung. Ich verstand die Welt nicht mehr. Und dann tauchte plötzlich ein Name in meinem Gedächtnis auf. Gregor. Gregor Wendland.

Es dauerte einen Moment, bis ich begriff, dass dieser Name zu mir gehörte. Dass ich auf einem ehemaligen Bauernhof lebte und nicht in einer Villa, wo die Leute in Ehrfurcht am hohen Zaun vorbeischlenderten. Und es war mir scheißegal. Selbst wenn wir von Sozialhilfe lebten, war es mir scheißegal. Obwohl ich im nächsten Moment wusste, dass meine Mutter Lehrerin war, mein Vater Biologe, dass er sich mit Mikroben auskannte, bei offener Klotür Asterix las und vor Jahren seine Firma in den Sand gesetzt hatte, wofür er sich dummerweise schämte.

Mein System fuhr langsam und stotternd hoch. Bildfetzen, Geräusche, Töne, Gerüche und einzelne Worte mischten sich wie die Zutaten für einen zähen Teig und machten mir das Atmen schwer.

Mathis war der Name meines Bruders. Frank und Esther hießen meine Eltern. Ich spielte Golf und tauchte nach Golfbällen, was mir ziemlich viel Kohle einbrachte. Exakt sechzehntausend Euro befanden sich auf meinem Konto. Für meinen Vater? Ja, für meinen Vater, damit er wieder von seinen Schulden runterkam und nicht mehr bei jeder Rechnung zusammenzuckte. Ich ging zur Schule und hatte Freunde. Ich hasste Sellerie und liebte Gummibärchen. Ich stand auf Frauen und hatte keine feste Freundin. Ich machte Sport. Ich spielte Klavier und ein bisschen Gitarre. Ich trank Wein lieber als Bier. Ich bevorzugte Gras gegenüber Hasch.

Mein Gehirn spuckte eine Erkenntnis nach der anderen aus, aber keine passenden Bilder. Wo verdammt nochmal waren die Bilder? Kurz sah ich einen weißen Kittel aufblitzen, aus der Tasche ragte ein Stethoskop. Ich war also im Krankenhaus. Hatte einen Unfall gebaut, weil ich unter Drogen gefahren war. Mit welchem Auto? Keinem Auto. *Du hast keinen Führerschein.* Als Beifahrer? Nein. Zugriff verweigert. Ereignis gelöscht! Ein scharfer Geruch folgte. Ein Beben. Schritte auf Linoleum. Das Tapsen von Spinnenbeinen in Turnschuhen, die sich quietschend auf mich zubewegten. Gänsehaut. Augen auf! Mach die Augen auf! Du musst dich verteidigen! Helligkeit. Macht das Licht an! Über mir ein Torbogen. Ein Halbkreis. Haben Krematorien so was? Aber ich spürte keine Hitze. Und ich starrte auch nicht gegen einen Sargdeckel, also alles okay. Trotzdem hasste ich Tunnel. Wieso schob man mich da hinein? Würde ich da drin sterben? Oder war ich doch schon tot.

Ich habe keine Schwester!

Ich habe nur einen Bruder.

Das rothaarige Mädchen heißt Mira.

Pause.

Ein Klacken.

Ein Brennen.

Das rothaarige Mädchen heißt Mira.

Sie liebt mich, nein, sie liebt mich nicht.

Ich liebe sie.

Sie geht mit mir zur Schule.

Walter ist tot.

Walter ist tot.

Wer ist Walter?

Ich will nicht sterben.

Mira!

Mira!

Lass mich nicht sterben, bitte!

Ich bin doch noch zu jung. Ich will nicht allein sein. Nicht wieder allein sein ... allein sein ... allein sein ... eine Insel ... ich bin eine Insel ... allein auf einer Insel.

Drei Dinge, die ich bei mir habe. Drei Dinge, mehr nicht. Mira, auf jeden Fall Mira. Flammend rotes Haar auf einem Hügel. Eine Jeanne d'Arc. Die Fahne in der Hand. Ein Heer hinter ihr.

Ein Golfball?

Warum ein Golfball?

Allein sein.

Ich.

Ich will nicht.

Allein sein.

Wo?

Irgendwo.

Wo?

Nirgendwo.

Und dann brannten mir endgültig die Sicherungen durch. Ein dunkler Schlund riss sein Maul auf. Ein tiefes Brummen verschlang mich. Ich weinte, weil ich wusste, dass ich gerade dabei war, zu sterben, und weil das Sterben weh tat. Jetzt wusste ich es, das Sterben tat weh. Am ganzen Körper. In den Augen. Ein Stechen. Ein hässliches, unbarmherziges Stechen.

»Was passiert hier?«, fragte ich Gott, der sich mir als grelle Tausend-Watt-Glühbirne offenbarte. Es gab ihn tatsächlich. In der Kapelle hatte er sich bei den Ratten vor mir versteckt. Weil ich ihn hasste. Er hatte mir meinen Opa genommen und Mira auch. Dafür würde ich ihn immer hassen.

»Quälst du jeden so, den du umbringst?«, schleuderte ich Mister Allmächtig wütend entgegen.

»Ich töte nicht«, antwortete er mit alberner Bassstimme.

Er war ein Klischee, ein eitler Schauspieler, der sich hinter grellem Lichtschein versteckte.

»Und wie würdest du das bezeichnen, was du gerade mit mir machst?«

»Ich kümmere mich um dich.«

»Aha, ›kümmern‹ nennst du das. Das klingt natürlich viel humaner als töten.«

»Das verstehst du nicht.«

»Ach, nein? Tu ich nicht? Bin ich dafür zu jung oder was?«

»Zu vorlaut!«

»Gut, dass ich nie an dich geglaubt hab. Du bist nur in meinem Kopf. Nur in meinem Kopf!«

»Das genügt doch.«

»Krieg ich jetzt noch eine Zusammenfassung meines Lebens? Ist das nicht der Deal?«

»Willst du das wirklich?«

»War ich so ein schlechter Mensch?«

»Du warst ein Mensch.«

»Komm jetzt nicht mit so einem zweideutigen Scheiß!«

»Du hast geliebt und liebst. Aber du hast die falschen Schlüsse gezogen. Du hast zu schnell aufgegeben.«

»Könntest du einfach sagen, was los ist? Mein Kopf platzt gleich.«

»Sei du selbst.«

»Das bin ich. Deshalb begegnen wir uns ja.«

»Nein, nicht deshalb. Wir begegnen uns, weil du den falschen Weg gewählt hast.«

»Sicher doch. Ich hab den Pfad der Tugend verlassen. In welchem Psalm steht das noch mal?«

»Du glaubst nicht an die Liebe.«

»Wer sagt das? Romeo?«

»Walter!«

»Und wer ist Walter?«

»Du – bist – Walter.«

»Ich? Sicher doch. Wir drehen uns im Kreis.«

»Du erkennst dich nicht? Du weißt nicht, wer du bist. Das ist dein Problem.«

»Du bist mein Problem. Du gehst mir nämlich auf den Sack. Hau ab!«

»Wieso?«

»Weil du mich mit deinem dämlichen Geschwätz langweilst. Und du hast meinen Opa auf dem Gewissen!«

»Jeder muss sterben.«

»Lass stecken. Was ist jetzt mit dem Abschlussfilm? Kommt der noch? Das hab ich mir verdient. Das ist mein letzter Wille.«

»Den gibt es nicht.«

»Wieso?«

»Weil das hier nicht das Ende ist!«

ZWEITER TEIL

7

Walter. David Bowie.

Und die Kinder vom Bahnhof Zoo.

MIRA

Die Tür zum Behandlungszimmer öffnete sich. Ein tiefes Brummen drang nach draußen. Das Flurlicht flackerte auf, als würde die Maschine in Raum 215 die gesamte Energie aus dem Stromkreislauf der Uniklinik saugen. »Radiologie und Nuklearmedizin« stand auf dem weißen Schild, das von der Decke baumelte. Und tatsächlich hatte man den Eindruck, sich inmitten eines Kraftwerks zu befinden. Fehlten nur noch Dr. Frankenstein und sein Monster.

Am liebsten hätte ich wieder angefangen, an meinen Fingernägeln herumzukauen, so wahnsinnig machte mich die Warterei. Warum hatte Gregor ausgerechnet in dem Moment einen Anfall bekommen müssen, als ich mit ihm alleine war? Das war nicht fair.

Die Schiebetür wurde aufgezogen. Ich wollte schon aufspringen, doch statt Esther und Frank streckte nur eine Krankenschwester den Kopf auf den Gang und blickte sich suchend um. Als sich unsere Blick kreuzten, nickte sie mir zu, ohne durchblicken zu lassen, was dieses Nicken zu bedeuten hatte. Dann schloss sie wieder die Tür. Mathis saß neben mir und zuckte die Schultern. »Vielleicht brauchen sie noch eine andere ärztliche Meinung.«

»Wie lange dauert das denn normalerweise?«

»Ist unterschiedlich.«

»Na, toll.«

»Soll ich mal nachschauen, ob ich irgendwo was zu lesen auftreiben kann, oder hast du Hunger?« Er wollte aufstehen. Ich griff nach seinem Arm. »Du bleibst gefälligst hier. Und in Zukunft werden wir solche scheinbar *harmlosen* Tests nur noch gemeinsam machen, dass das klar ist.«

»In Ordnung.«

Ich atmete tief ein, dachte, das würde gegen die verdammte Unruhe helfen, aber die Luft roch stickig und verbraucht und nach Desinfektionsmitteln, und das machte es nur noch schlimmer. Dagegen konnten auch die badenden Papageien nichts ausrichten, die in großformatigen Bildern die Wände säumten und zur Zerstreuung beitragen sollten.

»Wieso erfindet euer Vater nicht mal ein Reinigungsmittel, das nicht nach *Krankheit* riecht?«, fragte ich, nachdem ich den hellgrauen Linoleumboden hypnotisiert hatte. »Das wäre bestimmt der Renner.«

»Das versucht er ja«, sagte Mathis, ohne aufzuschauen. Er spielte geistesabwesend mit seinem Golfball-Anhänger. Seine schlanken Finger waren immer in Bewegung.

Ich griff nach seiner Hand. »Könntest du damit aufhören? Das macht mich wahnsinnig.«

»Sorry.« Er schob den Anhänger in die Jackentasche und schielte auf meine Hand. »Soll ich dir einen neuen Verband machen? Da kommt schon Blut durch.«

»Nein, alles gut. Ist nur ein kleiner Schnitt.« Ich zog die Hand weg.

»Und Walter kann das mit dem Spiegel auf keinen Fall gewesen sein?«, fragte Mathis.

»Noch ein letztes Mal zum Mitschreiben: Walter hat auf der Türschwelle gestanden. Er ist erst reingegangen, als Gregor so heftig geatmet hat.«

»Das ist echt merkwürdig.«

»Ja, ist es, Dr. Watson. Hat Gregor den Kater immer noch so oft gekrault?«

»Weiß nicht.«

»Wie, *weiß nicht*.«

»Na ja, Gregor war ja kaum zu Hause. Und wenn, dann hat er Serien geglotzt oder ...« Mathis blickte mich vielsagend an.

»Seine Frauengeschichten, verstehe.«

»Vielleicht sollte sich das doch mal ein Arzt anschauen«, sagte Mathis. »Nachher hat es eine Sehne erwischt. Das wäre echt kacke.«

Ich stieß einen tiefen Seufzer aus. »Jetzt übertreib mal nicht.« Ich machte meine Hand auf und zu und versuchte den Schmerz aus meinem Gesicht zu halten. »Siehst du, alles intakt«, sagte ich. Es brannte wie die Hölle. »Kein Grund zur Panik.«

Mathis runzelte die Stirn. »Seid wann kannst du eigentlich wieder Blut sehen?«

»Ähm, was?« Jetzt fiel es mir auch auf. Kein flaues Gefühl im Magen. Nichts. Wow. Ich war geheilt. Ein kleines Wunder. »Ich glaub, seit heute Abend«, murmelte ich. »Vielleicht war das dein kleiner Bruder. Früher, als wir noch zusammen Bandenkriege angezettelt haben, hat mir das ja auch nichts ausgemacht.«

»Das ist cool«, sagte Mathis leise und stierte erneut auf den Verband.

»Könntest du mich bitte nicht so besorgt anglotzen, *großer Bruder*?«

»Nenn mich nicht *großer Bruder*. Du weißt, wie sehr ich das hasse.«

»Dann benimm dich nicht so. Reicht völlig aus, dass meine Mutter ständig wissen will, wo ich bin, als sei ich wieder ein kleines Kind. Man sollte diesen ganzen Reality-Kram verbieten, der in der Glotze läuft. Das macht die Leute paranoid.«

Mathis' Handy vibrierte. »Kannst stolz auf dich sein«, sagte er wie aus heiterem Himmel und drückte den Anrufer aus der Leitung.

»Stolz?«, sagte ich. »Worauf soll ich stolz sein? Hab ich da was verpasst?« Ich schüttelte ungläubig den Kopf. »Also, ich würde gerne auf das Privileg verzichten, an jeder Etappe von Gregors Pechsträhne beteiligt zu sein? Wenn es darum geht.«

»Das meine ich nicht.«

»Was meinst du dann?« Ich stieß geräuschvoll Luft aus. »Ist das wieder so ein Zwischen-den-Zeilen-Ding? Soll ich von deinen Augen ablesen?«

Mathis zögerte. »Ach, vergiss es.«

»Nein, ich vergesse es nicht. Warum soll ich auf mich stolz sein? Weil ich nicht mehr kotzen muss, wenn ich Blut sehe? Wow, das ist mal wirklich eine großartige Leistung. Dafür hätte ich eine Urkunde verdient.«

»Nicht deswegen«, sagte er kleinlaut und biss sich auf die Unterlippe. »Wegen ... wegen deinem Vater.« Er redete so leise, dass ich einen Moment brauchte, bis ich die Worte identifiziert hatte. Dann schaute er mich mitleidig an. »Ich kann mir gut vorstellen, wie schwer es ist, wieder hierherzukommen, bei allem, was du erlebt hast.«

»Glaub mir, das kannst du nicht. Du kannst dir nicht vorstellen, wie es sich anfühlt, hier drin Abschied zu nehmen, zwischen all den Maschinen, die so tun, als könnten sie jeden von uns retten. Das wünsche ich keinem.« Ich holte tief Luft, spürte, wie sich Tränen hinter meinen Augen sammelten. Noch eine falsche Bemerkung, und der Damm würde brechen. Das Letzte, was ich jetzt wollte, war loszuflennen wie ein kleines Mädchen, um das man sich kümmern musste. Ich stand auf, riss mich zusammen und sagte mit voller Stimme: »Deshalb hat dein kleiner Bruder die verdammte Pflicht, hier wieder heil rauszukommen! Ein zweites Mal mach ich das nämlich nicht mit.«

GREGOR

Gott hatte recht. Es war nicht das Ende. Ich war Gregor, und ich war Walter. Ich war zwei. Ich war schizophren, eine gespaltene Persönlichkeit, und hatte mich nicht selbst erkannt. Das musste man erst mal hinkriegen, das eigene Gesicht nicht zu erkennen und aberwitzige Selbstgespräche zu führen, wie ein verdammter Psycho.

Ich hatte mich also definitiv mit Drogen aus der Umlaufbahn geschossen. Mein Bruder hatte recht: *Irgendwann wirst du für deinen Leichtsinn bezahlen.* Jackpot! Jetzt war es so weit. Ich hatte es übertrieben. Wahrscheinlich würde mein Gesicht bald als Warnung vor Drogenexperimenten an Bahnhöfen, Unterführungen und in S-Bahnen hängen. Vielleicht würde ich mit meiner Geschichte »Wir Kinder vom Bahnhof Zoo«, den Lieblings-Antidrogenfilm meines Vaters, ablösen.

Das Letzte, woran ich mich erinnern konnte, war Miras erschrockenes Gesicht. Nein, erschrocken ist zu wenig, es hatte mehr wie ein stummer Schrei ausgesehen, so Edvard-Munch-mäßig. Meine Mutter hatte die Postkarte mit dem Motiv zur Abschreckung von Stehpinklern über jedem Spülkasten angebracht. Der Mund, die Augen, alles bis zum Anschlag aufgerissen und verzerrt.

Jedenfalls hatte mir Miras Anblick den Rest gegeben. Erst Gott und dann Mira. Ich wusste nicht, dass beide noch eine Rechnung mit mir offen hatten. Danach hatte ich das dumpfe Dröhnen eines Martinshorns gehört und das Geräusch eines kaputten Radlagers rechts hinter mir, was mich daran erinnerte, dass ich meinen VW-Bus nächste Woche mit Johannson zum TÜV bringen wollte und anschließend mit dem Führerschein weitermachen musste, um ihn pünktlich zum Abitur in der Tasche zu haben.

Nach einer kurzen Phase der Dunkelheit waren stumme Papageien mit nassem Gefieder an mir vorübergezogen, die ich irgendwann schon mal gesehen hatte. Alles in allem ziemlich verwirrend und undurchschaubar.

Seit geraumer Zeit versperrte mir nun ein Schatten den Blick. Die Rezeptoren in meiner Nase registrierten Desinfektionsmittel, und ich war entsetzlich müde. Zu müde, um weitere Spekulationen über das Jetzt und Hier anzustellen.

Ein Ring, ein silberner Ring, dachte ich und hörte eine flüsternde Frauenstimme, die mich anwies, ruhig zu atmen, was ich dann auch tat, weil ich eh am Einschlafen war. Als Nächstes stürzte ein schwarzer Panther auf mich zu, riss sein Maul auf und redete mit einer tiefen Männerstimme auf mich ein. Sätze ohne Sinn und Zusammenhang.

»Gib Mira den Ring«, sagte der Panther, hockte sich wie ein Mensch vor mich hin und kratzte sich ungeniert an den Weichteilen.

»Welchen Ring denn?«, fragte ich.

»Na, den vom Golfplatz, du Idiot.«

Was hatte das zu bedeuten?

»Und jetzt schauen wir mal, was diesen Anfall ausgelöst hat«, sagte der Panther, tätschelte mir den Kopf mit seiner Riesenpranke und verabschiedete sich aus meinem Blickfeld.

Mira, Mira, Mira. Was zur Hölle war passiert?

Plötzlich hörte ich ein Brummen. Es schwoll an, dann ließ es wieder nach, und es kratzte in meinen Ohren. Vom linken Handgelenk aus strömte Hitze durch meinen Körper. Keine Hitze der angenehmen Sorte, sondern ein heißer Strom, der sich ausbreitete wie das tödliche Gift einer Klapperschlange.

Ich war zu schwach, um die Augen zu öffnen. Meine Gedanken fuhren Karussell. Der Blick nach innen fühlte sich an, als hätte ich aus einem fahrenden Zug geschaut, der mit dreihundert Sachen durch einen Tunnel mit Erinnerungen rauschte. Immer wieder schaffte ich es, einzelne Momente festzuhalten. Seltsamerweise hatte ich das Gefühl, einen Kampf gewonnen zu haben. Den Kampf gegen Walter, der ... ja, der *ich* ja selbst war. Aber da gab es auch noch den Kater von Johannson, der denselben Namen hatte. Ich glaubte mich zu erinnern, ihn erst vor kurzem gesehen, nein, gerochen zu haben. Er stank ja erbärmlich nach altem Fell, nach Urin und so.

Was war mit dem Rätsel? Hatte ich vor der Explosion das Rätsel von Walter Unscharf gelöst? Hatte ich das Labyrinth bezwungen? War ich zurückgekehrt zu dem Punkt in meinem Leben mit der größten Enttäuschung, dem größten Schmerz?

War es der Kuss in der Höhle gewesen? Der Kuss mit Mira, den sie als bedeutungslos abgetan hatte? So sehr hatte mich ihre Reaktion verletzt?

Ja. Ich nickte mir selbst zu. Sie hatte mich damit verletzt. Damals hatte ich auf einen Schlag begriffen, welche Macht Liebe hatte und was es bedeutet, wenn diese Liebe nicht erwidert wird. Dass man dazu verdammt ist, ein Leben lang auf der Suche zu sein und zu hoffen, dass es irgendwo auf der Welt noch einen Menschen gibt, zu dem man sich auf diese Weise hingezogen fühlt.

MIRA

Die Krankenschwester gab Entwarnung. Puls und Atmung hätten sich wieder normalisiert. Trotzdem wollten sie Gregor noch ein zweites Mal in die Röhre schieben, um auf Nummer Sicher zu gehen. Ich umarmte zuerst spontan die Krankenschwester, dann fiel ich Mathis um den Hals und blinzelte Tränen der Erleichterung weg. Wir hatten uns noch nie so lange umarmt. Er ließ es zu, erstarrte nicht, sondern sank in meine Umarmung und strich mir über den Rücken. Und als wir uns wieder voneinander lösten, glänzten seine Augen, und ich hielt seine Hand fest. Er lächelte leicht, und ich lächelte zurück, weil es sich gut anfühlte, einander zu haben.

Hinter uns zog die Putzfrau den Wischmob so schwungvoll über den Boden, als würde sie gleich lostanzen. Sie schaute zu uns herüber. Ich ließ Mathis' Hand los und setzte mich wieder hin.

»Hast du den Gameboy eigentlich gefunden?«, fragte ich nach einer Weile. Wir hatten die letzten Minuten geschwiegen.

»War im Schuppen bei den alten Spielsachen und funktioniert sogar noch.« Er räusperte sich. Dann zog er sein Handy aus der Hosentasche und fing an, darauf herumzutippen. Hannah? Ich blickte diskret zur Seite.

»Das ist ja super«, sagte ich und musste lächeln. »Weißt du noch, wie wir damit Signale aus dem Weltall empfangen haben? Das war großartig. Ohne E.T. hätten wir den Überfall auf unser Baumhaus nicht verhindert. Das musst du zugeben.«

»Ja, E.T. hat uns geholfen«, sagte Mathis mit der Emotion eines Roboters und drückte auf Senden.

»Tu nicht immer so verdammt erwachsen. Das hat E.T. wirklich getan. Ohne ihn wären wir zu spät dran gewesen, und sie hätten die Linde umgehauen.« Ich hielt den Finger in die Luft und verstellte die Stimme. »E.T. nach Hause telefonieren. E.T. nach Hause telefonieren.«

Wir lachten. Das tat gut.

»Glaubst du, Gregor hat tatsächlich auf die Schleuder reagiert?«, fragte ich. Mein Gesicht spiegelte sich auf dem nassen Boden. Ich sah aus wie ein Geist.

Mathis blickte mich erstaunt an. »Die ... die Schleuder? Gregor hat auf die Schleuder reagiert? Das hast du vorhin gar nicht erzählt.«

»Schien mir nicht so wichtig, bei dem, was danach passiert ist. Und hundert Prozent sicher bin ich mir auch nicht. Vielleicht hab ich mir das bloß eingebildet. Ich wollte es noch mal zusammen mit dir testen.«

»Wie hat er denn reagiert, als du ihm die Schleuder hingehalten hast?«

»Zuerst gar nicht. Dann hab ich seine Finger gegen den Griff gedrückt, und er hat bewusst danach gegriffen, sich daran festgeklammert und erst wieder losgelassen, als ich ihm ein Schneckenhaus unter die Nase gehalten hab.«

»Hat er noch was gemacht?«

»Einen Seufzer hat er ausgestoßen, als hätte sich durch die Berührung etwas in seinem Kopf in Gang gesetzt. Kann sein, dass er da auch schon etwas schneller geatmet hat, aber sicher bin ich mir nicht. Ich hätte dich rufen sollen.«

»Wozu?«

»Damit du mich jetzt nicht so seltsam anschaust.«

Er verdrehte die Augen. »Und dann bist du also auf die Terrasse gegangen?«

»Er hatte sich ja wieder beruhigt. Ich dachte, er würde einschlafen, sonst wäre ich nicht rausgegangen.«

»Niemand macht dir Vorwürfe.«

»Was, wenn sein Kopf die Information zeitverzögert zusammengesetzt hat. Das könnte doch sein. Vielleicht hat er sich an den Kampf ums Baumhaus erinnert.«

Mathis nickte. »Aber den Spiegel hast du ihm auch hingehalten? Nicht nur die Schleuder und das Schneckenhaus.«

»Ja, und seinen Namen hab ich auch gesagt, mehrmals hintereinander.« Ich brach ab. Die Schiebetür am Ende des Korridors wurde aufgezogen. Gregors Eltern traten zusammen mit dem Arzt auf den Gang heraus. Sie unterhielten sich.

»Es geht ihm gut«, rief Esther, noch bevor wir bei ihnen waren.

»Haben die im CT was gesehen?«, fragte Mathis aufgeregt. »Hat sich was verändert?«

»Der Splitter hat sich nicht bewegt«, sagte Frank überglücklich. Er hatte Tränen in den Augen. »Keinen Millimeter. Gregor ist in der Röhre eingeschlafen. Er hat geträumt. Heftig geträumt. Aber es geht ihm gut.«

Es regnete in Strömen. Als wir den Wagen erreicht hatten, waren wir nass bis auf die Knochen. Die Heizung lief auf Hochtouren, und die Fenster beschlugen. Wir krochen in einer Blechkolonne aus der Stadt hinaus, auf die Landstraße, durch Alleen aus Kastanien, die uns gepeitscht von harten Windstößen ihre Früchte entgegenschleuderten. Frank beschwerte sich darüber, dass die Radiostationen von David Bowie immer nur dieselben abgenudelten Songs spielten. Dann sagte keiner mehr ein Wort. Mathis kämpfte damit, die Augen offen zu halten, Esther starrte einfach geradeaus, und ich überlegte, was ich eigentlich über Gregor wusste, lehnte den Kopf gegen die Scheibe und beobachtete Regentropfen, wie sie in wechselnden Formationen über das Glas marschierten. Wann hatte er sich verändert? Wann war er so entsetzlich cool geworden? Vielleicht nach dem Tod seines Großvaters, der hatte ihn damals sehr mitgenommen. Aber das kam zeitlich nicht hin. Er war mir ja erst nach den Sommerferien in der achten Klasse so unerträglich fremd geworden. Davor hatte er mir noch auf dem Schulhof diesen Liebesbrief gegeben, auf rotem Papier, mit Kästchen zum Ankreuzen. Ich war so überrascht gewesen, dass ich nicht wusste, wie ich reagieren sollte. Wäre ja nicht das erste Mal gewesen, dass sich Gregor mit mir einen Spaß erlaubte. Sobald wir auf das Thema Liebe zu sprechen kamen, lag immer Ironie in der Luft. Ironie ist ja auch Unsicherheit. Und in Sachen Liebe waren wir beide völlig ahnungslos.

Aber dieser Zettel mit den großen Kästchen und der für Gregor untypisch schönen Handschrift sah nicht aus, als hätte er ihn mal kurz in der Pause runtergeschrieben. Das machte mich stutzig, aber ich überspielte meine Verwunderung, entschied im Bruchteil einer Sekunde, dass der Brief nur ein Scherz war und fing an, zu lachen. Als Gregor mitlachte, war ich irgendwie enttäuscht, weil es keinen anderen Jungen gab, zu dem ich mich mehr hingezogen fühlte als zu ihm. Ich wusste, dass da etwas zwischen uns war, aber ich hatte Angst, meinen Gefühlen auf den Grund zu gehen, auch weil ich mich fragte, was aus Mathis wurde, wenn Gregor und ich zusammen waren. Aber meine größte Angst war die, Gregor als Freund zu verlieren. Denn er war der verrückteste beste Freund, den ich mir vorstellen konnte.

Ich legte den Brief ganz vorne in mein Lieblingsbuch. In den folgenden Wochen holte ich ihn immer wieder hervor und überlegte, was passiert wäre, wenn ich »Ja« angekreuzt hätte. Ob wir uns dann mitten auf dem Schulhof zum zweiten Mal geküsst hätten, ob sich das noch schöner angefühlt hätte als in der Höhle, weil wir ja keine richtigen Kinder mehr waren? Und ich fand es schade, dass ich das nie herausfinden würde, weil ich den Zeitpunkt verpasst hatte.

Nach einem Jugendcamp in Spanien hatte sich die Sache mit uns beiden endgültig erledigt. Als hätte Gregor einen Schalter umgelegt, so fremd war er mir nach diesen drei Wochen geworden. Das Ende unserer Freundschaft war eine Postkarte aus Lloret de Mar gewesen, mit einer halbnackten Bikini-Schönheit auf der Vorderseite und windschiefen Strichmännchen, die sich unter Palmen die Kante gaben.

Die Musik blendete mit einer jammernden E-Gitarre aus, und die Moderatorin redete über den regenreichsten Herbst in der Geschichte der Wetteraufzeichnungen, als würde das Ende der Welt bevorstehen. Im Fernlicht sahen die dicken Tropfen aus wie Schneeflocken.

»Das Klima«, seufzte Frank. »Die Leute sind einfach zu doof, das zu kapieren. Mehr Treibhausgase, mehr Unwetter. Die halbe Welt säuft ab oder trocknet aus, aber wir kümmern uns nur um Profite.« Er hupte einem Autofahrer hinterher, der uns knapp überholte. »Und dann überall diese Arschlöcher mit ihren SUVs.«

Ich wischte ein Guckloch in die beschlagene Scheibe und blickte gedankenverloren nach draußen. Nebelschwaden krochen über die Straße wie eine Herde Fabelwesen. Aber das hier war kein Märchen.

»Halt an!«, rief Esther plötzlich.

Frank stieg auf die Bremse. Der Wagen kam stotternd zum stehen. Mathis schreckte aus dem Schlaf hoch. Zum Glück kam hinter uns kein Auto. Frank rang um Fassung. »Geht's noch?«, raunzte er Esther an. »Willst du uns alle umbringen?«

»Hast du sie nicht gesehen?«, gab Esther schroff zurück. »Da hinten an der Haltestelle. Das war Irma! *Deine* Schwester!«

»Nicht wirklich.« Frank ließ den Kopf auf die Brust sinken, fuhr an den Straßenrand, schaltete das Warnblinklicht ein und blieb stehen. »Sie wollte doch *zwei* Monate in Indien bleiben.«

»Und? Willst du sie da stehen lassen? Los, fahr schon zurück.«

»Sonst kommt sie immer später als angekündigt«, stichelte Frank.

»Ich hab ihr auf die Mailbox gesprochen.«

»Du hast was?«

»Sie gehört zur Familie! Sie hat das Recht, es zu erfahren, wenn etwas Schlimmes passiert.«

»Ja, ja, die Familie.« Frank stieß einen tiefen Seufzer aus und fuhr zurück. Esther hatte sich nicht getäuscht. Bei der fülligen Frau im triefenden Poncho handelte es sich unverkennbar um Gregors Tante. Während Frank fluchend ihr Gepäck verstaute, quetschte sie sich neben mich auf die Rückbank, setzte ihren Strohhut ab und schüttelte sich wie ein Hund nach einem Regenspaziergang. Die langen weißen Haare ergossen sich über ihre Schultern. Nur die Haarspitzen schimmerten hennafarben.

»Halleluja!«, sagte sie. Ihre Stimme war die einer Schauspielerin, die alles aus ihrem voluminösen Körper herausholte. Als Kind hatte ich mich vor den langen großen Zähnen gefürchtet. Noch heute war mir die Frau nicht ganz geheuer.

»Das Universum hat mich erhört«, sagte Irma und grinste in die Runde.

»Warum hast du dir kein Taxi vom Bahnhof genommen?«, fragte Frank.

»Weil man die letzten Kilometer einer Reise zu Fuß zurücklegen muss. Sonst kommen Körper und Geist nicht gleichzeitig an.«

»Natürlich«, stöhnte Frank. »Wie konnte ich das bloß vergessen.«

»Wo kommt ihr eigentlich her? Vom Familienausflug? Bei dem Sauwetter?«

»Wir waren im Krankenhaus«, sagte Frank in den Rückspiegel und warf Esther einen Blick zu, der wohl hieß, dass sie den Rest erklären sollte.

»Hat Johannson endlich die alte Hexe erschlagen?« Sie lachte laut auf. Ihr massiger Körper bebte. Als keiner reagierte, runzelte sie die Stirn und schaute von einem zum anderen. »Wo habt ihr eigentlich meinen Lieblingsneffen gelassen? War kein Platz mehr für sein Harem?«

Esther drehte sich nach hinten. »Hast du deine Mailbox nicht abgehört? Ich hab dir mehrmals draufgesprochen.«

Irma winkte ab. »Handys und der ganze Kram sind bei den Treffen verboten. Es geht um das Jetzt und Hier. Das werdet ihr auch noch merken. Das Jetzt und Hier entscheidet über das Warum und Wohin. Wir verschwenden zu viel Energie mit Eventualitäten. The future is unwritten.« Sie polterte gegen Franks Nackenstütze. »Kleiner Bruder, du musst trotzdem nicht fahren wie eine Schnecke. Oder sind dir deine Schleimviecher schon in Fleisch und Blut übergegangen?«

Frank warf ihr einen wütenden Blick zu, biss die Zähne zusammen und beschleunigte. »Esther«, schnaubte er, »bitte sag meiner Schwester, was los ist, bevor ich die Beherrschung verliere und spontan gegen einen Baum fahre.«

»Welche Laus ist dir denn über die Leber gelaufen?« Irma setzte ihre Brille ab. »Ist dir bei der Suche nach der Weltformel mal wieder dein Labor um die Ohren geflogen?«

»Esther!« Frank sah aus, als würde er gleich ins Lenkrad beißen.

»Nein«, sagte Esther und erzählte in Kurzform vom Unfall, dem Splitter, dem Wachkoma und der Atemnot.

Gregors abgedrehte Tante schien auf dem Sitz zusammenzuschrumpfen. Sie schüttelte fassungslos den Kopf. »Das ist ja schrecklich. Kann man ihn besuchen?«

»Ja, natürlich«, sagte Esther. »Eigentlich ist er ja schon bei uns zu Hause. Seit drei Wochen. Wir haben alles so umgebaut, dass wir seine Pflege selbst übernehmen können. Frank hat Sonderurlaub bekommen, und Mathis kümmert sich unglaublich gut um seinen kleinen Bruder. Und Mira auch. Sie ist uns eine große Hilfe.«

»Das ist gut«, sagte Irma. »Ihr drei habt euch wiedergefunden.«

Sie fingerte ihr uraltes Handy aus der Stofftasche und schaltete es ein. Sie musste den Code mehrmals eingeben, so aufgeregt war sie. »Ich hab da einen guten Freund, der ist auf solche Fälle spezialisiert. Das kriegen wir hin. Gemeinsam kriegen wir das hin. Wachkoma ist ja eine absolute Grenzerfahrung. Ist ja völlig ungewiss, was da im Kopf so abgeht.«

»Irmi!«, knurrte Frank in den Rückspiegel. Die Verniedlichungsform passte nicht zu der stämmigen Frau. »Ich möchte, dass du uns mit deinen *Bekannten* verschonst! *Wir* sind für Gregor verantwortlich, wir und die Ärzte, sonst niemand. Bitte. Wir wollen keinen Hokuspokus. Keine ausgeflippten Spinner, die unseren Sohn in den Wahnsinn treiben. Haben wir uns da verstanden?«

»Aber ...«

»Versprich mir, dass du uns nicht auf die Nerven gehst.«

»Ja, ja, schon gut, komm mal wieder runter. Ist nicht gut für dich, wenn du dich so aufregst.« Sie steckte das Handy wieder weg. »Bist du dabei gewesen?«, fragte sie an Mathis gerichtet.

Mathis schüttelte den Kopf. »Nein.«

»Ist Gregor wieder alleine getaucht?«

»Er wollte das so.«

»Ihr beiden Streithähne. Irgendwann werdet ihr schon noch merken, was ihr aneinander habt. Wenn jeder seinen Platz in der Welt gefunden hat, passiert das ganz automatisch. Und was ist mit dir, meine Hübsche?« Sie lächelte mich an.

»Ich ... ich bin dabei gewesen«, sagte ich und musste schlucken.

Irma nickte und nahm meine Hand. »Das tut mir leid. Aber glaub mir, das hat alles einen Grund.«

»Jetzt ist gut«, raunzte Frank nach hinten und drehte das Radio lauter. Irma nickte mir verständnisvoll zu. Die meisten im Dorf hielten sie für verrückt, weil sie in ihrem kleinen Laden allerhand Esoterik-Kram verkaufte und sich nicht darum scherte, was die anderen von ihr dachten. Aber irgendwie war es auch bewundernswert, dass sie sich nicht beirren ließ und ihren eigenen Weg ging. Wahrscheinlich hatte sie deshalb so einen guten Draht zu Gregor. Der tickte in gewisser Weise genauso.

Der Regen hatte aufgehört. Die Musik war aus. Die Gemüter hatten sich wieder beruhigt. Irma bat Frank, einen Schlenker über den Waldparkplatz zu machen. Ganz in der Nähe hatte sie eine Ladung von ihren ungebrannten Tonfiguren mit den Riesenbrüsten deponiert. Das tat sie immer, bevor sie auf Reisen ging. Ein Ritual. Sie liebte Rituale. In ihrem Laden verkaufte sie die kleinen Figuren dann als »von den Göttern der Natur« gesegnete Glücksbringer für dreißig Euro das Stück und legte noch einen bunten Stein dazu. Sogar aus München kamen die Leute, um bei ihr einzukaufen.

»Es tut mir so leid«, sagte Irma zum Abschied. »Hätte ich das gewusst, wäre ich viel früher zurückgekommen. Aber jetzt werde ich euch nach Kräften unterstützen. Das verspreche ich euch.«

8

Stairway to Heaven. In Sachen Liebe. Und die Dringlichkeit im Universum.

GREGOR

Ich war durstig, aber entspannt. Hitze löste sich von meinem Gesicht wie ein warmes Tuch. Hinter oder vor meinen Augen – waren sie geschlossen? – brach ein neuer Tag an. Ich musste ewig geschlafen haben, mein Mund war völlig ausgetrocknet, und in meinem rechten Ohr fiepte es, als hätte sich darin eine winzige Maus verirrt, die nun verzweifelt nach dem Ausgang suchte. Ich gab den Befehl aus, meine Augen zu öffnen, aber sie gehorchten mir nicht.

»Pass auf, dass er keinen Sonnenbrand bekommt«, hörte ich plötzlich eine Stimme. Zu weit entfernt, um sie zu identifizieren. Ein Strom von Geräuschen (diesmal beide Ohren) überlagerte die nächsten Worte.

Eintrag ins Logbuch: Ich war nicht allein. Walter, der ich ja selbst war, war fort, aber ich war nicht allein, und das war gut, sehr gut. Selbst wenn die Stimme zu einem Alien gehörte, war ich nicht allein.

»Es ist Herbst, und das Glas schirmt die Strahlung ab«, nuschelte eine tiefere Stimme rechts von mir. Jetzt war es amtlich: Ich war in der Obhut von Menschen.

»Er ist am Leben«, folgerte der Sherlock Holmes in meinem Kopf, ein Anflug von Erleichterung schwang in seiner Stimme. Vielleicht hatte mein Leben auf der Kippe gestanden. Vielleicht hatte die Droge meine Leber, mein Herz und mein Hirn angefressen. Das würde den scharfen Geruch von Desinfektionsmitteln erklären, den ich gerochen hatte, bevor ich nach der Begegnung mit dem Panther in die traumlose Dunkelheit gekippt war. Durch die Experimente meines Vaters mit seinem Schneckenschleim-Putzmittel wusste ich, was für Zeug sie in Krankenhäusern verwendeten, um die bösen Viren, Bakterien, Keime und das ganze andere Zeug in Schach zu halten. Das sei schlimmer als in der Putenmast, sagte Paps immer. In seinem kleinen Labor im Erdgeschoss stand ein ganzes Arsenal mit Proben der unterschiedlichen Hersteller. Schließlich wollte er besser sein als die Konkurrenz, nicht nur, was den Duft anbetraf, sondern auf allen Ebenen. In Operationssälen oder auf Quarantänestation werden die schärfsten Flüssigkeiten benutzt. Das sind chemische Waffen, mit denen man sich die Nasenschleimhäute wegätzen kann. Auf den Fluren, in Aufzügen und Krankenzimmern kommen die harmloseren Mittel zum Einsatz. Das Zeug, was ich vor dem Einschlafen inhaliert hatte, dürfte auf einer Skala von eins bis zehn etwa sieben erreichen, was wiederum hieß, dass der Eingriff in mein System über Infusionen und Spritzen gesteuert worden war und man mich nicht aufgeschnitten hatte.

Wow, dachte ich erleichtert, langsam kam mein Gehirn wieder auf Touren. War ja auch allerhöchste Zeit.

Es war ein gutes Gefühl, am Leben zu sein, zu atmen und zu wissen, dass es Leute gab, die sich um mich kümmerten, jetzt, wo schon mal die Wahnvorstellungen mit Walter vorbei waren. Ich erschnüffelte meine Umwelt wie ein Hund auf Spurensuche. Meine Nase registrierte momentan keine Kontamination der Luft durch Desinfektionsmittel, folglich hatte ich das Krankenhaus verlassen. Ich war also aus dem Gröbsten raus. Vielleicht hatte man an mir eine russische Turboentgiftung ausprobiert und mich zuvor betäubt, weil der Schmerz unerträglich gewesen wäre.

Zu Hause war ich offenbar leider noch nicht. Bei uns roch es nicht nach Holzfeuer, sondern nach selbst gemischtem Zitronenöl in braunen Apothekerflaschen, die von dünnen Holzstäbchen an die Luft abgegeben wurden.

Aber wenn ich nicht zu Hause war, wo war ich dann? In einem Reha-Zentrum für Drogenopfer in den Bergen? Musste ich meine Geschichte bald in einer Selbsthilfegruppe von Meth-Junkies zum Besten geben?

Durch einen winzigen Spalt kitzelte nun die Farbe Orange meine Netzhaut. Der Spalt durfte kaum größer sein als bei der Schneebrille eines Eskimos oder »Inuit«, wie mein Vater politisch korrekt immer sagte. Die Farbe wärmte mich von innen heraus. Sie war ein weiteres Indiz dafür, es noch nicht zurück zur Homebase geschafft zu haben. Meine Mutter wollte schon seit Ewigkeiten die dunklen Holzdecken und Wände im Haus mit frohen Farben übertünchen. Doch nach der Pleite meines Vaters hatten wir sämtliche Investitionen auf unbestimmte Zeit zurückgestellt. Vielleicht sollten wir mein Erspartes dafür auf den Kopf hauen, wenn ich wieder zurück war von dieser merkwürdigen Reise, aber eigentlich war die Kohle ja für meinen Vater bestimmt.

Ich vermisste sie alle.

Mehr als jemals zuvor.

Meine Eltern, meinen Bruder, Johannson, Tante Irma und natürlich Mira. Nach meiner Rückkehr würde ich mit ihnen eine große alkohol- und drogenfreie Party feiern und jeden von ihnen ganz fest drücken. Auch Mathis, obwohl ich wusste, wie schwer er sich mit Berührungen tat. Nie wieder würde ich alleine tauchen. Entweder Mathis war wieder mit von der Partie, oder ich hing den Job an den Nagel und suchte nach einer neuen Geldquelle.

Plötzlich wurde ich von einer tiefen Dankbarkeit erfasst, die unter den Achseln kitzelte und sich bis hinauf zu meinen Haarspitzen zog. Ich war auf dem Weg zurück! Was auch immer passiert war. Ich würde eine zweite Chance bekommen. Und ich würde Mira diesen verdammten Ring geben, obwohl ich weder wusste, wo er war, noch warum ich ihn überhaupt hatte. Dieser Teil meiner Erinnerung lag unter einer Szene begraben, die sich immer dann vor meinem inneren Auge abspielte, wenn ich mit Gewalt versuchte, hinter das Geheimnis zu kommen. In dieser Szene strich mir Mira über den Kopf, gab mir einen Kuss auf die Stirn und sagte meinen Namen, als sei ich geistig behindert.

Ich tauchte langsam aus der Dämmerung auf. Redete mit meinen Augen, spornte sie dazu an, sich noch ein bisschen weiter zu öffnen, als seien wir beste Kumpels. Die Stimmen waren weg, dafür war der Druck auf meinen Ohren unangenehm stark und wurde begleitet von einem monotonen Knistern. Ich stellte mir vor, zu gähnen. Ein alter Tauchertrick. Als Nächstes schob ich den Unterkiefer hin und her, was zumindest in Gedanken funktionierte. Das Knistern wurde lauter, als würde der dumpfe Druck gleich verschwinden und alle Frequenzen ungefiltert durchlassen. Die Prozedur war anstrengender als in einem startenden Flugzeug. Ich brauchte mehrere Anläufe, bis es endlich klappte.

»Vergiss nicht, ihm zu trinken zu geben.« Die höhere Stimme war zurück.

Ja, etwas Flüssigkeit wäre wirklich großartig. Ich hätte diesen Satz gerne artikuliert, aber ich konnte ihn nur denken. Ich fragte mich, wieso ich keine Panikattacke bekam, sondern beinahe vergnügt mit den Ohren meine Umwelt erkundete. Eine Kaffeemaschine röchelte. Türen wurden zugeschlagen. Schritte entfernten sich und kamen näher. Jemand schaltete das Radio an. Entfernt hörte ich das rhythmische Klacken einer Spülmaschine. Und wenn ich doch zu Hause war? Vielleicht war die Farbe Orange nur eine Täuschung. Bei einem LSD-Rausch verstärkten sich doch die Farben, hatte mein Vater gesagt und mir hinter vorgehaltener Hand erklärt, dass der Beatles-Song »Lucy in the Sky with diamonds« eigentlich von dieser Droge handelte. Lucy – Sky – Diamonds, L-S-D, ihr versteht? Das war die Geheimsprache der Rockmusik. Anscheinend gab es sogar Bands, die satanische Botschaften verbreiteten, die man nur mit einer alten Bandmaschine entschlüsseln konnte, wie Paps eine in seinem Labor hatte, um sich für seine Experimente in Stimmung zu bringen. Dazu musste man die Bänder rückwärts laufen lassen und ziemlich viel Phantasie investieren.

Wie auf Kommando redete der Radio-Moderator nun mit überdrehter Stimme über den Hass-Song aller Gitarrenverkäufer »Stairway to Heaven«. Sogar in Gedanken scheiterte ich daran, den ersten Akkord fehlerfrei zu spielen. Baréegriffe hatten meine Musiker-Karriere schon früh beendet.

Während ich dem Song lauschte und überlegte, wie so eine Himmelstreppe wohl aussah, schmeckte ich etwas Bitteres auf der Zunge. Der Geschmack war eine Wiederholung von neulich. Die weinerliche Stimme des Sängers verschmolz mit den Geräuschen eines Traktors zu einem dumpfen Murmeln, und ich wurde schlagartig müde. Eigentlich wollte ich nicht schon wieder schlafen, aber gegen dieses Gefühl war nicht anzukommen. Ich pendelte in einer Dimension zwischen

Traum und Wirklichkeit. Ein Dämmerzustand wie ein intensiver Tagtraum.

And she's buying a stairway to heaven ...

Singen konnte ich übrigens auch nicht. Damit waren meine Möglichkeiten, musikalisch auf mich aufmerksam zu machen, ziemlich eingeschränkt. Das hatte ich nach dem tödlichen Kuss mit Mira in der Höhle ziemlich schnell kapiert und fieberhaft nach einer anderen Möglichkeit gesucht, sie zu beeindrucken. Ich pinkelte in ihrem Beisein gegen einen Elektrozaun, versuchte stärker zu werden, die besseren Witze zu reißen, reifer zu sein, als ich war, verständnisvoller und taffer, nur um festzustellen, dass all das nichts brachte. Ich war nicht Teil ihres Programms. Sie wollte sich ums Verrecken nicht in mich verlieben. Ich war nicht erste Wahl. Aber ich dachte daran, aufzugeben. Ich war krank. Krank vor Liebe. Und das, obwohl ich Liebesgeschichten nicht mochte.

Als ich begriff, woher dieser dumpfe Schmerz kam, wenn Mira von anderen Jungs schwärmte, stellte ich folgende Überlegung an: Was, wenn es auf dem gesamten Erdball nur einen einzigen Menschen gibt, mit dem man zusammen sein will, und der aber nicht dasselbe empfindet? Was sollte man dann tun? Alleine bleiben? Sich von der nächsten Brücke stürzen? Warum gab es in der Schule kein Unterrichtsfach, in dem man lernte, sich zu entlieben? Die Gefahren des Internets, Gewaltprävention, Drogenaufklärung, Aids-Aufklärung. Für alles gibt es Experten. Für alles Projekttage und AGs, aber nicht fürs Entlieben. Nicht für den Reset im Kopf, nicht für den Neubeginn in Sachen Liebe.

Ich spürte eine Hand auf meiner Stirn, glaubte, die Stimme meines Bruders zu hören, während sich ein neuer Geschmack auf meiner Zunge ausbreitete und die Bitterkeit verdrängte.

Mein Kiefer mahlte munter drauflos, ohne dass ich dazu den Befehl gegeben hatte. Es schmeckte lecker, aber es war ... ich stockte ... Hafergrütze? Wieso mochte ich plötzlich Hafergrütze? Hatte es mir die Geschmacksnerven verspult? Das war wirklich krass. Ich spürte die Wärme in meinem Magen. Sie machte mich herrlich träge. Ich war ein Embryo, über die Nabelschnur mit der Mutter verbunden. Und genau daran dachte ich – wie warm und bedingungslos sich die Liebe der eigenen Mutter anfühlte. Nicht nur im Bauch, sondern auch danach. Und dass man diese Liebe und Geborgenheit und dieses »Alles ist gut«-Gefühl irgendwann in einem anderen Menschen sucht, weil das unser Programm ist. Abnabeln, aufwachsen, auf die Suche gehen und hoffen, dass die Bemühungen nicht ins Leere laufen oder in einen müden Kompromiss münden. Wir sind Menschen, keine Maschinen, wir brauchen Liebe, nicht nur in Gedanken. Wir wollen lieben und geliebt werden. Das ist der einzige Grund, warum wir überhaupt da sind. Liebe ernst zu nehmen kann aber auch gewaltig schiefgehen. So wie damals bei Mira, nach der siebten Klasse, als ich ihr in Bermuda-Shorts und Hawaiihemd diesen lächerlichen Zettel in die Hand drückte, anstatt es aus der Ferne mit einer SMS zu versuchen, wie es zum Standard unter Dreizehnjährigen gehörte. Ein Tipp meines altmodischen Vaters.

»Damit schindest du Eindruck und hebst dich von den anderen ab.« Nie werde ich diesen Satz vergessen. Ein Scheißtipp, wie sich herausstellte. Der Zettel, mein Geständnis, diese paar Zeilen und Kästchen zum Ankreuzen, waren nicht nur kindisch, sie waren eine Katastrophe. Und wahrscheinlich wäre es mir bessergegangen, hätte ich Miras Reaktion, diesen Blick, nicht gesehen. Es war, als hätte sie mir eine Kugel zwischen die Augen gejagt. Nur dass ich nicht umfiel, sondern erstarrte. Einfach nur erstarrte, während sich die Welt ungerührt von meinem Schicksal weiterdrehte. Ich lief rot an, Mira zögerte. Für einen Moment dachte ich, dass wir kurz vor einer Neuauflage des Kusses standen, so wie sich ihre Mundwinkel kräuselten. Doch dann senkte sie den Blick, ich bekam es mit der Angst zu tun. Sie fing an, zu lachen, und ich lachte mit ihr, obwohl ich gerade dabei war, zu sterben, denn ich hatte mein Leben unrettbar in die Tonne getreten.

MIRA

Ich wusch mir die Hände. Als ich zurückkam, war Gregors Blick stumpf und träge. Das Schlafmittel begann zu wirken. Seit ein paar Tagen bekam Gregor die Minimaldosis von drei Tropfen, weil sich bei einer Untersuchung mit einer mobilen EEG-Einheit gezeigt hatte, dass in seinem Kopf der Schlaf- und Wachrhythmus verrücktspielten. Die Ärzte wussten nicht, ob das mit dem Anfall zu tun hatte. Auf jeden Fall gab es seither nicht genügend Erholungsphasen, in denen seine grauen Zellen auf Standby liefen und nicht wie wild mit Neuronen um sich schossen. Gregor schien stundenlang von einem Traum in den nächsten zu springen, was anstrengend für sein Gehirn war. Träumen war anstrengend. Zu viel träumen verhinderte eventuell das Verlangen, in die Welt außerhalb, in die Wirklichkeit, zurückzukehren und mit ihr in Kontakt zu treten. Das klang wie Science-Fiction, als wäre Gregors Körper eine Hülle, ein Avatar, dessen Besitzer keine Lust mehr hatte, aus der künstlichen Parallelwelt zurückzukehren. Mit den Tropfen versuchte man ihm einen gesünderen Rhythmus aufzuzwingen. Es war paradox, einem Menschen im Wachkoma ein Schlafmittel zu geben.

Nachdem ich ihm auch die anderen Medikamente verabreicht hatte, fütterte ich ihn mit Haferbrei. Gregor und Haferbrei, das war wirklich verrückt. Als Kind hatte er Haferbrei gehasst. Leider war diese Veränderung ein Zeichen, dass in seinem Kopf noch einiges falsch lief. »Zu den Mahlzeiten«, stand auf den dünnen Beipackzetteln. Darunter seitenlange Auflistungen mit möglichen Nebenwirkungen. Seltsamerweise klappte es mit dem Schlucken am besten, wenn er kurz davor das Schlafmittel bekommen hatte. Der Arzt hatte dafür keine Erklärung. Ohnehin gab es für so vieles keine Erklärungen. Für die Pupillen, die sich mal weiteten, mal verengten, obwohl der Lichteinfall gleich blieb. Für den Gesichtsausdruck, der sich in winzigen Nuancen veränderte und manchmal aussah wie ein Lächeln in der Entstehung. Oder traurig. Traurig war am schlimmsten. Wenn Gregor traurig aussah, spielte ich für ihn ein Stück auf dem Cello. Das Verrückte war, dass dieses Stück ebenfalls traurig sein musste, damit der verlorene Blick aus seinen Augen verschwand. Das hatte ich in die Liste eingetragen, dass traurige Musik gegen Trauer wirkte und sie nicht verstärkte. Wenn man weinte, ging es einem danach ja auch besser. Vielleicht war der Effekt, den die Musik auf Gregor hatte, ganz ähnlich.

»Heute hast du aber keinen großen Hunger.« Ich wischte Gregor etwas Brei aus dem Mundwinkel. Er kaute gelangweilt und mit offenem Mund, wie eine Kuh, die keine Lust hatte, immer dasselbe vorgesetzt zu bekommen. Aber er musste essen. Laut Mathis hatte er drei Kilo abgenommen. Ich hatte nicht nachgefragt, wie er das mit der Waage hingekriegt hatte. Gregor schluckte langsam. Nach jedem Löffel musste ich einige Sekunden warten. Er durfte sich nicht verschlucken. Ich war froh darüber, dass Gregor so vieles konnte, was ihn von anderen Wachkomapatienten unterschied, die es schlimmer erwischt hatte. Sein Gehirn war nur an einer Stelle beschädigt worden, und er sah fast normal aus. Die betroffene Region sei unter anderem für die Steuerung der einzelnen Körperteile verantwortlich.

Frank schloss hinter sich die Kellertür, nuschelte ein »Alles gut bei euch?«, und schlurfte weiter in die Küche, ohne die Antwort abzuwarten. Er trug seine Arbeitskluft: einen weißen Kittel, neongrüne Clogs und blaue Einweghandschuhe, die er lautstark von seinen Händen abzog und in den Mülleimer feuerte. Die grauen Haare hatte er zu einem kleinen Pferdeschwanz gebunden. Die Sicherheitsbrille steckte in seinen Haaren. Er hatte Gregor sein Arbeitszimmer überlassen und sein Labor komplett in den Keller verlagert.

Ich folgte ihm in die Küche und stellte den Teller in die Spülmaschine. Frank stand unentschlossen vor dem geöffneten Kühlschrank. »Ich war mir sicher, dass ich den Vanillepudding noch nicht gegessen hab«, murmelte er vor sich hin.

»Ähm«, sagte ich. »Das war ich. Sorry.«

»Kein Problem.« Frank lächelte. »Du darfst das natürlich.« Er nahm einen Becher mit grüner Götterspeise heraus.

»Und wie läuft es so mit den Schnecken?«

»Der Geruch«, sagte Frank ernst. »Ich kapiere einfach nicht, was ich tun muss, um diese verdammten Moleküle einzukapseln.« Er stach mit dem Löffel in die wabbelnde Götterspeise. »Nach Gummibärchen soll es im Krankenhaus ja auch nicht unbedingt riechen.«

»Wieso nicht? Die Kinder würden sich darüber bestimmt freuen.«

Er seufzte. »Aber nicht die Leute, denen ich meinen Kram verkaufen will. Die verstehen keinen Spaß.«

»Hat Mathis eigentlich gesagt, wann er wiederkommt?«

Frank schob sich das glibberige Zeug in den Mund. »Wart ihr verabredet?«

»Nicht direkt. Er wollte für mich nur was nachschauen, wegen der Stücke für die Aufnahmeprüfung.«

»Hast du's mal auf seinem Handy probiert?«

»Geht nur die Mailbox ran.«

»Vielleicht ist er bei Hannah. Haben glaub gerade 'ne Krise, die beiden. Hannah hat es sogar auf dem Festnetz probiert. Das macht sie sonst nie. Soll ich dir ihre Nummer raussuchen?«

»Nein, nicht nötig. So dringend ist es auch nicht.« Ich zögerte. »Kann ich noch ein bisschen hierbleiben?«

»Was für eine Frage. Natürlich. Ich bin froh, wenn du hier bist. Du bist uns eine große Hilfe. Das Leben muss ja irgendwie weitergehen. Momentan brennt es an allen Ecken und Enden. Ständig schicken sie uns neue Formulare und Anträge. Es ist toll, dass du uns so tatkräftig unterstützt.«

»Da mach ich gerne.«

»Du musst trotzdem sagen, wenn es dir zu viel wird. Bis zum Abi ist ja auch nicht mehr lange hin.«

»Ich kann doch auch hier lernen.«

»Du sollst dich nur nicht übernehmen. Wenn es zu viel wird, dann finden wir auch eine andere Lösung. Schließlich geht es um deinen Abschluss.«

Frank grinste. »Gregor wird dann eben später fertig. Er wusste ohnehin nicht genau, was er werden wollte. Er hat mal über BWL geredet, aber richtig überzeugt klang das nicht, und davon hab ich ja auch keine Ahnung. Du und Mathis, ihr seid da anders. Ihr wisst, wo eure Talente liegen und bleibt am Ball. Das macht vieles leichter im Leben. Vor allem in der heutigen Zeit, wo es so viele Möglichkeiten gibt.«

»Ja, vielleicht«, sagte ich.

»Hör ich da etwa Zweifel?«

»Hat ja auch was für sich, wenn man nicht gleich sein komplettes Leben durchplant.«

»Ich bin nach der Schule erst mal per Anhalter losgezogen. Das war eine unglaubliche Zeit. Partys, Mädchen, jede Menge echte Musik und ...« Wieder grinste er. »Na ja, war damals eben alles ein bisschen entspannter.«

Wir gingen zurück ins Wohnzimmer. Frank gab Gregor zu trinken. Einen halben Becher mit lauwarmem Fencheltee. Das abendliche Ritual. Ich kannte keinen außer Frank, der Fencheltee mochte. Ebenso wie Haferbrei hatte Gregor auch den Tee gehasst. Aber jetzt trank er so schnell, als könnte er gar nicht genug davon kriegen.

»Ich bin froh, dass das neulich nur ein Fehlalarm war«, sagte Frank, während ich die Tabletten für den nächsten Tag aus den Packungen drückte.

»Wie leicht kann sich der Splitter eigentlich bewegen? Können das die Ärzte mittlerweile einschätzen?«

»Gregor müsste schon mit dem Kopf auf den Boden knallen, damit der Splitter eine neue Blutung auslöst. Das Gehirn ist ja kein starres Gebilde wie ein Knochen. Ist ja wunderbar in Flüssigkeit gelagert, die so einiges abfedern kann. Sobald seine Muskeln ansprechen, kann der Blutverdünner abgesetzt werden. Ist ein Risikofaktor weniger. Bis dahin müssen wir einfach ein bisschen vorsichtiger sein.«

Ich nickte. »Ist der Antrag für die Bewegungstherapie eigentlich durch? Mathis hat gesagt, dass die von der Kasse ziemlich streng sind, was die Kosten angeht.«

Frank seufzte. »Du glaubst gar nicht, wie die sich mittlerweile anstellen, aber Esther kriegt das hin. Sie hat ein Händchen für Diplomatie. Ich hätte bei all den Beamten längst kapituliert. In jedem Fall braucht Gregor wieder neue Punkte, um den Anschluss zu finden. Die Zeit ist unser größter Gegner. Je länger Gregor auf einer Stufe verharrt, desto schwieriger wird es für ihn, den nächsten Schritt zu machen.«

»Ich weiß.«

»Gut, dann schau nicht so traurig, sondern lass uns damit anfangen. Er scheint ohnehin noch nicht schlafen zu wollen. Vielleicht ist die Dosis zu niedrig eingestellt.«

»Ich schreib es nachher in die Liste«, sagte ich. »Muss ohnehin noch was nachtragen.«

»Danke.«

Frank holte ein Fotoalbum aus dem Schrank, setzte sich neben Gregor und zeigte ihm Bilder von früher. Gregors Augen waren halb geschlossen. Das rechte Unterlid zuckte leicht, als würde er dagegen ankämpfen, einzuschlafen.

Frank hielt ihm die Bilder vors Gesicht und erzählte, wann und wo sie entstanden waren. Manchmal dichtete er auch etwas dazu, damit es einen Zusammenhang gab, wie bei einem Bilderbuch.

Auf den Fotos trugen sie oft knallbunte Klamotten. Esther hatte früher viel genäht. Gregor hatte sich irgendwann geweigert, mit den Sachen in die Schule zu gehen. Frank blätterte weiter. Aufnahmen von der Entstehung ihres Baumhauses folgten. Gregors Großvater hatte ihnen damals geholfen. Schließlich hatten sie gemeinsam gegen die Erweiterung des Golfplatzes demonstriert. Für kurze Zeit hatte sich das Dorf in zwei Lager geteilt. Auch weil ein Investor ein Golfhotel auf dem Gelände bauen wollte und sich die Gemeinde dadurch eine neue Einnahmequelle versprach.

Gregor zeigte keine Reaktion. Nichts. Er schlief aber auch

nicht ein. Seit der Sache mit dem Spiegel wirkte er verändert. Sein Gesicht war rosiger geworden, und Walter, der Kater, schwänzelte ständig um ihn herum. Vielleicht hatten die beiden eine Verbindung, die nur vom Tier zum Menschen funktionierte.

Ich blickte hinüber zu den Blumen auf der Fensterbank. Einige davon ließen bereits die Köpfe hängen. Der Strom der Besucher war abgeebbt. Nur noch der harte Kern ließ sich ab und zu blicken.

Es klingelte an der Tür. Frank drückte mir das Album in die Hand und grinste. »Ist bestimmt Johannson. Auf der Flucht vor seiner Frau. Ist längst mal wieder überfällig.«

»Wieso nimmt er nicht die Terrasse?«

»Seine Frau wirft neuerdings mit Blumentöpfen. Ist brandgefährlich.« Sichtlich amüsiert angelte sich Frank sein Weinglas und schlenderte damit zur Haustür. Ich klappte das Album zu, stand auf und betrachtete die Kärtchen an einem halb verdorrten Rosenstrauß. Weiße Rosen. Kitschige Herzchen, Namen und Grüße. Helena, Elenor, Josi. Drei Engelsgesichter vom Golfplatz, die sich benahmen, als seien sie einer amerikanischen Vorabendserie entsprungen.

»Sind deine Verehrerinnen nicht lange geblieben?«, sagte ich zu Gregor in gehässigem Tonfall. »Das tut mir aber leid.«

»Die Weiber kann ich auch nicht ausstehen«, dröhnte hinter mir eine Stimme. Ich fuhr erschrocken herum. »Ich ... so ... so hab ich das nicht gemeint«, stammelte ich und hatte das Gefühl, rot anzulaufen.

Vor mir stand Irma. Sie trug ein langes dunkles Kleid mit Goldaufdruck, das ihre enorme Oberweite noch mehr betonte. »Mach ruhig weiter, Liebes. Lass dich nicht stören. Lies meinem Neffen die Leviten. Nur weil er jetzt dahockt, müssen wir ihn nicht schonen. Ich fand seine Weibergeschichten auch ein wenig übertrieben. Aber manche Menschen brauchen das: die Bestätigung von außen. Und in einem Haushalt mit geistigen Überfliegern ist es nicht leicht, seinen Platz zu finden.«

Sie ging vor Gregor in die Hocke und strich ihm übers Gesicht. »Ist es nicht faszinierend?« Sie nahm seine Hände und massierte ihm den Handrücken. »Gregor darf eine Erfahrung machen, die den meisten Menschen vorenthalten bleibt.«

»Zum Glück«, sagte Frank barsch.

Irma erhob sich. Ihre Bewegungen waren trotz ihrer Körperfülle äußerst flink. »Habt ihr jetzt vor, ihn tagein, tagaus hier im Haus sitzen zu lassen wie ein Möbelstück?«

»Wir werden kein Risiko eingehen!«, sagte Frank entschieden. »Es ist schon genug passiert.«

»Kein Risiko. Das scheint dein neues Lebensmotto zu sein. Immer brav das tun, was von einem erwartet wird. Nur weil mal was danebengegangen ist.«

»Wenn du hergekommen bist, um rumzustänkern, kannst du gerne wieder gehen. Wir haben momentan genügend Probleme.«

»Können wir das Kriegsbeil mal für ein paar Minuten begraben? Wir sollten den Jungen nicht mit schlechten Schwingungen runterziehen.«

Wie aufs Stichwort stieß Gregor einen tiefen Seufzer aus. Das machte er eher selten, und wir alle hielten kurz die Luft an und warteten, was als Nächstes passierte. Noch ein kleinerer Seufzer, dann ließ Gregor den Kopf auf die Brust sinken.

»Ich hol dann mal die Liste«, knurrte Frank. »Gregor spürt also auch, wenn es ungemütlich wird.« Er ging in die Küche.

»Wovon redet er?«, fragte Irma. »Geht es um etwas Medizinisches, oder ist das nur der übliche Groll gegenüber seiner ungeliebten Schwester?«

Ich erklärte ihr in aller Kürze, was es mit den beiden Listen auf sich hatte. Sie zog die derben Stiefel aus und setzte sich in den Ohrensessel. So wie die beiden drauf waren, konnte das noch ein heiterer Abend werden.

»Und was ist mit dir?«, fragte Irma.

»Mit mir? Was soll mit mir sein?«

»Na ja, wenn ich mich recht entsinne, waren du und Gregor ja auch nicht mehr die dicksten Freunde. Habt euch auseinanderentwickelt. So was passiert selbst bei besten Freunden. Aber jetzt bist du fast jeden Tag hier, hat mir Esther erzählt, und dafür gibt es mit Sicherheit eine Erklärung.«

Irma schaffte es, einen innerhalb von Sekunden zu verwirren. Sie sagte immer frei heraus, was sie dachte.

»Muss ja ... muss ja immer jemand bei Gregor sein«, stammelte ich, weil mir auf die Schnelle nichts Besseres einfiel.

»Ja, ja«, sagte Irma und musterte mich skeptisch. »Hast du einen Freund?«

»Ähm ... zurzeit nicht.« Ich war überrascht von der persönlichen Frage. »Laufen nur gut getarnte Idioten rum.«

»So ist das Landleben. Aber du willst jetzt nicht jeden Tag bei Gregor hocken wie eine trauernde Witwe? Dafür bist du eindeutig zu jung und zu hübsch.«

»Danke.«

»Machst du dir Vorwürfe?«

»Nein.«

»Bei Mathis hab ich den Eindruck. Er ist noch stiller als sonst, und gestern hab ich ihn gesehen, wie er mit dem Rad zum Golfplatz gefahren ist, wie ein Irrer, als säße ihm der Teufel im Nacken.«

»Mathis glaubt, dass er an dem Unfall eine Mitschuld trägt«, sagte ich.

»Was für ein Blödsinn.« Irma schüttelte den Kopf. »Schuld. Er hat seinem kleinen Steinbock-Bruder das Tauchen überlassen. Von Schuld zu sprechen halte ich in dem Fall für reichlich übertrieben. Mathis hat Gregor oft genug in Schutz genommen. Bei den beiden ist es wie bei Frank und mir: Wenn's hart auf hart kommt, halten wir zusammen wie Pech und Schwefel.« Irmas Blick fiel auf das Tablett mit Gregors Medikamenten. Sie griff nach einer blauen Packung und verzog angewidert das Gesicht. »Wozu bekommt Gregor denn Schlafmittel? Wollen die ihn vollends abschießen?«

»Anscheinend hat er zu wenig Erholungsphasen. Mit den Tropfen soll sich das wieder normalisieren.«

»*Normalisieren*, wenn ich das schon höre. Pah! Jeder Mensch hat eine eigene innere Uhr, eine eigene Geschwindigkeit und die eigene Vorstellung vom Glück. Würden wir das respektieren, wären wir schon ein gutes Stück weiter. Aber die moderne Welt will uns ja dazu zwingen, gegen unser Bauchgefühl zu handeln, und uns stattdessen in Ketten legen.«

Begleitet von einem lauten Seufzer knallte Frank die beiden Klemmbretter mit den Listen auf den Tisch.

»Danke für deinen Besuch«, sagte er schneidend. Irma ignorierte seine Aufforderung zu gehen, lächelte süffisant und klopfte auf die Sessellehne neben sich. »Setz dich zu uns. Wir erörtern gerade, was es heißt, normal zu sein. Das könnte dich auch interessieren.«

»Kein Bedarf«, sagte Frank schroff und nahm Irma die Medikamentenpackung aus der Hand. »Kannst du bitte Mira mit deinen Weisheiten verschonen? Die Ärzte wissen sehr genau, was Gregor braucht, um wieder gesund zu werden. Mit Homöopathie und Hokuspokus ist es nicht getan. Außer klugen Worten braucht er auch *echte* Medikamente.«

»Wenn du glaubst, dass es so funktioniert, bitte. Wahrnehmung ist aber viel komplexer, als es einem die Pharmakonzerne und Wissenschaftler weismachen wollen.«

»Bist du jetzt fertig?«

»Nein.« Irma dachte gar nicht daran, zu gehen. Sie streckte sich ausgiebig und sagte dann völlig gelassen: »Ich mein, gegen den Umbau ist nichts einzuwenden, ist hübsch geworden, aber Gregor war doch so ein quirliger Typ. Langweilt ihn bestimmt, den ganzen Tag nur rumzuhocken, Sherlock Holmes zu glotzen und das Gedudel aus dem Radio zu hören. Seine Welt war größer und unverstellter. Gregor war neugierig. Er wollte etwas erleben. Er war ein Abenteurer.«

»Mit egoistischen Abenteuern kennst du dich ja bestens aus.«

Ich kam mir irgendwie überflüssig vor. Die beiden redeten über mich und Gregor hinweg, als wären wir bloß Statisten.

Gregor hatte seinen Kopf wieder aufgerichtet. Vielleicht war der Schlagabtausch eine willkommene Abwechslung. Irma und Frank wären eine optimale Besetzung für eine neue Serie gewesen.

Mittlerweile hatte Frank die Arme vor der Brust verschränkt und hatte etwas von einem schmollenden Kind. »Und was sollen wir deiner Meinung nach tun?«, sagte er. »Mit Gregor in den Urlaub fahren? Wandern gehen? Uns deiner Mittsommer-Spinner-Kommune anschließen? Nackt im Regen für den Weltfrieden tanzen? Was schlägst du vor? Los, große Schwester, wie sieht dein großartiger Plan aus?«

Irma ließ sich nicht aus der Ruhe bringen. »Ein Urlaub

wäre keine schlechte Sache. Reisen würde euch guttun. Das macht ihr viel zu selten. Wegzugehen, um zurückzuschauen auf euer kleines Paradies, um innere Einkehr zu finden. Das sag ich ja schon seit Jahren. Hin und wieder muss man den Kreislauf durchbrechen, um dauerhaft glücklich zu sein.«

»Hör endlich auf mit deinen klugen Sprüchen. Ich kann es nicht mehr hören. Wir sind zufrieden mit unserem Leben. Und wie auch immer es mit Gregor weitergeht. Wir werden das schaffen.«

»Das weiß ich. Ihr seid eine großartige Familie.« Sie griff sich eine andere Medikamentenpackung. »Trotzdem ist der Mensch – ist Gregor – nicht dafür gemacht, wie eine Maschine zu ticken und sich einen albernen Rhythmus aufzwingen zu lassen, von dem wir glauben, dass er richtig ist.« Sie lehnte sich nach vorne und sagte leise, als seien diese Worte nur für Frank bestimmt: »Und da Gregor am Leben ist, wäre es schön, wenn ihr ihn auch so behandelt. Gleichförmigkeit ist der falsche Ansatz. Veränderung ist Erneuerung.« Sie wandte sich zu mir. »Was sagst du dazu?«

»Ich?« Ich zuckte überrascht die Achseln. Auf keinen Fall wollte ich zwischen die Fronten geraten. »Weiß nicht, ich mein ...«

»Gregor hat gesagt, dass du eine gute Schülerin bist, so ehrgeizig und zielstrebig. Er hat dich dafür bewundert.«

»Hat er?« Ich war überrascht. Auf dem Golfplatz hatte er immer nur zynische Bemerkungen für mich übrig, wenn ich mit einem Buch in der Hand vor dem Clubhaus saß.

»War's das jetzt?«, ging Frank dazwischen. »Bist du hergekommen, um kluge Sprüche zu klopfen und uns aufzumischen? Gibst du uns für deine Freiheitspläne eigentlich auch das Geld oder nur die guten Ratschläge?«

»Oh, jetzt fang nicht wieder damit an. Ich werde dir das Geld schon zurückzahlen. Aber erst mal wäre es gut, wenn du deine Blockadehaltung ablegst.« Sie schaute zu Gregor und schmunzelte. »Und dann würde ich vorschlagen, dass wir unsere kleine Diskussion vertagen und erst mal gemeinsam einen Burger essen gehen, um das weitere Vorgehen zu planen.«

Frank schnaubte wie ein Stier in der Arena. »Warum musst du immer provozieren? Das hast du schon als Kind getan. Immer mit dem Kopf durch die Wand. Immer den eigenen Willen durchsetzen.«

Irma ignorierte Franks Angriff, stand auf und überflog die beiden Listen. »Gregor kann also kauen und schlucken.« Sie lächelte.

»Er macht das wirklich großartig«, sagte ich und begriff im selben Moment, dass sie es ernst meinte. Und ja, warum eigentlich nicht, dachte ich. Warum sollte Gregor nur noch hier drin hocken?

»Worauf warten wir noch?«, sagte Irma euphorisch und stemmte sich wieder in ihre Stiefel. »Nichts wie auf zur Autobahnraststätte. Dem Highlight der Landjugend.«

Frank stellte sich vor den Rollstuhl. »Ich will, dass du jetzt gehst! Für heute erkläre ich deinen Auftritt für beendet. Und wenn du kein Hausverbot bekommen willst, dann möchte ich von dir das Versprechen hören, dass du dich an die Regeln hältst und nichts unternimmst, was Gregor in irgendeiner Weise schaden könnte.«

»Alles gut«, sagte Irma und legte ihre flache Hand auf Franks Schulter. Das sah komisch aus, weil sie nicht nur deutlich breiter war als ihr kleiner Bruder, sondern ihn auch um fast einen Kopf überragte.

»Ich hab ihm schon das Schlafmittel gegeben«, meldete ich mich zu Wort.

Frank wischte Irmas Hand von seiner Schulter.

»Und wenn schon«, sagte Irma und beugte sich vor Gregors Gesicht. »Dafür sieht unser Pechvogel aber ziemlich munter aus, wenn ihr mich fragt. Wir sollten es auf einen Versuch ankommen lassen. Der Ausflug wäre ein Anfang. Den Burger kann man auch in winzige Stücke schneiden. Und selbst wenn er nichts isst – die neue Umgebung wird ihm gefallen. Er wird seine anderen Sinne gebrauchen.«

»Nein!«, knurrte Frank. »Du scheinst den Ernst der Lage nicht zu erkennen. Gregor braucht vor allem eines: Ruhe!«

»Da irrst du dich gewaltig. Er ist nicht wie Mathis und du. Er ist kein vergeistigter Eremit. Er braucht Abwechslung. Er braucht Menschen um sich herum. Das ist sein Spiegel.«

Frank drückte seine Finger gegeneinander. »Ich bitte dich jetzt ein allerletztes Mal zu gehen, bevor ich dich eigenhändig vor die Tür setze.«

»Kleiner Bruder, willst du dir wieder einen Bruch heben? Was soll diese Theatralik? Ihr müsst lernen, euch euren Ängsten zu stellen. Sie dürfen euch nicht beherrschen.« Sie lehnte sich gegen die Tischkante und spielte mit dem großen Filzring an ihrer Hand. Durch die geöffnete Kellertür hörte man ein Geräusch, es klang wie eine Waschmaschine im Schleudergang.

Ich schaute zur Tür.

»Ist nur die Zentrifuge«, sagte Frank. »Hab ich mit einer Zeitschaltuhr gekoppelt. Ist gleich wieder vorbei.« Er machte die Kellertür zu. Ich strich Gregor über den Kopf. »Vielleicht nächste Woche oder so«, sagte ich, auf der Suche nach einem Kompromiss. »Bei Tag kriegt er auch mehr mit.«

Irma angelte sich Franks halbvolles Weinglas und leerte es in einem Zug. Frank stand unentschlossen an der Tür, während Irma die Stille mit einem ziemlich widerlichen Räuspern beendete und dann weiterredete: »Das mit der eigenen Firma, den Mikroorganismen und dem Schneckenschleim ist großartig«, sagte Irma. »Das kann immer noch funktionieren. Die Idee ist sensationell, ihrer Zeit voraus. Das merkst du ja an der Gegenwehr der Großen. Ich bin stolz auf dich, dass du in deiner Freizeit weitermachst, trotz allem, was passiert ist. Das bewundere ich wirklich sehr an dir. Dass du die Zähne zusammenbeißt, auch wenn es mal schwierig wird.«

Frank sagte nichts. Er nickte leicht. Offensichtlich hatte Irma den richtigen Schalter gedrückt. In Franks Mundwinkeln kräuselte sich ein winziges Lächeln. »Du immer mit deinen klugen Sprüchen«, sagte er weit weniger aggressiv.

»Kleiner Bruder, ich mag dich, ich mag euch alle, und ich will nur, dass es euch gutgeht. Es geht mir nicht darum, irgendwelchen Firlefanz mit Gregor zu veranstalten und die große Heilerin raushängen zu lassen. Das bin ich nicht. Und das weiß ich auch. Ich will nur, dass wir jede Chance nutzen, egal wie abwegig sie erscheint, um diesen wunderbaren Menschen wieder zu uns zurückzuholen.«

Stille.

»Ja, vielleicht hat Irma recht«, sagte ich. »Wir sind früher oft zur Raststätte gefahren, wenn er davon geträumt hat, per Anhalter ans Meer zu fahren.«

»Das hat er?« Frank lächelte.

»Ja. Einmal wollte uns sogar ein Lkw-Fahrer mitnehmen.«

»Und Mathis hat sich nicht eingemischt?«, sagte er verwundert.

»Er ist nicht dabei gewesen. Er hat nicht viel von solchen

Spinnereien gehalten.« Ich räumte die Medikamente zusammen. Dann sagte Frank mit tonloser Stimme, als stünde er unter Hypnose: »Ich werde Esther fragen, was sie von deiner Idee hält. Sie hat auch ein Wörtchen mitzureden, wenn es um Experimente geht.« Er ging zur Durchreiche und nahm das Telefon aus der Ladestation.

»Warte«, sagte Irma. »Bitte ruf Esther nicht an.«

Frank zögerte. »Aber ...«

»Sie ist bestimmt froh, wenn sie mal eine Stunde für sich alleine hat. Sie hat sich die letzten Wochen so ins Zeug gelegt. Gönn ihr die Pause.«

Die Haustür fiel ins Schloss. Mathis betrat das Wohnzimmer. Er schaute von einem zum anderen. »Alles okay? Ist irgendwas passiert? Was mit Gregor?«

»Ja«, sagte Irma. Auf ihrem Gesicht breitete sich ein Lächeln aus. »Wir haben soeben beschlossen, mit deinem kleinen Bruder einen Burger essen zu gehen. Kommst du mit?«

»Was? Einen Burger? Jetzt? Ist das euer Ernst?« Er schaute zu mir, dann zu Frank. Wir beide nickten. Frank stellte das Telefon zurück in die Halterung. »Deine Tante ist der Meinung, dass wir Gregor mehr Abwechslung bieten müssen. Wir sind anscheinend zu langweilig.«

»Ihr wollt Gregor also wirklich mitnehmen?«

»Ja«, sagte ich. »Ihr beide seid doch auch oft nach dem Tauchen dort gewesen.«

»Ja, schon, aber ...«

»Nichts aber«, sagte Irma. »Eine Luftveränderung wird ihm guttun. So schön das hier auch ist. Es ist Gregor bestimmt schon zu eintönig geworden.«

Frank hatte seinen Widerstand aufgegeben. Er sagte kein Wort mehr.

»Im Prinzip hast du recht«, sagte Mathis zu meiner Verwunderung. »Aber so etwas müssen wir vorher planen. So schnell kann ich keinen Krankentransport organisieren. Die brauchen mindestens einen Tag Vorlauf und das Okay von der Renten- oder Krankenkasse oder wer auch immer das bezahlen soll. Mum kennt sich da besser aus. Habt ihr mit ihr gesprochen?«

»Nein«, stöhnte Irma. »Und wir wollen *jetzt* gehen und nicht erst morgen oder irgendwann anders. Manchmal muss man spontan handeln. Das Universum wird die Dringlichkeit spüren.«

Mathis seufzte. »Bis es so weit ist, würde ich dann mal duschen.« Er schaute zu mir, als müsste ich ihm zustimmen. Aber so verrückt Irma auch war, sie hatte recht. Immer diese bescheuerte Vernunft. Immer das Warten auf den richtigen Augenblick. So war Gregor nicht. Er folgte seinem Instinkt, und das hatte mir immer imponiert, dass er nicht erst tausend Möglichkeiten durchspielte, sondern einfach machte, auch wenn manchmal etwas schiefging.

»Ich wäre dabei«, sagte ich und wich Mathis' Blick aus.

»Eine starke Frau an meiner Seite«, sagte Irma. »Das freut mich.« Sie lächelte Mathis herausfordernd an. »Und du willst wirklich nicht dabei sein, wenn dein kleiner Bruder die Welt von neuem erobert?«

»Doch, aber ich glaube, dass es heute noch nicht so weit ist. Vielleicht am Wochenende, wenn sie den Transport bewilligen.«

»Es gibt doch auch Großraumtaxis«, mischte ich mich ein. »Soll ich da mal anrufen?«

»Ja, die einfache Strecke für zwanzig Euro, plus Zuschlag für den Rollstuhl«, sagte Frank und zuckte die Achseln, als würde er das wirklich bedauern. »Wir lassen es. Irma, bitte. Es ist gut gemeint, aber wir müssen das vorher planen. Manche Dinge kann man nicht übers Knie brechen.«

»Ja, ja«, sagte sie zerknirscht.

Von draußen hörte man das Tackern eines Traktors näher kommen. Irma hob den Zeigefinger und grinste. »Sag ich's doch. Soeben hat uns das Universum eine Lösung geschickt.«

9

Ein Flaschenzug. Ein Kompliment. Und das Highlight der Landjugend.

MIRA

Johannson war sofort von Irmas Idee begeistert. Er zögerte keine Sekunde. Man merkte ihm an, wie sehr er an Gregor hing. Mehr als einmal spiegelten sich in seinen kleinen runden Augen Bedauern und Hilflosigkeit. Wahrscheinlich hatte er sich deshalb in den letzten Wochen so rar gemacht, weil er den Anblick von Gregor nur schwer ertragen konnte. Jetzt war er glücklich, helfen zu können.

Wir hievten Gregor und seinen Rollstuhl mit einem Flaschenzug auf den Anhänger und befestigten ihn mit Bändern an der Ladewand. Nach einer Diskussion über die möglichen Gefahren gaben Mathis und Frank ihren Widerstand auf. Gregor bekam den Fahrradhelm von Mathis, und es konnte losgehen. Wir fuhren zu fünft hinten auf der Ladefläche mit, während Johannson den Traktor durch die Nacht lenkte. Der Dauerregen hatte eine Pause eingelegt, und kalt war es auch nicht.

Drei Kilometer im Schritttempo. Geschwindigkeit spielte keine Rolle. Wir hockten auf dem Boden und schwiegen. Frank steckte sich eine Zigarette an und schaute gedankenverloren in den Nachthimmel. Irgendwann stand er auf, krallte sich mit den Händen vorne an der Ladewand fest, schloss die Augen und lächelte. Ich folgte seinem Beispiel und stellte mich zwischen Gregor und Frank in den Fahrtwind. Irma kam dazu. Ich spürte etwas, das ich lange Zeit vermisst hatte: echtes Glück. Nur für Minuten. Aber das genügte, um das Leben zu lieben und daran zu glauben, dass Gregor wieder gesund wurde. Unsere Freundschaft würde eine zweite Chance bekommen. Alles auf Anfang. Ich würde mich mit ihm so lange in das morsche Baumhaus setzen, bis ich wusste, warum er mir nicht mehr direkt in die Augen blickte und mit Ironie antwortete, sobald auch nur ein Anflug von Ernsthaftigkeit in der Luft lag. Etwas musste passiert sein. Dass sich Menschen verändern, ist normal, da hatte Irma recht, aber nicht so – nicht so grundlegend, dafür musste es eine Erklärung geben, und die wollte ich aus seinem Mund hören. Der Kuss in der Höhle, der Brief und dann diese bescheuerte Postkarte. Wenn er wirklich in mich verliebt gewesen war, warum hatte er es nicht einfach gesagt? Und warum hatte ich ihn nicht direkt gefragt? Weil ich Schiss hatte? Wegen Mathis? Solange ich das nicht wusste, konnte mir mein Studium gestohlen bleiben. Andere machten erst mal eine Weltreise, wenn sie mit der Schule fertig waren. Ich würde mich um Gregor kümmern und ihn auf dem Weg zurückbegleiten. Das war ich ihm schuldig.

Leider war die Rampe, die Johannson in aller Eile zusammengezimmert hatte, zu steil. Damit bekamen wir Gregor nicht vom Anhänger. Aber Irma dachte nicht im Traum daran, umzukehren. Sie hatte genügend Optimismus und Energie für uns alle.

»Er braucht neue Gesichter, Gerüche und Geräusche«, hielt sie gegen Franks Bedenken. »Seine Sinne müssen stimuliert werden. Wir werden ihn da runterkriegen, und wenn ich die Feuerwehr rufen muss.«

»Er schläft doch schon fast«, seufzte Frank.

»Weil du Dämlak ihm noch mal die Tropfen gegeben hast. Das war wirklich clever.«

»Es war nicht mit Absicht.«

»Wie kann so was denn ohne Absicht passieren?«

»Beide Schachteln sind blau«, verteidigte ihn Mathis.

»Wie auch immer. Wir sollten die Chance nicht verstreichen lassen. In einer halben Stunde sind wir wieder weg. Es wäre doch eine Schande, umzukehren, wo wir es so weit geschafft haben.«

»Okay«, sagte Frank. Sein Handy klingelte. »Aber zuerst wirst du Esther erklären, dass das hier deine Idee war.«

»Kein Problem.« Sie stupste ihn in die Seite. »Deine Frau ist kein solcher Schisshase wie du.«

Frank hielt ihr das klingelnde Handy hin. »Dann erklär ihr doch gleich mal, wo wir gerade sind.«

Irma verdrehte die Augen. »Gib her.«

Wir mussten auf den Autohof ausweichen. Der Traktor war zu hoch für den Drive-in-Schalter. Bei den Müllcontainern gab es einen halb legalen Parkplatz und viele neugierige Blicke. Nachdem Irma mit Esther gesprochen hatte, klopfte sie an sämtliche Fahrerhäuschen und bat um Hilfe. Innerhalb weniger Minuten hatte sie eine internationale Truppe aus freiwilligen Helfern rekrutiert, die Gregor mit vereinten Kräften vom Anhänger holten. Bauer Johannson ließ zum Dank ein paar Flaschen von seinem Selbstgebrannten herumgehen. Mathis trank mit. Er war schlecht drauf. Hannah, seine Freundin, hatte sich anscheinend für ein Auslandssemester in Australien eingeschrieben und ihn vor vollendete Tatsachen gestellt. Er fühlte sich betrogen. Ausgerechnet jetzt ließ sie ihn im Stich.

Johannson stellte sich neben mich. »Willst du nicht probieren?« Er hielt mir die Flasche mit dem vergilbten Pflaumen-Etikett hin. »Ist ein angesagtes Herbstgetränk.«

»Danke. Schnaps ist nicht so meins.«

»Sondern?« Er grinste erwartungsvoll.

»Wie?«

»Na, ihr jungen Leute kennt ja auch andere Möglichkeiten.« Seine Stimme war nur noch ein Flüstern. »Gregor und ich, wir haben doch ...« Er unterbrach sich. Mathis hatte sich umgedreht und prostete uns zu.

»Was hat Gregor mit Ihnen?«, fragte ich, als sich Mathis wieder um Gregor kümmerte.

»Er hat dir wirklich nichts erzählt?«

Ich runzelte die Stirn. »Vom Schnapsbrennen?«

»Schade.« Er reichte die Flasche weiter und senkte resigniert den Blick.

»Was soll er mir denn erzählt haben?«, hakte ich nach.

»Nichts, gar nichts. Hätte ja sein können.«

Johannson ließ mich stehen und verteilte weiter seinen Schnaps. Was hatten die beiden miteinander zu schaffen gehabt? Gregor und Johannson. Hatte Gregor sich die teuren Klamotten doch nicht nur mit gebrauchten Golfbällen finanziert? Aber wieso dachte Johannson, ich wüsste darüber Bescheid?

Ich ging hinüber zu Mathis, wollte ihn darauf ansprechen, entschied mich aber dagegen, als ich seine vom Alkohol glänzenden Augen sah. Vielleicht war es das Beste, erst einmal die Füße stillzuhalten, bis ich wusste, worum es ging.

Der Schnaps zeigte bei Mathis deutlich Wirkung. Er legte den Arm um meine Schultern. Nüchtern hätte er das nie getan. Auch da war er anders als Gregor. Gregors Begrüßungen waren trotz seiner Coolness immer überschwänglich gewesen.

»Danke«, sagte Mathis. »Danke, dass du uns hilfst.«

Ich lächelte. »Alles gut. Das mache ich gerne.« Er schwankte. »Willst du dich vielleicht besser hinsetzen?«

»Nein, geht schon. Du hältst mich ja fest, oder?« Er grinste schief.

»Wenn du dich nicht ganz so schwer machst.«

Ein glatzköpfiger Mann streckte Mathis eine Schnapsflasche entgegen. Ich hielt meine Hand dazwischen. »Danke. Er hat schon genug.«

»Bitte«, sagte Mathis. »Nur noch einen Schluck. Das hab ich mir verdient. Bei all der Scheiße, die momentan passiert.«

»Das hilft bestimmt gegen deinen Liebeskummer.«

»Ach, was weißt du schon.« Er nahm einen tiefen Schluck, gab dem Mann die Flasche wieder zurück und bedankte sich.

»Glaub mir, in Sachen Liebeskummer bin ich Expertin«, sagte ich.

Mit dem Handrücken wischte sich Mathis den Mund ab. Seit dem Unfall hatte er sich verändert. Der Dreitagebart und die längeren Haare ließen ihn nicht mehr so streng aussehen.

»Du hast doch immer Glück«, sagte er.

»Glück? Ich gerate immer an die Falschen. Die einzige Beziehung, die gewissermaßen reibungslos funktioniert, ist die zu meinem Cello.«

»Darauf sollten wir anstoßen. Auf dein Cello.« Mathis legte einen kurzen Spurt hin, holte sich die Flasche und trank. »Das schmeckt so beschissen. Aber es hilft. Ja, es hilft tatsächlich.« Er reckte die Flasche in die Luft. »Es lebe der Alkohol.«

»Darüber reden wir morgen noch mal.«

»Ja, gerne. Mit dir will ich über alles reden.«

»Ist gut, großer Bruder.«

»Könntest du bitte damit aufhören, mich so zu nennen. Ich bin nicht dein großer Bruder. Ich bin ...« Er stockte. »Was weiß ich, wer ich bin.«

»Mein großer betrunkener Bruder«, sagte ich und stützte ihn.

»Nein«, jammerte er. »Ich will das nicht hören.«

»Dann hör auf zu trinken. Morgen wirst du es bereuen.«

»Ja, bereuen«, lallte er. »Immer gibt es was zu bereuen.« Er machte eine ausladende Handbewegung, als stünde er auf einer Bühne, und sagte mit tiefer Stimme: »Wer frei von Sünde ist, werfe den ersten Stein.« Dann brach er in schallendes Gelächter aus, und ich musste all meine Kräfte aufbieten, damit wir nicht umkippten.

»Du willst wegen Hannah jetzt aber nicht ins Kloster gehen?«, fragte ich.

»Was weiß ich, wohin der Weg mich führt. Du hast es doch neulich selbst gesagt, dass wir zu brav, zu angepasst sind. Das hat uns Gregor doch immer gezeigt.«

»Du solltest jetzt wirklich mit dem Trinken aufhören.« Ich langte nach der Flasche, Mathis streckte den Arm von mir weg. »Ist meine.« Dann leerte er sie bis auf den Grund und drehte sie um. Ein einzelner Tropfen fiel zu Boden. »Dein Wunsch ist mir Befehl.« Lachend steckte er sich eine Zigarette an. So betrunken hatte ich ihn noch nie erlebt. Aber irgendwie war das auch süß. Er wirkte nicht mehr so steif.

»Du wirst es den Leuten bei der Aufnahmeprüfung so was von zeigen«, verkündete er. »Wenn ich das geschafft hab, kriegst du das auf jeden Fall hin. Du wirst Solistin, das steht fest.« Er nahm meine Hand und küsste sie auch noch. »Mit diesen Fingern wirst du die Welt verzaubern.«

Ich zog sie weg. »Jetzt ist gut.«

»Nein, du hast es verdient, in dieses Kaff am Ende der Welt als gefeierte Heldin zurückzukehren.« Mathis schloss kurz die Augen. Er schwankte beträchtlich.

»Ist dir schlecht?«, fragte ich.

»Nur ein bisschen schwindelig.«

Ich setzte ihn auf dem Randstein ab. Mathis stützte seinen Kopf in die Hände. »Soll ich dir was sagen?«, kam es gedehnt aus seinem Mund. »Das Cello ist nicht meine große Liebe.«

»Hannah ist deine große Liebe, ich weiß.«

»Hannah.« Er öffnete wieder die Augen, verpasste sich selbst eine Ohrfeige und stand auf. »So, jetzt geht es wieder.« Er schwankte. Ich hielt ihn fest. »Kannst loslassen. Ich geh mich mal kurz frisch machen. Wir sehen uns dann drin.«

»Schaffst du das wirklich oder soll ich besser mitkommen?«

»Alles gut.« Er konzentrierte sich darauf, einen Fuß vor den anderen zu setzen, und schaffte es tatsächlich, relativ direkt den Eingang des Burger King zu erreichen.

Dort angekommen, drehte er sich um. »Du siehst übrigens toll aus!«, rief er zu mir herüber und formte mit den Händen einen Trichter vor seinem Mund. Ein paar Leute drehten sich um. »Phantastisch.«

Ich lächelte verwundert. Mathis hatte mir noch nie ein Kompliment für mein Aussehen gemacht. Aber so betrunken hatte ich ihn ja auch noch nie erlebt.

Immer mehr Fernfahrer kamen her und erkundigten sich nach dem »Jungen mit den offenen Augen«. Irma genoss die Aufmerksamkeit. Das hatte sie mit Gregor gemeinsam. Sie mochte es, im Mittelpunkt zu stehen. Sie erklärte auf Polnisch, Russisch und Italienisch, was mit Gregor los war. In den

Gesichtern zeigten sich Anteilnahme und Ehrfurcht, hin und wieder blitzte ein Lächeln auf. Hände strichen Gregor über den Kopf. Stimmen flüsterten unbekannte Wörter. Irma war ihr halbes Leben gereist und dann doch wieder zu ihrem Ausgangspunkt zurückgekehrt, obwohl oder vielleicht gerade weil sie anders war als alle, die hier lebten.

Frank hielt sich im Hintergrund. Er wirkte auf merkwürdige Weise zahm. Lächelnd, fast bewundernd, beobachtete er seine Schwester, wie sie in allen Sprachen witzelte und gute Stimmung verbreitete. Irma hatte recht: Auch wenn sie unterschiedliche Leben führten, würden sie immer füreinander da sein.

»In manchen Ländern gelten Menschen wie Gregor als erleuchtet«, erklärte Irma, als wir Gregor Richtung Burger King schoben. Mathis war noch nicht wieder zurück. Wir passierten eine Gruppe Jugendlicher, die rauchend neben ihren Autos standen. Auf dem Land waren Autos eine gute Möglichkeit für Jungs, auf sich aufmerksam zu machen, und das würde wohl immer so bleiben. Dörfer waren Inseln, die Brücken zum Festland musste man suchen.

Da standen Josh, Konsi und Krake. Sie nickten mir zu. Josh schaute mich länger an als die anderen. Er war mein erster Freund gewesen. Ein Angeber und Frauenheld, der keine Gelegenheit ausließ, um zu demonstrieren, dass seine Eltern, und somit auch er, stinkreich waren. Er war der Erste gewesen, der mit dem Auto zur Schule kam und nicht mehr den überfüllten Bus nehmen musste. Sein Geld war mir egal gewesen, auch dass Josh sich nur für Fußball und Formel 1 interessierte. Aber sein Auto war ein Stück Freiheit gewesen. Ein Abenteuer. Den Kopf in den Fahrwind halten. Die Musik voll aufgedreht und die Gedanken nur im Jetzt und Hier. Das war Leben.

Ich nickte Josh zu und lächelte in mich hinein. Wie berechnend ich doch gewesen war.

GREGOR

Eine Weile blieb es dunkel. Ich hatte Burger-Halluzinationen, steuerte durch eine Wolke aus Alkoholdunst und Frittierfett, hörte aufgeregte Stimmen durcheinanderschreien und spürte etwas Klitschiges auf meiner Brust, das nach Barbecue-Sauce und Zwiebeln roch. Erklären konnte ich mir das nicht. Zu allem Überfluss hatte ich plötzlich einen Bärenhunger. War das nun ein gutes Zeichen? Ich ging mal davon aus. Nur wer gesund ist, hat Hunger, sagte der Optimist in mir. Vielleicht war der fehlende Appetit eine Nebenwirkung des russischen Entgiftungsprogramms gewesen.

Alles – wird – gut!, sagte ich mir. Alles wird gut.

Auch wenn ich jetzt keinen Burger auf der Zunge schmeckte, war ich verrückt danach. Was hätte ich dafür gegeben, in einen Doppel-Whopper mit extra Käse zu beißen. Wäre nur diese verdammte Müdigkeit nicht gewesen. Dann hätte ich mehr als überstrahlte Gesichter ohne erkennbare Konturen gesehen. Ich musste mich extrem anstrengen, um nicht gleich wieder wegzudösen. Ich hatte die Nase voll von dem launischen DJ in meinem Kopf. Wann würde er sich endlich dazu entschließen, den Regler auf Wirklichkeit zu schieben? Wann würde er mich endlich aus dieser verstörenden Dimension entlassen?

Der Burger-Duft verschwand und mit ihm der grässliche Hunger. Stattdessen spendierte mir mein Gehör Stimmen. Dumpf und verwaschen und so weit entfernt wie ein Flüstern vom anderen Ende des Fußballplatzes. Wenig später schmeckte ich etwas Bitteres auf der Zunge, eine Geschmackswiederholung. Dann wurde ich in ein schwarzes dunkles Loch gerissen. Es war, als würde man mich ausschalten, als würde ich sterben, um Stunden später wieder geboren zu werden wie ein Klumpen Lehm, dem man noch eine Form geben musste. Wie die pummeligen Tonfiguren von Tante Irma.

An manchen Tagen, ich nenne es Tage, obwohl mein Zeitgefühl durch das viele Schlafen verrücktspielte, spürte ich wieder die raue Oberfläche eines Holzstücks an meinen Fingern. Die Schleuder. Ja, es musste die Schleuder sein. Wieder dachte ich an den Kampf für unser Baumhaus, an Mira, meinen Bruder und den Kuss, aber ohne mit Haut und Haaren von den farbenprächtigen Bildern verschluckt zu werden. Nur eine Erinnerung. Schmerzhaft. Ja, irgendwie schmerzhaft, aber auch warm und hoffnungsvoll, dahin zurückzukehren, ganz zurückkehren. Aus dem Niemandsland, das mich unter einer Kuppel gefangen hielt und mir vorgaukelte, trotzdem frei zu sein. Immer wieder tauchte Miras Gesicht vor mir auf. Überbelichtet, umweht von ihren roten glänzenden Haaren. Fetzen von Erinnerungen. Ich mochte die Vorstellung, sie bei mir zu haben, obwohl mir klar war, dass die Bilder nur in meinem Kopf existierten. So wie vieles nur in meinem Kopf existierte. Das Leben, die Liebe und die ganze unübersichtliche Welt, mit ihren Straßen und Kreuzungen, Schildern und Hinweistafeln. Manchmal sah ich Miras lachende Augen. Die Nase mit dem winzigen Höcker und dem Meer aus Sommersprossen an der Nasenwurzel. Und dann redete sie sogar, als sei sie wirklich da, gedehnt und flüsternd und irgendwie traurig.

»Bis später im Traum«, sagte sie.

»Bis später im Traum«, dachte ich.

MIRA

Wir gingen rein. Genauso hatte ich mir diesen Moment vorgestellt. Bekannte Gesichter, mitleidige Blicke, offene Münder, Tuscheln. Verlangsamte Bewegungen. Gregor hatte seinen großen Auftritt – und er konnte froh sein, dass er ihn verpasste. Er hatte die Augen geschlossen, aber er schlief nicht. Wenn er schlief, bebte sein linker Nasenflügel in regelmäßigen Abständen. Seine rechte Hand lag auf seinem Schoß, die Handfläche nach oben gedreht, als würde er darauf warten, dass jemand etwas hineinlegte.

»Hey, Mira«, sagte Konsi. Er stand in der Reihe vor mir. Konsi war ein geschleckter Typ mit zurückgegelten Haaren, der die Kragen seiner Polo-Shirts arrogant aufstellte. Er sagte, dass ihm die Sache mit Gregor leidtäte und er ihn habe besuchen wollen, dass aber im Weingeschäft seines Vaters gerade viel los sei. Neben der Arbeit musste er Sozialstunden im Pflegeheim ableisten, weil man ihn mit mehreren Päckchen Ecstasy erwischt hatte. Soweit ich wusste, waren Gregor und er nur oberflächlich befreundet gewesen.

»Ihr könnt ruhig vorgehen«, sagte Konsi.

»Danke. Wir haben's nicht eilig.«

Irma und Frank hatten einen freien Tisch ergattert und winkten mir zu. »Seid ihr das mit dem Traktor gewesen?«, riss mich Konsi aus meinen Gedanken. »Coole Idee.«

Ich wusste nicht so recht, was ich von ihm halten sollte. Ich hatte das Gefühl, dass er mich musterte wie ein Stück Fleisch, über dessen Qualität man sich noch nicht im Klaren war.

»Das Cabrio steht leider in der Werkstatt«, sagte ich. Nein, sympathisch war er mir nicht.

»Kümmerst du dich jetzt um ihn?«

»Nein«, sagte ich und hob einen Mundwinkel. »Wir gehen zusammen aus.«

»So hab ich das nicht gemeint.«

»Schon gut.«

Sein Handy klingelte. »Ja, ja«, sagte er genervt, dann zur Frau hinter der Theke: »Zwei Cheeseburger.«

»Als Menü?«, fragte die Frau, während sie noch eine Bestellung vom Drive-in-Schlalter über das Headset entgegennahm.

»Nur die Burger.« Konsi sprach wieder in sein Handy. Er drehte sich halb von ihr weg. »Ist nicht drin, Mann. Tut mir leid. Musst du dir woanders besorgen.« Er legte auf.

Ich spürte eine Hand auf meiner Schulter. Mathis.

»Bin wieder da«, sagte er mit schwerer Zunge. Er sah nicht gerade aus wie das blühende Leben. »Sorry, hat etwas länger gedauert.« Seine Haare und der T-Shirt-Kragen waren nass. Seine Augen glänzten. Wahrscheinlich hatte er sich übergeben.

»Frank und Irma sitzen da hinten. Setz dich zu ihnen. Soll ich dir was mitbringen?«

Mathis verzog das Gesicht. »Keine gute Idee.« Er hielt sich am Rollstuhl fest.

Konsi bezahlte, nahm das Tablett vom Tresen und drehte sich um. Sein Blick ging zu Gregor, der seine Augen geöffnet hatte.

»Bleibt er jetzt immer so oder kann sich da noch was ändern?«

Mathis blickte ihn scharf an. »Was soll das heißen?«

»Na ja, er ist doch ... behindert? Wachkoma ist doch so?«

»Gregor ist krank!«, zischte Mathis. »Nicht behindert. Behindert sind Leute wie du, weil sie Grenzen überschreiten und es nicht merken.«

Ich griff nach Mathis' Arm. Seine Muskeln waren zum Bersten gespannt.

»Reg dich wieder ab. So hab ich das nicht gemeint. Ich wollt ja nur –«

»Kannst ihn von deiner Liste streichen, du Arsch.« Mathis verpasste ihm einen Stoß.

»Jetzt ist gut!« Ich zog Mathis zur Seite und signalisierte Konsi, weiterzugehen. Die Leute drehten sich zu ihnen um. Konsi blieb stehen. »Das hast du mit Absicht gemacht«, raunte er Mathis zu.

»Nein, das war aus Versehen«, erwiderte Mathis. »Das Gefühl kennst du doch, oder?«

»Du bist ja besoffen.«

»Ja, und an meinem Rausch verdienst du gar nichts, kacke oder?«

»Reg dich wieder ab.« Konsi wollte weitergehen, aber Mathis versperrte ihm den Weg. »Du bist ein kleines beschissenes Arschloch!« Er schlug Konsi das Tablett aus der Hand. Die Burger flogen quer durch den Raum. Ich wollte dazwischengehen. Zu spät. Konsis Faust traf Mathis mitten im Gesicht. Mathis blutete sofort aus der Nase. Er wischte sich das Blut mit dem Handrücken weg. Seine Augen waren zu Schlitzen verengt. Hasserfüllt stürzte er sich auf Konsi und schleuderte ihn zu Boden. Die Leute hielten ihre Handykameras auf das schreiende, stöhnende Knäuel. Damit war der Ausflug beendet.

DRITTER TEIL

10

Zwei Millimeter. Supergute Tage.
Und der Pakt mit dem Teufel.

GREGOR

Bis später im Traum.

Die letzten Worte, an die ich mich erinnern konnte. Mira hatte sie mir in einem orangefarbenen Tagtraum ins Ohr geflüstert. Dann hatte meine Zunge wieder diesen scheußlich bitteren Geschmack registriert, und ich wurde in das große schwarze Loch namens Tiefschlaf gerissen, aus dem ich mich jetzt wieder mühsam zurückkämpfte.

Mira war mein guter Geist. Sie hatte zuerst den sprechenden Panther und dann den Lavastrom aus meinem Körper vertrieben und schaffte es hin und wieder sogar, das unaufhörliche Piepsen in meinen Ohren zurückzudrängen. Durch sie war die Angst vor der traumlosen Dunkelheit erträglicher – und ich *hatte* Angst. Angst, nicht mehr aufzuwachen. Auch weil mein Gehirn im Rahmen einer großangelegten Inventur auf ein Kinderlied gestoßen war, das mir an einer Stelle besonders naheging:

»... wenn Gott will, wirst du wieder geweckt.«

Ich mein, welcher herzlose Sadist komponierte so ein Schlaflied für Kinder? Das war doch krank. »Hey übrigens, könnte sein, dass du die Nacht nicht überlebst, wenn Gott schlechte Laune hat. Aber mach dir nichts draus. So ist er halt.«

Darüber konnte ich mich stundenlang aufregen.

Manchmal erschien der Mira-Tagtraum-Geist als Scherenschnitt vor der untergehenden Sonne, in Großaufnahme, dicht und unscharf vor meinen müden Augen. Oder sie war feiner Lavendel-Duft, der verheißungsvoll in meiner Nase kitzelte und mich all meine Sorgen vergessen ließ. Ab und zu ließ das Piepsen in meinen Ohren ihre flüsternde Stimme durch, meist kurz vor dem Einschlafen. *Bis später im Traum.* Das waren Supertage.

Ohne Miras Geist wäre ich mit Sicherheit draufgegangen. Deshalb wollte ich Himmel und Hölle in Bewegung setzen, um nach meiner Rückkehr aus der Drogenhölle in einem ersten Schritt ihre Freundschaft zurückzugewinnen. Vorher musste ich gar nicht erst versuchen, einen Liebespfeil in ihre Richtung abzuschießen. So schlau war ich dann doch. Sobald ich das Gift besiegt hatte und aus dem Sanatorium raus war, würde ich ihr mein Herz ausschütten. Der Liebesbrief, der Kuss oder ihre abschätzige Art, mich zu mustern, wenn ich auf der Clubterrasse nicht in einem Buch las, sondern einfach nur in die Sonne blinzelte und die Freiheit inhalierte. Themen gab es genug. Und ich würde eine Erklärung verlangen, warum sie in Sachen Liebe auf Arschlöcher programmiert war. Warum sie trotz ihrer Intelligenz in diesem Punkt so kläglich versagte.

Ein neuer Tag brach an. Ich spürte die verwaschene Helligkeit vor meinen Augen (meine Pupillen mussten riesig sein) und hörte das Geräusch von dünnem Anzündholz, das links neben mir knisterte. Das Piepsen kam nun wie die Wehen einer Gebärenden im Abstand von mehreren Minuten und riss an meinem Trommelfell, was tatsächlich weh tat. Aber Schmerz war Leben. Deshalb wollte ich mich nicht beklagen.

»Guten Morgen, Idiot«, dachte ich mit einem Lächeln auf den Lippen.

Meine Pupillen zogen sich zusammen wie Austern, die man mit Zitrone beträufelt, nur in Zeitlupe. Ich erspähte die Umrisse eines schmalen Körpers ziemlich genau auf zwölf Uhr. Der Körper (eindeutig weiblich) schmiegte sich leicht gebeugt an ein Instrument, ein Cello. Ich wusste, dass es sich leider nur um einen Tag- oder in meinem Fall Wunschtraum handelte, weil die Umrisse der Cellospielerin flimmerten wie eine Fata Morgana und ich die Szene bereits kannte. Ein liebgewonnenes Déjà-vu, in dem Mira die Hauptrolle spielte.

Das Piepsen wurde leiser.

Ich hörte eine Melodie.

Ich hörte das Cello!

Zum ersten Mal kristallklar, und es war wie Weihnachten. Sogar auf der Haut spürte ich die Schwingungen der Töne. Das war eine neue Dimension, 4-D. Unglaublich. Lauter kleine Berührungen, und zwar von Mira. Schön, aber auch irgendwie schmerzhaft, weil ich darauf gefasst war, der Tagtraum könnte jeden Moment wie eine Seifenblase zerplatzen.

Ich hielt den Atem an, was nur im übertragenen Sinn funktionierte, weil ich keine Kontrolle über meine Körperfunktionen hatte. Mira spielte weiter. *Schumanns romantisches Cello-Konzert in a-Moll.* Woher wusste ich das? Wieso hatte ich mir den Namen gemerkt? Hatte dieses Stück irgendeine Bedeutung? Hatte mein Rausch diese Information zufällig an die Oberfläche gespült? Vielleicht speicherten wir jeden Moment, jeden Augenblick auf der Erde, jedes Wort, jede Empfindung, aber kamen nur noch an einen Teil davon heran. Vielleicht gab es kein Vergessen. Vielleicht verloren wir nur die Schlüssel zu den Schubladen unserer Erinnerungen.

Komisch, dachte ich, als Mira zum dritten Mal an derselben Stelle hängenblieb. Und es wurde noch merkwürdiger. Ich bildete mir ein, den Duft ihrer Haare zu riechen. Intensiver als sonst, nicht nur einen Hauch davon. Seit wir uns kannten, benutzte sie ein Shampoo, das nach Lavendel roch und nicht nach Kokos oder Vanille aus dem Labor, wie all die anderen.

Mira spielte so schön traurig, dass ich vor Glück heulen wollte. Selbst wenn diese Tagträume ungesund waren, weil sie mir den Blick auf die Wirklichkeit versperrten, war es mir scheißegal. Mira beim Spielen zuzuhören war ein Kick, dem ich nicht widerstehen konnte.

Ich klammerte mich an dieser Illusion fest, wie Leonardo DiCaprio an der Holzplanke im eiskalten Meer, bevor er mit einem letzten theatralischen Blick den Absatz von Taschentüchern auf ein Allzeithoch katapultiert hatte.

Wenn mich Mira im wahren Leben nicht lieben konnte, dann war das hier vielleicht die Alternative.

Sie brach mitten im Ton ab. *Bitte bleib noch ein bisschen*, flehte ich, aus Angst, der Tagtraum könnte verblassen.

Sie blieb!

Und sie fing an, zu reden.

Leider nicht mit mir.

»Er war gestern ziemlich unruhig«, sagte sie.

Redete sie über mich?

Plötzlich war das Piepsen ganz verschwunden, stattdessen spürte ich ein Stechen in meinem Schädel, als würde jemand von innen heraus ein Loch bohren.

Ein Schatten schob sich vor die Sonne. Meine Pupillen reagierten in Zeitlupe. Kurz herrschte Dunkelheit. Dann kehrte das Piepsen in meine Ohren zurück, und der Schmerz wurde zu einem Jucken, ziemlich genau in der Kopfmitte.

Der Schatten gehörte zu einem vollbärtigen Mann mit breiten Schultern, Typ Bodybuilder. Er hatte sich eine Hauptrolle in meinem neuen alten Mira-Tagtraum unter den Nagel gerissen. Ich befahl meinen Augen, weiter aufzugehen, damit die Fehlbesetzung verschwand und wir noch mal auf Anfang gehen konnten. Meine Augen gehorchten nicht. Plötzlich machte der Schatten zwei bebende Schritte auf mich zu und sagte mit rauchiger Stimme: »Jetzt wird gearbeitet!« Und tat das Schlimmste, was er hätte tun können: Er schob mich weg von der flimmernden Mira, in ein unbekanntes Zimmer. Das Piepsen in meinen Ohren klang wie das jämmerliche Wimmern eines Welpen, den man zum ersten Mal alleine ließ.

Hey, du Idiot, schieb mich gefälligst wieder zurück, zurück zu Mira, schimpfte ich, ohne auch nur das kleinste Geräusch zu erzeugen.

In dem neuen Zimmer waren die Wände ebenfalls orange mit einem Ticken mehr Gelb.

Ohne Vorwarnung riss der Bodybuilder an meinen Beinen, als wäre ich eine leblose Gummipuppe. Ich hörte das Krachen in meinen Gelenken. Seine Hände spürte ich nicht. Seltsamerweise umgab ihn kein Flimmern. War er real? Aber wieso konnte er mit Mira reden, wenn sie nur in meinen Gedanken existierte? Ich kam nicht dahinter.

Jedenfalls stank Mr Brutalo nach Menthol und anderen ätherischen Ölen, als hätte er darin gebadet. Meine Augen brannten von den Dämpfen. Die Welt sah verschwommen aus. Als ob das nicht schon genug der Folter gewesen wäre, ertönte hinter meinem Kopf ein gewaltiger Hip-Hop-Beat. Die wummernde Basedrum tanzte in meinem Magen. Dazu passend rappte eine dunkle Stimme in alberner Gangstermanier über eine »Chica« mit pinken Haaren und einem »geilen

Arsch«. Ich hasste deutschen Ghetto-Rap. Ich wurde müde. Entsetzlich müde. Aber Schlaf schien mir momentan die einzige Möglichkeit, dem Sadisten zu entkommen, deshalb wehrte ich mich nicht, sondern schlief ein. Zu meiner Überraschung erwartete mich auf der anderen Seite ein richtiger Traum und nicht nur kalte, leblose Dunkelheit wie sonst.

»Liebe, reine Liebe kann man nicht herbeizaubern«, meldete sich eine Bassstimme zu Wort. Mein Schädel vibrierte, so durchdringend war diese Stimme. Kurz war es still. Ich hörte ein Rascheln. In meinen Ohren begann es zu rauschen. Ich war erleichtert.

»Was bist du bereit, für die Liebe dieses Mädchens zu geben?«, redete die Stimme weiter. Die hohen Frequenzen waren gekappt. Obwohl ich normalerweise munter drauflosplapperte, um keine lästige Stille aufkommen zu lassen, zögerte ich jetzt. Die Lage schien zu ernst für verbale Schaumschlägerei. Natürlich wusste ich, dass so ein Pakt mit dem Teufel der Anfang allen Übels war, aber es ging um Mira, verdammt. Alles Irdische hatte ich ja durch. Ich war cool geworden, wie ihr erster Freund, ein hirnloser Angeber mit Proll-Auto. Ich hatte mir noble Klamotten gekauft, wie ihr zweiter Freund (drei Jahre älter und angehender Golflehrer). Zu guter Letzt hatte ich versucht, E-Gitarre zu spielen und einen eigenen Song zu schreiben, wie der dritte ihrer Exfreunde. Ohne Erfolg.

»Ich wusste nicht, dass Wünsche ein Tauschgeschäft sind«, sagte ich mit gespielter Überheblichkeit, um Zeit zu schinden. Ich hatte nicht den blassesten Schimmer, was ich für Miras Liebe bieten sollte. Sie war unbezahlbar.

»Nicht immer«, erklärte *the devil himself* fast gelangweilt. Vielleicht war das sein Job, die Welt nach unerfüllten Wünschen abzugrasen und für die Erfüllung eine saftige Provision zu kassieren. »In Sachen unerwiderter erster Liebe«, fuhr er fort. Offensichtlich hatte er sich aus einer Datenbank Informationen über mich besorgt. Ein Vollprofi. Er blickte zu mir oder vielmehr auf mich herab und hob die Augenbrauen. »Es handelt sich doch um die erste Liebe?«

»Ja«, sagte ich. »Abgesehen von meiner Mutter«, fügte ich grinsend hinzu.

Der Witz ließ ihn kalt. »Gut«, sagte er. »In so einem Fall muss der Wünschende einen persönlichen, meist schmerzlichen Einsatz bringen. Anders geht es nicht.« Er lehnte sich auf eine schwebende Ablage, die aus glänzendem Chrom war, und notierte etwas in ein Klemmbrett, das er aus einer Säule gleißend hellen Lichts gezogen hatte. Wahrscheinlich musste er Protokoll über unser Gespräch führen, falls es später zu Streitigkeiten kam. Nach einer Weile schaute er auf und zuckte die Achseln. »Wie gesagt: Auch uns sind Grenzen auferlegt.«

Mir taten die Beine weh, als würde ich den steilen Buckel vor dem Golfplatz wie ein Profi-Radfahrer bezwingen. Mein Herz schlug wie verrückt. Das Angebot machte mir zu schaffen. »Wie sieht so ein Einsatz denn normalerweise aus?«, brachte ich keuchend hervor.

Der Teufel zuckte erneut die Achseln. »Es gibt kein ›normalerweise‹.«

»Okay. Wie wäre es mit meiner ...« Ich stockte. Um ein Haar hätte ich *Seele* gesagt. Stattdessen bot ich meine Ritterburg an, als Nächstes den gesamten Gras-Vorrat und schließlich mein Erspartes, aber das genügte nicht. Der Teufel bestand darauf, dass es ein Verlust für mich sein musste. Er hatte mich durchschaut. Geld wäre kein Verlust gewesen, die Burg schon eher, denn die hatte ich zusammen mit meinem Opa gebaut, kurz bevor er starb.

»Mein … mein Leben?«, stammelte ich. Irgendwie hatte ich die Hoffnung, dass er mein ultimatives Angebot überhörte. Er zuckte mit den Mundwinkeln. Fast hätte daraus das passende diabolische Grinsen werden können. Dann sagte er ernst, aber auch arrogant: »Tja. Das fand ich schon bei Romeo und Julia idiotisch. Geliebt zu werden, wenn man unter der Erde liegt, ist keine sinnvolle Option. Und sinnvoll sollte es dann doch sein.« Er legte das Klemmbrett aus der Hand und verschränkte die Arme vor der Brust. Der Unterarm war tätowiert. Chinesische Schriftzeichen. Ich gab ihm recht, und wir suchten gemeinsam nach einer Lösung, so lange, bis der Teufel verblasste.

Wenig später saß ich wieder in dem Tagtraum bei der Cello spielenden Mira. Ich konnte mich nicht mehr daran erinnern, worauf ich mich mit dem Teufel geeinigt hatte. Nachfragen ging nicht. Doch allem Anschein nach hatte Mephisto meinen Vorschlag akzeptiert, denn Mira fing an zu reden – mit *mir* zu reden! –, und das war mehr, als ich zu hoffen gewagt hatte. Dieser Tagtraum war ein kleines Wunder.

»Hey, lächle mal für mich?« Sie strich mir über die Wange. Ihr Gesicht war überstrahlt, geisterhaft, wie eine Geisha. Ich versuchte zu lächeln, spürte aber nicht, ob sich in meinem Gesicht irgendetwas rührte. Offensichtlich hatte der Teufel Wort gehalten. Ganz korrekt war der Deal trotzdem nicht. Denn selbst wenn mich Mira bemerken und eventuell lieben würde, war das hier nur ein Tagtraum.

Der Duft hatte sich verändert. Ein muffiger Geruch kroch in meine Nase und verdrängte den Lavendelduft.

Ich versuchte, meine Stimme zu erheben, um mit der Tagtraum-Mira in Kontakt zu treten, aber die Verbindung zu meinen Stimmbändern war weiterhin unterbrochen. Ich brachte nur ein winziges Räuspern zustande. Hinter Mira tauchte wieder ein Schatten auf. Wollte der Teufel nachschauen, ob alles klappte?

»Meine Stimme«, rief ich ihm in Gedanken zu. »Ich würde gerne mit ihr reden.«

Keine Antwort. Vielleicht war das sein Kumpel von der Qualitätskontrolle. Der Schatten bewegte sich. Ich wurde geblendet. Lichtreflexe schossen mir in die Augen. Erneut strich mir Mira über die Wange – und ich spürte es! Es fühlte sich so unglaublich gut an, dass ich schnurren wollte wie Walter ... Walter!

Aus irgendeinem Grund senkte sich mein Kopf. Und da sah ich Walter, den Kater. Er lag tatsächlich auf meinem Schoß. Mira sagte, ich solle stillhalten und malte mir etwas auf die Stirn. Dieser Tagtraum war realistischer als alles, was ich bisher erlebt hatte. Der Teufel hatte Wort gehalten. Jetzt noch die Stimmbänder, und ich war glücklich.

Als Nächstes hielt mir Mira einen Spiegel vors Gesicht. Wieso tat sie das? War das symbolisch gemeint? Sollte ich sehen, was aus mir geworden war? Hatte ich dem Teufel angeboten, mich zu ändern? Grundlegend? Was hatte ich falsch gemacht?

Plötzlich spürte ich ein Brennen auf den Schenkeln. Nur ganz kurz. Walters Krallen? Ich spürte sie, und wenn ich sie spürte, dann ... ich stockte, dann war das hier gar kein Traum. Dann war das hier die Wirklichkeit? Durch meinen Kopf schossen Tausende Gedanken und Vermutungen, und ich hatte das Gefühl, keine Luft zu bekommen. Mira drehte sich um und redete mit einer unscharfen Person im Hintergrund. Das konnten weder mein Bruder sein noch mein Vater. Der

Oberkörper war zu breit. Ich strengte mich an und erkannte den Teufel. Alles Wirklichkeit, dachte ich, alles real. Du bist zu Hause.

Du bist zu Hause.

Aber warum saß Mira bei mir? War das der Deal mit dem Teufel, dass sie mich besuchte? Ich stand kurz davor, durchzudrehen. Mir wurde entsetzlich heiß. Von innen heraus. Eine Kernschmelze.

»Morgen bin ich nicht da«, sagte Mira. Sie redete nicht mit mir. »Gab's was für die Liste?«

»Leider nicht«, kam die genuschelte Antwort aus dem Hintergrund und wurde von einem schrillen Handyklingelton abgelöst. Mira machte weiter mit dem Spiegel. Mein Herz beschleunigte. Ich war mir sicher, gleich den Verstand zu verlieren. Ich kam einfach nicht dahinter, was hier los war.

Mira hielt den Spiegel schräg über mich. Ich entdeckte eine Insel auf meinem Kopf, die von einem hellen Pflaster bedeckt wurde. Was war hier verdammt nochmal los? Hatte man mir den Kopf aufgesägt? Hatte ich einen Unfall gehabt. War ich gelähmt?

Ich wurde wütend. Unter meiner Schädeldecke fing es an, zu kribbeln. Mir wurde heiß und kalt, und ich sah Flecken vor den Augen. Ich musste mich beruhigen.

Ich schlief ein.

Ich wachte auf.

Mira war noch immer da oder schon wieder. Sie gab mir zu essen, zu trinken, sie las mir Geschichten vor und verabreichte mir Tropfen, die bitter schmeckten und mich müde machten.

Alles im Zeitraffer und im Wechsel mit meiner Mutter, meinem Bruder und anderen Gestalten mit unbekannten Gesichtern. Nur Mira war wichtig. Sie unterhielt mich mit

Comics. Batman! Der Held. Sie verstellte ihre Stimme, und ich gab es auf, mich auf die verschwommenen Bilder zu konzentrieren, die sie immer ein Stück zu weit entfernt vors Gesicht hielt. Ich baute mir ganze Filme im Kopf zusammen. Hollywood hätte nur mein Gehirn anzapfen müssen, und ich hätte ihnen phantastische Action-Sequenzen geliefert, die garantiert zum Blockbuster geworden wären.

Ich war zu Hause!

Ich wiederholte diese Erkenntnis alle paar Minuten oder Stunden.

Ich war zu Hause.

Ich wollte nicht mehr einschlafen. Ich wollte nie mehr träumen. Ich wollte wissen, was passiert war. Sobald ich mich zu sehr verkrampfte, brannte eine Sicherung in meinem Kopf durch, und ich versank in tiefen traumlosen Schlaf.

Tage zwischen Wachen und Träumen. Ich hatte das Gefühl, unter einer Glocke zu leben, die aus einer durchlässigen Membran bestand. Diese Membran nahm mir die Entscheidung ab, was mich erreichte und was nicht. Sie war eine Art Filter. Sie legte Prioritäten fest. Sie ließ Geräusche, Stimmen und Gerüche, nur selten Berührungen, meist zeitverzögert zu mir durch. Bild und Ton, zwei Spuren, die in unterschiedlichen Geschwindigkeiten liefen. An manchen Tagen drang gar nichts zu mir durch. Das waren die schlimmsten Tage. Tage unter Panzerglas. Lebendig begraben.

Meine Ohren waren ständig auf der Suche nach der richtigen Frequenz, nicht selten blieben sie zwischen zwei Sendern hängen und lieferten nur Störgeräusche.

Nach drei Batman-Folgen, mehreren Cello-Stücken und diversen Stunden Schlaf, die ich mir mittlerweile als normal zugestand, entlarvte ich den tätowierten Teufel als meinen Physiotherapeuten. Er feuerte mich an wie ein *drill instructor* seine Rekruten. Das orangefarbene Zimmer mit dem Krankenbett musste das ehemalige Labor meines Vaters sein. An der Wand hingen noch ein paar seiner Auszeichnungen, die er für seine Forschungen bekommen hatte.

»Sei kein Weichei, verdammt!«, sagte der Bodybuilder. »Noch einen Kilometer! Das packst du!« Soweit ich das erkennen konnte, waren meine Beine in einer Art Tretmaschine eingespannt, die von einem surrenden Motor angetrieben wurde. Ich war die Verlängerung einer Maschine.

Mittlerweile hasste ich Haferbrei und sämtliche Gläschen mit pürierter Apfel-Babynahrung. Ich schmeckte nur salzig, süß und manchmal auch etwas Bitteres, vermutlich ein Schlafmittel. Das dazwischen, die unzähligen Bestandteile, die einen Apfel eindeutig zum Apfel machten, waren verschwunden. Wahrscheinlich lag es an meiner Nase, die sich verstopft anfühlte. Ich hatte mal gelesen, dass die Feinheiten eines Geschmacks über die Nase identifiziert werden. Meine Nase juckte ständig, als müsste ich jeden Moment niesen. Aber es ging nicht. Immer, wenn ich mich zu sehr über meine Lage aufregte, brannte meine Sicherung durch, und ich schlief ein.

MIRA

»Benny ist schon ein krasser Typ«, sagte ich und holte das Cello aus dem Koffer. Mathis schloss die Tür und nickte. Durch den Boden hörte man das Wummern der Basedrum. »Hast du gesehen, wie der mit Gregor die Übungen macht? Das ist echt abgefahren. Und dann der Hip-Hop ...«

»Ja, Benny ist cool.« Mathis zog einen Ordner aus dem Regal und setzte sich vor mich hin.

»Noch etwas mehr Begeisterung, und du gehst durch die Decke.« Ich schlug die Notenblätter auf. »Wieso verlegen wir den Unterricht nicht nach unten. Ich hab das Gefühl, Gregor kann sich entspannen, wenn ich vor ihm spiele.«

»Traurige Musik hilft gegen Trauer. Ich hab's gelesen.«

»Hey, was ist los mit dir? Das heißt doch, dass er etwas mitbekommt.«

»Kann schon sein.«

»Kann schon sein«, äffte ich ihn nach. »Welche Laus ist dir denn über die Leber gelaufen?«

»Bin nur müde.«

Das Wummern verschwand. »Sollen wir jetzt nach unten gehen?«

»In zehn Minuten kommt die Logopädin.«

Ich lächelte überrascht. »Die Krankenkasse hat also grünes Licht gegeben. Ist ja super.«

»Ja, für die Hälfte der Kosten.«

»Daher kommt also dein grenzenloser Optimismus.«

Mathis holte tief Luft, zögerte einen Moment und sagte dann tonlos: »Hannah und ich. Wir haben uns getrennt.«

»Scheiße!« Ich legte den Bogen aus der Hand. »Das tut mir leid.« Kurz spielte ich mit dem Gedanken, Mathis in die Arme zu nehmen, blieb dann aber doch sitzen. Er machte nicht den Eindruck, als wollte er getröstet werden. Er sah eher wütend aus.

»Wann war das?«

»Vorgestern.«

»Wieso hast du nicht angerufen?«

»Musste nachdenken.«

»Hast *du* Schluss gemacht?«

Er schüttelte den Kopf und wich meinem Blick aus. »Wir haben das so entschieden. Ein Jahr Australien. Das kann nicht gutgehen.«

»Aber ihr liebt euch doch«, sagte ich fassungslos. »Wegen so was trennt man sich nicht, wenn es sonst gut läuft. Ist doch total bescheuert.«

»Was weiß ich«, sagte er genervt. »Dann sind wir eben bescheuert.«

»Ich glaub nicht, dass das endgültig ist.«

»Doch, das ist es!« Er schlug den Ordner auf. »Womit sollen wir anfangen?«

»Warum bist du so verstockt?« Ich blickte ihm direkt in die Augen. »Kannst du eigentlich nur über deine Gefühle reden, wenn du besoffen bist? Warum willst du immer alles mit dir selbst ausmachen? Was ist das für eine Scheißidee, keinen an sich ranzulassen?«

»Vielleicht will ich erst mal selber kapieren, was gerade abgeht.«

»Und dabei kann keiner helfen, oder was?«

»Doch«, schnappte er. »Mein Freund, der Alkohol.«

»Wie witzig.«

»Was willst du hören?«

»Was ich hören will?« Ich drückte das Cello von mir weg. »Wie es dir geht? Wie du damit klarkommst? Wie ich dir helfen kann? Unter Freunden macht man das so, falls du das vergessen hast. Als Kinder haben wir das doch auch hingekriegt. Einer für alle, alle für einen.«

»Das ist lange her.«

Ich deutete ein Lächeln an. »Sollen wir uns zusammen betrinken?«

»Am helllichten Tag?«

Ich verdrehte die Augen. »O mein Gott, welch schändlicher Vorschlag. Ist natürlich vernünftiger, zu warten, bis die Sonne untergegangen ist.« Ich griff nach seiner Schulter und sagte sanft: »Du könntest Hannah doch in den Semesterferien besuchen. Das meint ihr doch nicht ernst. Ihr habt doch nur Schluss gemacht, weil es vernünftig ist, in all dem Chaos, nicht weil ihr das wirklich ernst meint.«

»Was weißt du schon?«

Ich nahm meine Hand wieder weg. »Ach ja, beinahe hätte ich es vergessen. Ich bin ja drei Jahre jünger als Mr Supererwachsen und hab natürlich keine Ahnung von Liebe und solchen Sachen und ...«

»Hast du's jetzt?«, unterbrach er mich und stand abrupt auf. »Was willst du von mir hören? So bin ich eben. Langweilig, geradlinig und rational. Ohne den Glauben an die große, einzigartige Liebe, an Wunder und den ganzen Scheiß.« Mit zittrigen Fingern drehte er sich eine Zigarette. »Hast du eigentlich auch mal auf die *offizielle* Liste geschaut? In vier Wochen ist Weihnachten und momentan gibt es nur eines: Stillstand.«

»Aber jetzt kommen doch Benny und die Logopädin«, sagte ich ruhig. »Und selbst bei Leuten, die wieder aufgewacht sind, hat es Durststrecken gegeben. Das sind doch deine Worte.«

»Ja, ich bin so ein bescheuerter Klugschwätzer.«

»Du und Hannah, das ist doch nur eine Kurzschlussreaktion. Ist doch klar, dass euch das gerade alles zu viel ist. Rede noch mal mit ihr, bitte.«

»Vielleicht.«

»Damals bei meinem Vater, nach der endgültigen Diagnose, da hat sich auch alles verändert. Er hatte manchmal so miese Laune, dass ich ihn am liebsten geschüttelt hätte. Meine Mutter wusste gar nicht mehr, was sagen. Aber geliebt haben wir uns alle, bis zum Schluss, da bin ich mir ganz sicher. Er war nicht er selbst, die Umstände haben ihn so wütend gemacht – und sein bekloppter Versuch, stark zu sein.«

Mathis nickte. Jetzt sah er aus, als würde er gleich losheulen. Und ich wünschte mir fast, dass er weinte, weil ich wusste, wie gut es tat, zu weinen und in die Arme genommen zu werden. Und jetzt hätte ich ihn in die Arme genommen.

»Ab Dezember wollen sie Gregor nur noch alle paar Wochen in die Röhre stecken«, sagte er mit belegter Stimme. »Wenn sich dazwischen irgendwas verändert, kriegen wir das vielleicht gar nicht mit.«

»Jetzt mal nicht gleich den Teufel an die Wand.«

Er öffnete das Fenster und steckte sich die Zigarette an. »Und das Geld geht uns auch aus.«

»Soll ich mal mit meiner Mutter reden?«

»Nein. Ist nett, aber wir kriegen das irgendwie hin.«

»Bist du eigentlich bei Hannah gewesen, als ihr ...«

Er schüttelte den Kopf.

»Ihr habt am Telefon Schluss gemacht?«

»Ja, wir haben am Telefon Schluss gemacht.«

»Fahr zu ihr hin, wenn du Zweifel hast. Jetzt. Was ist schon ein Jahr, wenn man sich richtig liebt. Das kriegt ihr hin.«

»Nein, tun wir nicht«, sagte Mathis bestimmt und blies den Rauch nach draußen. »Es ist aus, und das ist okay. Wer weiß schon, was Liebe ist?«

»Ich.«

»Du?«

»Ja, deine kleine Schwester weiß, was Liebe ist. Auch wenn sie bisher vor allem auf Idioten reingefallen ist.«

»Kannst du jetzt einfach spielen?«, sagte er. »Wir hängen im Zeitplan jetzt schon hinterher. Spätestens nächste Woche musst du dich noch für ein modernes Stück entscheiden. Ich hab ein paar Sachen rausgesucht, die nicht jeder hinkriegt. Damit kannst du beim Vorspiel Eindruck schinden.«

»Ich will vielleicht gar nicht mehr spielen.«

»Was soll das denn jetzt?« Mathis drückte die Zigarette aus. »Willst du mich erpressen? Zwischen Hannah und mir ist es vorbei. Wir ... wir haben uns ja ohnehin nur selten gesehen. Das ist nicht nur wegen Australien. Du musst mir also nicht mit so was kommen.«

Ich legte das Cello aus der Hand. »Damit hat das nichts zu tun. Ich hab in letzter Zeit viel darüber nachgedacht, was ich nach der Schule machen will. Der Gedanke daran, mir die Finger wund zu üben, nur um irgendwann in einem Orchester zu landen, beschert mir einen Albtraum nach dem anderen.«

»Ach, das hängt doch alles mit Gregor zusammen.«

»Ja, vielleicht auch das. Vielleicht hält *er* uns den Spiegel vors Gesicht und zeigt, dass man sein Leben auch mit ehrgeizigen Plänen verschwenden kann. Egal, was aus ihm wird. Bis zu dem Unfall ist er seinem Instinkt gefolgt und hat was erlebt. Wenn ich an die letzten Jahre denke, dann waren da vor allem bedruckte Notenblätter und mein Cello, das mich ständig vorwurfsvoll angeschaut hat, wenn ich mal einen Tag pausiert hab.«

»Aber das Spielen macht dir doch Spaß.«

»Ja, aber vielleicht ist genau das der springende Punkt. Ich will nicht irgendwann die Lust an der Musik verlieren, nur weil ich es mir in den Kopf gesetzt habe, daraus einen Beruf zu machen. Vielleicht ist das der Grund, warum du heute noch gerne Cello spielst. Weil es dein Hobby ist.«

Ich öffnete den Koffer und legte das Cello behutsam hinein. »Und ich will hier auch nicht wegziehen, solange es Gregor nicht bessergeht.«

»Gregor kommt auch ohne dich klar.«

»Das mag sein. Aber vielleicht komme ich nicht ohne ihn, ohne *euch* klar. Vielleicht ist es totaler Schwachsinn zu glauben, dass die Welt hinter unserem Kaff größer ist.«

»Du hast Angst vor der Aufnahmeprüfung, das ist alles.«

»Nein!« Ich schloss lautstark den Cellokoffer. »Nimm mich ernst, verdammt!«

»Das tu ich! Aber ich weiß, dass du hier nicht herpasst.«

»Wie bitte? Was redest du da?«

»Du bist wie Gregor. Du willst was erleben. Die Welt hier ist zu klein für dich.«

»Das ist lächerlich.« Meine Stimme bebte. »Dann ist keiner von uns dreien dafür gemacht, hierzubleiben. Auch du nicht!«

»Aber ...«

Ich hob die Hand. »Lass mich verdammt nochmal ausreden. Ich werde hier nicht weggehen, solange es Gregor nicht bessergeht. Das habe ich so entschieden. Und ob ich studieren will oder nicht, ist auch meine Sache, großer Bruder! Gewöhn dich endlich daran, dass ich meine Entscheidungen selber treffe.«

Mathis riss die Notenblätter vom Ständer. »Dann brauchst du ja auch keinen Unterricht mehr. Für die Musikschule reicht's auch jetzt schon.«

»Du bist so ein Arsch, weißt du das?«

»Ja.« Er nickte. »Wenn ich etwas weiß, dann das.«

11

Ein Fiebertraum. Ein Moderator. Und die Begegnung mit Pawlow.

GREGOR

Ein Tag wie ein Fiebertraum, mit Kopfschmerzen aus der Hölle, verwaschenen Bildern, Rauschen und weit und breit keine Mira, was mir besonders zu schaffen machte.

Was war passiert, dass sie mich überhaupt besuchte, neben mir Cello spielte und mit mir redete, als sei ich zwei Jahre alt? Warum kümmerte sie sich um mich? Dafür musste es doch einen Grund geben. Keiner tut sich das freiwillig an, neben einem stummen Krüppel zu sitzen, den man eigentlich für einen Idioten hält, für einen Clown. Das macht man doch nur, wenn man ein schlechtes Gewissen hat. Aber warum sollte Mira ein schlechtes Gewissen haben? Sie war ja nicht dabei gewesen, *auf der Party meines Lebens*. Also musste es was anderes sein. Mitleid? War es Mitleid? In Gedanken nickte ich mir selbst zu. Das könnte passen. Mira hatte Mitleid mit meiner Familie, der ich, wie mein Vater sagen würde, mal wieder ein Kuckucksei ins Nest gelegt hatte. War ja längst überfällig. Die Sache mit der Hanfplantage lag ja schon eine Weile zurück. Der Drogenabsturz passte voll ins Bild, er war die logische Konsequenz, keine Verkettung unglücklicher Umstände, sondern nur der weitere Fehltritt eines Versagers.

In meinem Kopf hatte das Großreinemachen begonnen. Es

war nur eine Frage der Zeit, bis ich die Kontrolle über Arme, Beine und Stimmbänder zurückbekommen würde und mich bei allen entschuldigte, denen ich das angetan hatte.

»Bitte nicht«, flehte ich, als mich meine Mutter zum Frühstück mit Haferbrei fütterte. Meine Abneigung gegen die schleimige Pampe war zurückgekehrt. Ein sicheres Zeichen, dass es mit meinem lädierten Geist bergauf ging.

Mum hatte das Telefon zwischen Schulter und Kopf eingeklemmt und hörte mich nicht, weil meine Worte den Weg nach draußen nicht schafften. Sie stritt mit jemandem über Geld und bezeichnete ihn als Idioten. Als ich mich verschluckte und ihr eine kleine Portion entgegenspuckte, wurde ihre Wut auf den Menschen am anderen Ende der Leitung auf den Höhepunkt getrieben. Ich wusste nicht, dass sie so viele Schimpfwörter kannte. Den restlichen Morgen verbrachte ich damit, den Vögeln vor dem Fenster zuzuschauen, wie sie mit ihren kleinen Schnäbeln einen Meisenknödel bearbeiteten.

Zum Mittagessen gab es ein Gläschen mit pürierten Karotten und einem anderen Gemüse, das ich nicht identifizieren konnte.

Am Nachmittag besuchte mich eine Frau mit silbergrauen Haaren und Augenbrauen wie Zündkerzenbürsten. Sie tat nichts weiter, als in Zeitlupe mit offenem Mund zu atmen, mich dämlich anzustarren, Fragen nach meinen Gefühlen zu stellen, mir den Bauch zu tätscheln und alle Nase lang ihr Mittagessen aufzustoßen, was echt widerlich war.

Obwohl ich wusste, dass ich wieder zu Hause war, pendelten sich meine Gefühle irgendwo in der neutralen Mitte ein. Kurz war ich glücklich gewesen, richtig glücklich, danach traurig, richtig traurig, und jetzt fühlte ich mich die meiste Zeit abgestumpft, als würde ich im Wartezimmer sitzen und durch eine Hochglanzzeitschrift für Belanglosigkeiten blättern. Vielleicht war das ein körpereigener Schutzmechanismus. Welcher Mensch wollte schon wie ein Möbelstück behandelt werden?

Während mich die Frau an ihrem Mittagessen (irgendwas Indisches) teilhaben ließ, dachte ich an die kahle Stelle auf meinem Kopf, weil es dort juckte, und überlegte, ob ich nach der Party stoned mit meiner Vespa nach Hause gefahren war und einen Unfall gebaut hatte. Aber Querschnittsgelähmte konnten sich zumindest mit einem Blinzeln verständigen. Also doch die Droge und kein Grund, in Selbstmitleid zu zerfließen.

Nachdem die Frau wieder weg war, drehte sich die Welt im Uhrzeigersinn, wovon mir schlecht wurde. So schlecht, dass ich am liebsten den Breivorrat der letzten Tage ausgekotzt hätte, was aber nicht ging, weil mein Magen sich ums Verrecken nicht zusammenziehen wollte.

Das Geschirr in der Spülmaschine klang, als würde es sich prügeln, und von überall her strömten Gerüche in meine Nase, die sich mit meiner Umgebung unmöglich erklären ließen, auch weil sie viel zu konzentriert waren. Dann schlief ich ein oder dämmerte dahin, so genau ließ sich das nicht sagen.

Hell, dunkel. Dunkel, hell. Stimmen, Piepsen. Fremde Gesichter, bekannte Gesichter. Mein Bruder, der mich überall wusch und mit Deo versorgte, was ich komisch, aber auch nett fand. Meine Mutter, die sich ständig am Telefon mit »sturen Bürokraten« stritt und sogar weinte, nachdem sie mehrere Briefe geöffnet hatte. Mein Vater, der sich schmatzend Vanille-Pudding in den Mund schaufelte und mir aus Dr. Doolittle vorlas, während das Summen seiner Zentrifuge (er musste das Labor, wie es meine Mutter immer gefordert hatte, in den

Keller verlagert haben) die Entdeckung einer neuen Rezeptur verkündete.

Die Wirklichkeit war eine endlose Abfolge von Szenen, Stimmen und Geräuschen, die mich mal mehr, mal weniger erreichten. Sollte Mira heute da gewesen sein, hatte ich es nicht mitgekriegt.

Jetzt war es draußen dunkel, und ich hatte das Gefühl, langsamer zu atmen und zu denken. Ich betrachtete mein Spiegelbild in der großen Scheibe, und es kam mir irgendwie fremd vor. Nicht waltermäßig fremd, weil ich ja wusste, dass ich das war, der da so schräg in der Kurve hing. Aber auch nicht wirklich vertraut.

»Junge, du musst mehr essen«, sagte mein Vater. Zum Abschluss des Tages gab es lauwarmen Babybrei in der Geschmacksrichtung Rindfleisch/Kartoffelpüree. Mein Wille wurde ignoriert. Das Kauen ging von selbst, als wäre ich ein Automat, dessen Sensoren auf jegliche Form von Nahrung reagierten. Nachdem mir Paps den Mund abgewischt und mit widerlichem Fencheltee nachgespült hatte, verschwand er in den Keller und kehrte mit einem Reagenzglas zurück, das er vor mich in eine Holzhalterung stellte. Eine blassgelbe Flüssigkeit, so viel konnte ich erkennen und lächelte in mich hinein. Er würde nie aufgeben. Das machte ihn zu meinem großen Vorbild.

Er räumte den Tisch frei und schlüpfte in seinen weißen Laborkittel, der an den Ärmeln zu kurz war. Dann kippte er Kaffeesatz auf ein blütenweißes Stück Stoff, besudelte es mit dem Erdbeer-Lippenstift, der eigentlich für den Punkt auf meiner Stirn und den Blick in den Spiegel gedacht war, schüttete Rotwein darüber, Öl und etwas Eigelb und wedelte damit in der Luft herum.

»Der Albtraum jeder Hausfrau«, verkündete er.

Aber es gibt eine Lösung, machte ich in Gedanken weiter. Schließlich hatte ich mir die Verkäufer-Show Zeile für Zeile für ihn ausgedacht, weil er sich vor Treffen mit wichtigen Investoren in die Hosen machte und nur noch Mist redete.

»Aber es gibt eine Lösung« flötete er weiter. »Organisch. Zu hundert Prozent abbaubar und mit einem Dufterneuerer, der sich keiner künstlichen Aromastoffe bedient, sondern …« Er machte eine Kunstpause und imitierte einen Trommelwirbel, indem er mit den Fingern gegen den Tisch hämmerte. Das hatte er nicht von mir. Dann nahm er das Reagenzglas aus der Halterung, hielt es mir so nah vor die Augen, dass ich es doppelt sah und wartete auf meine Antwort.

Schneckenschleim, sagte ich in Gedanken.

Er nickte mir lächelnd zu und hob den Zeigefinger. »Genau, mein Junge, wunderbar hochprozentiger Schneckenschleim, mit einer kleinen Veränderung in der molekularen Struktur.«

Wir waren ein gutes Team. An dem Namen für sein Wundermittel musste er noch arbeiten. Aber auch da würde ich mir was überlegen. Englische Namen waren immer gut. »Snail-Bite« hörte sich modern, zuverlässig und kraftvoll an. Fehlte nur noch der passende Slogan. »Snail-Bite. Damit Flecken verrecken.« Okay, der Spruch war noch nicht das Gelbe vom Ei, aber ich hatte ja Zeit, mir was Besseres auszudenken. Bis zu meiner Rückkehr würde ich ihm ein perfektes Marketing-Konzept liefern.

»Ein winziger Tropfen genügt«, fuhr Paps mit leuchtenden Augen fort. Ich mochte es, wenn er so euphorisch war. Damit würde er selbst die spießigsten Spießer in die Tasche stecken. »Einfach mit etwas lauwarmem Wasser, am besten exakt sechsunddreißig Milliliter, vermischen und auftragen.« Es folgte ein kleiner peinlicher Tanz, bei dem er heute aus irgendeinem Grund eine Ballerina mit Kreuzschmerzen nachahmte und dazu mit Bassstimme die berühmte Melodie aus Schwanensee sang, dann wurde er ernst und zählte von drei rückwärts. Bei null angekommen, hatte das Tuch seine weiße Farbe zurück. Das grenzte an Zauberei. Für den Applaus war der Regen zuständig, der vom Wind gegen das große Fenster gepeitscht wurde. Zum Abschluss hielt er eine brennende Kerze hinter den Stoff, um zu zeigen, dass die Flecken keine Ränder zurückließen.

»Bestellen Sie jetzt!«, rief er und klang dabei nicht weniger wahnsinnig als Irma, wenn sie für Sonne, Regen oder gegen Hagel und Dummheit tanzte und sich die Kleider vom Leib riss, um ihre Entschlossenheit zu demonstrieren.

»Nur heute haben wir dieses Supersonderangebot«, sagte Paps mit einem Lächeln, breiter als bei einer lächelnden Schildkröte, einer vom Aussterben bedrohten Tierart, für die er Spenden sammeln wollte, wenn sein Waschmittel ein Erfolg wurde.

Doch nach einem Sieg sah das heute nicht aus. Leider. Als hätte jemand einen Schalter umgelegt, wechselte der Ausdruck auf seinem Gesicht blitzartig zu Enttäuschung. Kein Kleinkind konnte das besser. Gerade noch im siebten Himmel, und dann am Boden zerstört. Seine Nasenflügel wackelten. Wütend schnüffelte er an dem Tuch. »Das kann nicht sein«, jammerte er. »Das kann doch wirklich nicht sein.«

Der Geruch war wirklich widerlich. Zwar roch es nicht mehr wie bei der ursprünglichen Formel, wegen der ihn ein Spaßbadbetreiber verklagt hatte, nach fauligen Eiern, dafür hatte man nun das Gefühl, in einer öffentlichen Toilette zu stehen, nachdem sie von einer Horde Fußballfans heimgesucht worden war.

»Mist, verdammter!«, schimpfte er und ließ den Stofffetzen in Flammen aufgehen. »Diese blöden Eiweißverbindungen lassen sich einfach nicht abkapseln.«

Paps, du wirst es schaffen. Ich glaube an dich. Halte durch.

Wütend verschwand er in den Keller. Zum Abregen setzte er sich immer auf seinen ächzenden Hometrainer und schaute dabei brutale Ballerfilme oder James Bond, wenn die Lage nicht ganz so aussichtslos war.

Er war noch ganz außer Atem und roch ein wenig nach Schweiß, als er wieder zu mir zurückkehrte. Auch ein Deo auf Schneckenschleimbasis war vorgesehen. Vielleicht eine ganze Kosmetikserie. Wie man das bewerben sollte, war mir jedoch schleierhaft. *Snake-Bite. Achselschweiß und Akne waren gestern.* Ziemlich lahm, ich weiß.

»Deine Mutter will nicht, dass ich das tue«, sagte er geheimnisvoll, während er sich mit meinem Homer-Simpson-Latz den Schweiß von der Stirn wischte. »Ich – und in dem Fall auch meine Schwester – sind da anderer Meinung. Ich finde, dass du ein Anrecht darauf hast, zu erfahren, was passiert ist. Und ich glaube auch nicht, dass es sich negativ auswirkt oder deinen Genesungsprozess verlangsamt, weil du dich aufregen könntest. Manchmal ist Aufregung gut. Manchmal muss man durch die Hölle gehen, um ans Ziel zu kommen.«

Er knüllte den Latz zusammen und legte ihn mir auf den Schoß. Erneut verschwand Paps aus meinem Blickfeld und kehrte mit dem iPad meines Bruders zurück. Er stellte es auf den Notenständer und drückte unbeholfen auf einen der Icons. Soweit ich das erkennen konnte, war es der Button mit dem YouTube-Logo.

»Solltest du das alles jetzt mitbekommen«, sagte er nun doch besorgt, »dann sei bitte nicht geschockt oder so.«

Er atmete tief ein, wartete einen kurzen Augenblick, als würde er es sich doch anders überlegen und fuhr dann mit gedämpfter Stimme fort: »Wenn du das hier mitbekommst, bedeutet es, dass du bei Bewusstsein bist, und dann wirst du auch wieder ganz gesund werden. Daran besteht ohnehin kein Zweifel.«

Paps. Jetzt fang schon an! Wird schon nicht so schlimm sein.

Sein Finger schwebte unentschlossen über dem Play-Button.

Alles ist gut. Ich hatte einen Drogenrausch und einen Unfall. Beides hat mich vorübergehend ausgeknockt, und natürlich hat jemand meiner »Kumpels« ein Handyvideo online gestellt und damit auch euch in die Scheiße geritten. Du hast recht, wir sind eine Generation von unterhaltungssüchtigen Spinnern, die nur noch auf Displays glotzen. Aber diesmal ist das ja für was gut.

Er rückte den Notenständer näher ran. Leider nicht mittig, sondern von der linken Seite her. Das Problem mit der linken Seite war, dass ich diesen Bereich nicht so gut scharf stellen konnte. Auch mein Gehör funktionierte dort nur eingeschränkt.

»Entspann dich«, sagte er. Diese Aufforderung war wohl mehr an ihn selbst gerichtet. Endlich drückte er auf Play und schaltete auf Vollbildmodus. Das musste ihm Mathis gezeigt haben, denn mit Technik, die nach 1970 erfunden wurde, stand mein Vater auf Kriegsfuß.

Die folgenden Minuten waren wie Geburtstag und Weihnachten auf einmal. Ein Geschenk. Die leicht verschwommenen Bilder und der dumpfe Ton reichten aus, um Licht ins Dunkel meiner gescheiterten Existenz zu bringen. Ich muss zugeben, zuerst war ich geschockt, doch dann setzte Erleichterung ein. Ungewissheit ist schlimmer als die Wirklichkeit, egal, wie unschön sie ist.

Da mein Vater Ordnung über alles liebte, gelang es mir anhand der kurzen Filme, eine Chronologie der Ereignisse zu erstellen. Zuerst war da der Volltreffer auf dem Golfplatz. Ich sah den Golfball mit dem Panther-Logo in Zeitlupe über den Steg kullern. Ich hörte Miras Stimme. »Immer noch ein Clown.« Die Erinnerung kehrte zurück.

Als Nächstes folgte eine Wissenssendung, bei der ein schlaksiger Moderator mit einem Golfball auf eine Wassermelone schoss, die wohl meinen Kopf darstellen sollte. Ich war im Fernsehen. Ich war berühmt und behindert. Vielleicht war das der Preis. Alles hatte seinen Preis. Glücklicherweise hatte der Einschlag für mich weniger schreckliche Folgen gehabt als für die fußballgroße Melone. Die explodierte wie der Kopf in einem Splattermovie in beeindruckenden Rottönen.

Ein Experte in weißer Arztkluft erklärte, dass es in meinem Kopf Schwierigkeiten mit der Verbindung nach außen gab und ich deshalb keine Regung zeigte. Ich würde mich im Wachkoma befinden. Wachkoma? Der Mann erklärte die Unterschiede zwischen Koma, künstlichem Koma, Wachkoma und Locked-in-Syndrom und sagte, dass die Wissenschaft bei Patienten wie mir unterschiedlichste Fälle dokumentiert habe und sich immer noch auf »einem Feld der Ungewissheit« bewegen würde.

Doch das war nicht alles. Mein Unfall war vor elf Wochen gewesen. Elf Wochen! Diese Nachricht zog mir den Boden unter den Füßen weg. Ich hatte in Tagen gerechnet. Okay, so ein Umbau dauerte etwas länger. Drei Wochen wären auch noch akzeptabel gewesen, aber elf – das war der blanke Horror. Das schnürte mir die Luft ab. Doch damit immer noch nicht genug. Das Gesicht des Moderators füllte jetzt fast den gesamten Bildschirm aus. »Dieser Splitter …«, sagte er ernst, gefolgt von einer langen Pause, in die eine Million Betroffenheits-Seufzer passten. Eine weitere Röntgenaufnahme wurde eingeblendet. Mein Kopf von oben, eine Scheibe, daneben ein blinkender Pfeil, der auf etwas Längliches zeigte, das an einen Nagel erinnerte, bei dem die Spitze verbogen war. Der Moderator fuhr wieder ins Bild. Er fasste mein Gehirn an den Seiten an und zog es auseinander wie Pizzateig. Das sah beeindruckend aus und auch beängstigend und ich bekam davon Kopfschmerzen.

Als Nächstes drehte er das wabbelige Gebilde im dreidimensionalen Raum, fasste mitten hinein in meine Schaltzentrale und zog den Nagel, der jetzt mehr wie ein abgebrochener Angelhaken aussah, heraus. Herzstillstand. Wieder dieser pathetische Seufzer. Verstärkt durch eine Flut von heuchlerischen Adjektiven, erklärte er dem Publikum, dass dieser feindselige Knochensplitter der Schalter zu meinem Bewusstsein sein könnte, zu meiner Rückkehr. Sein Haifischlächeln verschwand. Dahinter kam eine Betroffenheitsmiene der Extraklasse zum Vorschein. Natürlich in Großaufnahme.

»Dieser Splitter«, sagte er wieder und machte eine Pause. »Dieser Splitter könnte aber auch das Ende diesen Jungen bedeuten.«

BUMMMMMMMM!!!!!

Das Ende.

Ich zuckte innerlich zusammen.

Das Ende.

Pause.

Der Sadist schob mein Gehirn aus dem Bild und redete langsam weiter. Die Hände vor dem Körper zu einer Raute gefaltet. »Solange sich der Splitter nicht vom anderen Gewebe abkapselt, besteht die Gefahr, dass er durch eine Erschütterung andere Blutgefäße verletzt und dann …« Er schloss die Augen. Was für ein scheinheiliges Arschloch!

Ein Hitzeschwall jagte durch meinen Körper. Ich hatte das Gefühl, keine Luft zu bekommen. Woher kannten die Leute vom Fernsehen all die Details? Hatte ich bei Twitter, Facebook oder Instagram irgendein Häkchen vergessen? Hatten meine Eltern einen Vertrag abgeschlossen? Hatte ich einen eigenen YouTube-Channel?

Ich war am Leben! Und dieser Stachel in meinem Kopf würde ja nur dann Unheil anrichten, wenn ich irgendwo dagegenknallte oder mich jemand als Punching-Ball benutzte, was relativ unwahrscheinlich war. Alles nur Show. Alles nur für die Quote, versuchte ich mich zu beruhigen.

Was der Pseudoexperte nicht wusste: Ich bekam ziemlich viel mit von dem, was um mich herum passierte. Zwar fiel es mir auch weiterhin schwer, eindeutig zwischen Traum und Wirklichkeit zu unterscheiden, aber wenn ich nicht gerade schlief oder mir meine Augenlider die Sicht versperrten, durfte ich an diesem Theaterstück als stummer Statist teilhaben.

Es folgten verschiedene bunte Schaubilder, Querschnitte von Gehirnen, die in unterschiedlichen Farben leuchteten. Der Moderator sagte, dass diese Aufnahmen sehr teuer seien und man deshalb meist nach einigen Monaten darauf verzichtete, wenn es bei Reaktionstests und im EEG keine Hinweise auf Veränderungen gab.

Da ich mich nicht daran erinnern konnte, in so einer Röhre

gewesen zu sein, war ich wohl so ein Fall, bei dem man sich das Geld für teure Untersuchungen sparte.

Aber genau das spornte mich an. Ich wollte nicht ewig so bleiben. Ich wollte Mira den verdammten Ring geben und dafür von ihr geliebt werden. Irgendwann. Erst die Aussprache, dann die Freundschaft und schließlich Liebe.

Nach einem virtuellen Flug durch mein Gehirn, der von dramatischer Orchestermusik begleitet wurde, setzte der Moderator zum Finale an. Jetzt hatte er das Lächeln eines Fernsehpredigers. »Wie gesagt: Dieser Stachel, kaum größer als einen halben Millimeter, könnte der Schalter zum Bewusstsein, zur Rückkehr sein. Und das wünschen wir diesem Jungen von Herzen.« Er senkte den Blick. Schwarzblende. Ein dramatischer Tusch, dann folgte der Abspann.

Mein Vater stand auf und schnäuzte sich die Nase. Er weinte, und ich wollte mitweinen, was aber nicht ging, weil mein Körper mich dazu zwang, einzuschlafen. Sogar ohne das bittere Schlafmittel, weshalb ich träumte.

Ich musste das Video mit dem Sadisten verarbeiten. Im Traum vermöbelte ich den Moderator und schlug dann in verschiedenen Variationen mit dem Kopf irgendwo dagegen. Elf Wochen, immer wieder tauchte im Traum diese Zahl auf.

Das Frühstück und die morgendliche Waschung musste ich verschlafen haben. Zu meiner Überraschung saß ich nicht im Wohnzimmer, sondern in der Küche. Dort wurde ich von herrlichem Bratenduft geweckt. Endlich feste Nahrung. Nachdem ich sämtliche Babybreisorten durchhatte, erschien mir der Gedanke an ein Stück Fleisch wie das Paradies.

Leider waren meine Augen nur eine Winzigkeit geöffnet. Der Duft verwandelte mich in einen dämlich sabbernden

Hund, wie bei ... ein Name lag mir auf der Zunge ... bei ... Pawlow!

Ich lächelte und hielt den Atem an. Etwas Haariges strich über meine Fingerkuppen. Ich meinte ein Schnurren zu hören. Walter? Er hatte sich lange nicht mehr blicken lassen. Er war ein selbstbestimmtes Wesen, das seinen eigenen Plan verfolgte, in dem der Mensch lediglich eine Nebenrolle als Futtergeber und Lieferant für Streicheleinheiten zugewiesen bekam.

In meiner Nase begann es zu kitzeln. Seit wann reagierte ich auf Walter allergisch? Druck baute sich in meinem Kopf auf. Zwanzig bar, Tendenz steigend. Ich musste niesen. Gewaltig! Meine Augen schnappten auf – *wusch!* –, ich blickte aus nächster Nähe auf dunkelbraun gegarte Kruste. Ich starrte auf den Braten. Meine Mutter war eine verdammt gute Köchin. Die Schwarte war sauber in Rauten geschnitten. Das wunderbare Stück Fleisch badete in einer Wanne aus brauner Soße, die wie wild zu brodeln anfing. Hitze schlug mir entgegen. Ich hatte das Gefühl, zu schwitzen.

Der Geruch wurde intensiver, erreichte seinen kulinarischen Höhepunkt, verpuffte wie ein schöner Gedanke, und der Braten stand in Flammen!

Bevor ich mich darüber aufregen konnte, flog er aus meinem Blickfeld in eine andere Dimension. Qualm hüllte mich ein und stach in meine Augen, aber ich konnte sie nicht schließen. Der Rauch kratzte in meiner Nase, Walters Ausdünstungen ebenfalls. Er miaute wie verrückt und ritzte mir seine Initialen in den Oberschenkel, als wären seine Krallen Rasierklingen. Dann musste ich erneut niesen. Ich hörte mich selbst in Dolby-Surround, und durch meinen Kopf schoss ein heller Schmerz. Aber was viel wichtiger war: Ich spürte, wie sich dieser Schmerz über Arme und Beine ausbreitete! Zögerlich, wie ich es noch nie gespürt hatte, als würden meine verstopften Nervenbahnen unter dem Druck aufgehen. Zwar waren sie nie taub gewesen, richtig taub, wie bei einem Gelähmten, aber jetzt hatte ich das Gefühl, dass sie wieder zu meinem Körper gehörten, dass ich wieder *ganz* war. Eine Puppe, die man repariert hatte, bereit für den großen Auftritt, bereit, wieder die Kontrolle zu übernehmen und einen Fuß vor den anderen zu setzen. Ich konnte weder Arme noch Beine bewegen, so weit war es noch nicht. Aber die Muskeln an meinen Pobacken schienen sich auf meinen Befehl hin ein wenig zu entspannen. Dasselbe gelang mir mit der Nackenmuskulatur. Mein Kopf senkte sich langsam Richtung Brustbein. Aber das Größte waren Arme und Beine. Verdammt! Ich spürte sie wieder wie vor dem Unfall, und das war großartig, das war ein Wunder!

MIRA

Bauer Johannson kam von hinten auf die Terrasse und stellte eine Kiste mit Gemüse auf den Gartentisch. Ich rechnete mit einem Beschuss durch umherfliegende Blumentöpfe und beobachtete, ob sich im Haus gegenüber etwas rührte.

»Ist was?«, fragte Johannson.

»Nein, nein, alles gut.«

Grinsend deutete er zur Kiste. »Alles frisch, dynamisch und sauteuer.«

»Wenn man's nicht geschenkt kriegt.« Ich wagte mich aus der Deckung und griff nach einem pockennarbigen Kürbis, der die Größe eines Handballs hatte. »Da wird sich Esther freuen.«

Johannson wackelte mit den Nasenflügeln. »Wonach riecht es hier eigentlich?«

Ich deutete mit dem Kopf zur Mülltüte, die an der Mauer stand. »Frank hat bei der Suche nach der ultimativen Schleimformel den Braten im Ofen vergessen. Deshalb gibt's die nächsten Tage Kürbissuppe.«

»Das sieht ihm mal wieder ähnlich.« Er schaute an mir vorbei nach drinnen. »Und jetzt sind alle ausgeflogen?«

»Mathis ist auf nächtlicher Amokfahrt mit dem Rennrad. Esther und Frank sind im Kino, und Gregor ist soeben eingeschlafen.«

»Kino. Schön. Ablenkung. Das brauchen wir alle ab und zu. Und du hältst hier also die Stellung. Wie geht's unserem Sorgenkind? Hat sich was verändert? Hat er endlich mal wieder ein paar Punkte gesammelt, oder müssen wir noch mal zur Autobahnraststätte?«

»Wäre nicht die schlechteste Idee.«

Johannson zog seine Mütze ab und kratzte sich am Kopf. »Hätte ich dem stillen Mathis gar nicht zugetraut, dass er so zulangen kann. Nicht mal vor dem Polizisten hat er haltgemacht. War eine krasse Nummer, wenn du mich fragst.« Er lächelte. »So sagt man doch?«

»Ja, das passt.«

»Wenn *ich* mich mal in jungen Jahren geprügelt hab, war da meist eine hübsche Frau im Spiel. Die Hormone. Deshalb werden noch heute Kriege geführt. Das kannst du mir glauben.« Er deutete zum Fenster. »Was macht Gregor jetzt eigentlich den ganzen Tag? Fernsehglotzen? Musik hören? Sich langweilen?«

»Vor allem schlafen und träumen, wenn er mit dem restlichen Programm durch ist.«

»Das kann ich verstehen. Die Wirklichkeit kann einem wirklich an die Substanz gehen.« Er hob den Zeigefinger und lächelte verschmitzt. »Faulen die Äpfel an den Bäumen, wird der Winter dunkel träumen.«

»Alte Bauernregel?«

»Soeben erfunden.«

»Respekt.« Ich griff nach der Kiste.

»Warte mal.« Er biss sich auf die Unterlippe und schaute mich merkwürdig an. »Da wäre noch was, über das ich gerne mit dir reden würde.« Seine Stimme wurde zu einem Flüstern. »Ich weiß, ich hab das Thema neulich schon mal angerissen, aber Gregor und ich, wir ...« Er räusperte sich und stellte sich aufrecht hin. »Ich hab da doch dieses Hüftleiden. Ganz zu schweigen von meiner Prostata und der Androhung von Dr. Huber, mich in Zukunft mit Windeln zu versorgen ...« Er machte eine Pause.

»Ja?«, sagte ich mit angehobenen Augenbrauen. Worauf wollte er hinaus?

»Das, was ich dir jetzt sage, muss unter uns bleiben. Kann ich mich darauf verlassen?«

»Soll ich schwören?«

»Dein Wort genügt.«

Ich machte ein übertrieben ernstes Gesicht und legte eine Hand aufs Herz. »Ich kann schweigen wie ein Grab.«

»Gut.« Johannson lehnte sich gegen den Gartentisch und fing an zu erzählen. Ich wollte nicht glauben, was ich da zu hören bekam, und ließ ihn bei der Ehre seiner Mutter schwören, dass er sich keinen Scherz mit mir erlaubte.

Erst nachdem das erledigt war, durfte er weiterreden. Johannson und Gregor hatten im Maisfeld neben dem Golfplatz Hanf angebaut. Nur einen Steinwurf von unserem

Baumhaus entfernt. Das war so verrückt, dass ich lachen musste.

»Und das ist wirklich kein Witz?«, fragte ich, nachdem ich mich wieder beruhigt hatte.

»Glaub mir, darüber würde ich keine Witze machen.«

Jetzt konnte ich eins und eins zusammenzählen. »Musste Gregor deshalb die vielen Sozialstunden im Altenheim machen? War das gar nicht wegen der frisierten Vespa?«

Johannson zog schuldbewusst den Kopf ein. »Das war der Deal.«

»Der Deal?« Ich kniff die Augen zusammen. »Dass Gregor die Sache alleine auf die Kappe nimmt?«

Johannson seufzte. »Das ist alles etwas komplizierter.«

»Dann raus damit.«

»Niemand wollte die Sache an die große Glocke hängen. Sogar im Gemeinderat haben sie dazu eine geheime Sitzung einberufen. Unser kleines Andorra sollte nicht beschmutzt werden.«

»Gregor hatte also die Geschäftsidee und Sie das Feld?«, fasste ich zusammen.

»Die Idee ist alleine auf meinem Mist gewachsen. Es ging dabei nicht um Geld. Ist alles nur wegen meiner kaputten Hüfte passiert. Die Schmerzen sind immer schlimmer geworden. Einmal musste mich Gregor sogar mit dem Traktor ins Krankenhaus fahren. Mitten in der Nacht. Aber das hat sich im Nachhinein als Glücksfall erwiesen. Dort hab ich nämlich im Fernsehen eine Sendung über Hanf gesehen und was die damit in Amerika machen, und dass es hier auch bald freigegeben werden soll.«

»Gregor hat das Gras also für Sie angebaut?« Ich schüttelte ungläubig den Kopf.

»Es sollte eine einmalige Sache sein. Ein Feldversuch gewissermaßen. Gregor hat den Samen von einem Freund besorgt. Das war ganz einfach.«

»Hieß der Freund zufällig Konsi?«

Johannson kratzte sich am Kopf. »Kann sein.«

»Und was ist mit Mathis? Welche Version kennt er denn?«

»Er weiß nur von der Plantage. Und ich bitte dich, dass das so bleibt.«

»Ist gebongt.« Ich nickte. »Mathis denkt also, dass Gregor sein Taschengeld mit Marihuana aufbessern wollte?«

»Vermutlich.«

»Das erklärt so einiges.«

Johannson zündete sich eine Zigarette an. »Als wir aufgeflogen sind, wollte ich ja was sagen, das musst du mir glauben, aber Gregor wollte das nicht. Er ist ein feiner Kerl. Jemand, der für andere einsteht. Das gibt es nicht oft. Sein Opa war auch von dem Schlag. Der hätte genauso gehandelt.«

»Was ist mit Frank und Esther? Kennen die auch nur die offizielle Version?«

Er nickte.

»Aber wieso haben Sie nicht einfach gesagt, dass Sie das Gras für Ihre Hüfte gebraucht haben, als die Sache rausgekommen ist? Das hätte Gregor nicht nur die Sozialstunden erspart, sondern auch den Ärger mit seiner Familie. Wahrscheinlich hätte man die Sache auf sich beruhen lassen.«

Johannson schüttelte energisch den Kopf. »Bei allem Wohlwollen. Bei mir hätte der Kahlmeier, dieser übereifrige Hilfssheriff, andere Geschütze aufgefahren, das kannst du mir glauben. Der hat mich auf dem Kieker, seit ich auf Bio umgesattelt hab und der Laden brummt.« Ein spitzbübisches Lächeln breitete sich auf seinem faltigen Gesicht aus. »Auf dem

Kastanienfest hab ich ihm mal sein Mädchen ausgespannt. So was vergisst man nicht. Die erste Liebe kann einen komplett aus der Bahn werfen.« Das Lächeln verschwand. »Jedenfalls hätte mich eine Anzeige sämtliche Lizenzen und Förderungen gekostet. Da hätte ich den Hof dichtmachen können. Das wusste Gregor.« Er deutete mit dem Kopf nach drinnen. »Erwischt leider immer die Falschen. Das ist das Tragische am Leben. Die Idioten kommen viel zu oft davon.«

»Darf ich noch mal kurz nachhaken? Gregor und Sie ...«

»Christoph. Bitte nenn mich Christoph. Keine Ahnung, warum ich dir das nicht schon längst angeboten hab.« Er streckte mir die Hand entgegen. »Für Freunde bin ich Christoph. Und wir kennen uns nun ja schon eine ganze Weile.«

»Christoph«, sagte ich. Johannsons Händedruck war sanfter als erwartet.

»Unser Gras war ausschließlich zum Eigenbedarf«, fuhr er fort. »Nicht zum Dealen oder so, obwohl der THC-Gehalt richtig gut war, hat Gregor gesagt. Wir hätten damit den Holländern Konkurrenz machen können. Feinste Vulkanerde gibt es nur bei uns.«

»Aber jetzt ist der Vorrat aufgebraucht?«

»Ja, leider, und aus den überzüchteten Hybridpflanzen lässt sich kein Nachwuchs ziehen. Das ist der Fehler im System. Selbst da haben die Konzerne ihre Finger drin, und mir fehlen die Connections, wie man so schön sagt, um mich anderweitig zu versorgen.«

»Verstehe«, sagte ich. »Nur bin ich da nicht die richtige Ansprechpartnerin, um die Versorgungslücke zu schließen. Und bei Mathis sieht es glaub auch nicht besser aus. Auf Drogen reagiert er ziemlich allergisch.«

Johannson nickte. »Aber Gregor muss noch was haben.

Die Ernte ist richtig gut gewesen. Er hat die Beutel alle aufbewahrt. Wegen meiner Frau. Die ist schlimmer als jeder Spürhund. Aber ich hab Gregor nicht ausgenutzt, falls du das denkst. Auch er hat davon profitiert. Ich hab ihm den alten VW-Bus überlassen.«

»Den, mit den Panoramascheiben?«

»Genau. Gregor hat in jeder freien Minute an Karl rumgebastelt. Hat ja ewig nur rumgestanden, da sammelt sich Rost an, und die Mechanik ächzt und klappert wie die Knochen eines alten Mannes.«

»Gregor kennt sich mit Autos aus?«, fragte ich verwundert. »Reden wir von dem Gregor, der nicht mal einen platten Reifen flicken kann?«

»Er hat sich das selbst beigebracht. Aus Büchern. Hat sich richtig reingefuchst in das Thema. Hab ihm nur manchmal den ein oder anderen Tipp gegeben.«

Ich schüttelte ungläubig den Kopf. Gregor als Automechaniker, im schmutzigen Blaumann. Die Vorstellung brachte mich zum Lächeln. »Aus Büchern? Gregor? Ich hab echt was verpasst.«

»Gab natürlich ein paar Rückschläge, aber im Sommer hat er mit Karl die erste Runde über den Hof gedreht. Das war ein Fest. So glücklich hab ich ihn noch nie gesehen. Sobald er den Führerschein gehabt hätte, wäre er damit verreist.«

»Verreist? Wohin? Hat er das auch gesagt?«

»Er hat mal von Frankreich und Spanien erzählt. Ich glaub, die Stadt der kitschigen, klebrigen Liebe, Paris, lag auch auf der Strecke.« Er fasste in die Tasche seines Anoraks und kramte einen großen rostigen Schlüssel hervor. »Kannst dir ja mal anschauen, was er geplant hat. Da hängen jede Menge Karten.«

»Ich weiß nicht ...«

»Gregor hätte bestimmt nichts dagegen. Ihr wart früher doch die dicksten Freunde.«

»Ja, früher.«

Johannson nahm meine Hand und legte den Schlüssel hinein. »Überleg's dir.«

Ich steckte den Schlüssel ein und dachte an meine Eltern. Sie hatten sich bei einem Auslandssemester in Paris kennengelernt. Das hatte ich Gregor irgendwann mal nach dem Tod meines Vaters erzählt. Aber für ihn hatte die Stadt doch keine Bedeutung? Es war doch meine Vergangenheit, um die es ging?

Langsam hatte ich das Gefühl, dass Gregor ein Doppelleben geführt hatte. Wieso hatte er nie von seinen Plänen erzählt? Wieso hatte er sich stattdessen bei jeder Begegnung wie ein oberflächlicher Trottel aufgeführt? Wie jemand, dem es nur darum ging, nach der Schule möglichst schnell Geld zu verdienen? Wenn er wieder aufwachte, würde ich ihm erst einmal den Kopf waschen. Diese bekloppte Show musste endlich aufhören. Noch einmal würden wir uns nicht aus den Augen verlieren. Einer für alle, alle für einen. Wie bei den Musketieren. Den Schwur von damals würden wir kein zweites Mal brechen.

»Und in Karl hat er die Vorräte nicht versteckt?«, fragte ich.

»Nein, da hab gleich als Erstes nachgesehen. War eine Sicherheitsmaßnahme, mir nichts zu sagen. Bin ja ein astreiner Suchtmensch.« Er hob einen Mundwinkel. »Und unser Gras war wirklich richtig gut. Richtig, richtig gut.«

»Und die Polizei hat es nicht beschlagnahmt?«

»Nur einen kleinen Teil. Das hat Gregor so hingebogen. Ist ein schlauer Bursche. Dem würde ich jederzeit meinen Hof anvertrauen. Jederzeit.«

Mathis bog in die Einfahrt. Der Kies knisterte unter den schmalen Reifen seines Rennrads. »War nett, mit dir geplaudert zu haben, junge Dame.« Johannson hob ganz gentlemanlike seine Mütze. »Dann werd ich wohl mal wieder beim Onkel Doktor vorbeischauen. Auch wenn mich dieses Morphin-Zeug aggressiv macht und mir auf den Magen schlägt.«

Mathis kam über die Terrasse.

»Kein Wort zu ihm«, flüsterte Johannson schnell.

Ich nickte, obwohl es in mir brodelte. Mathis hätte mir die Wahrheit sagen müssen.

»Gregor liebt Karotten«, sagte Mathis und begutachtete die Gemüsekiste. »Danke.« Er öffnete die Klettverschlüsse seiner Fahrradhandschuhe. »Alles klar bei euch? Und Gregor?« Er blickte durch die Scheibe. »Hast du ihm die Tropfen schon gegeben?«

»Natürlich, großer Bruder.«

»Dann kriegt er nachher noch mal was. Sonst schläft er nicht durch.«

»Wenn du das sagst.«

Er schaute mich merkwürdig an. Nach dem Streit hatte er sich zwar bei mir entschuldigt und gesagt, dass er mir auch weiterhin Unterricht geben würde, egal, ob ich an die Hochschule wollte oder nicht, aber so ganz abgenommen hatte ich ihm das nicht. Und jetzt war ich wütend auf ihn, weil er mich angelogen hatte.

»Willst du mit reinkommen?«, fragte Mathis an Johannson gerichtet.

»Weiß nicht. Bin heute in einer etwas melancholischen Stimmung. Hab Mira gerade von den guten alten Zeiten erzählt. Das macht man in der letzten Phase des Lebens so.«

»Tut man das?« Mathis zog die Fahrradhandschuhe aus.

Durch die eng anliegenden Sportklamotten konnte man sehen, wie durchtrainiert er war. »Du willst also lieber hier draußen auf den Sensenmann warten? Kein Kaffee oder so?«

Johannson schürzte die Lippen. »Wenn du mich so fragst. Dann würde ich mich spontan für das ›Oder so‹ entscheiden. Aber nur, wenn es durchsichtig, organisch und hochprozentig ist. Kaffee drückt auf die Blase, und schlafen kann ich dann auch nicht.«

Wir gingen nach drinnen. Ich verfrachtete das Gemüse in den Kühlschrank. Gregor und Johannson als Marihuana-Bauern. Das konnte sich keiner ausdenken.

Johannson setzte sich neben Gregor in den Ohrensessel. Statt dem erwünschten Schnaps servierte ihm Mathis tatsächlich nur Kräutertee.

»Wieder Ärger zu Hause?«, fragte er.

»Ausnahmsweise nicht.« Johannson nippte zaghaft an der Tasse. »Ab morgen früh um fünf ist der Hausdrachen für zwei Tage mit der Kirche unterwegs. Wallfahrt. Das ist wie Urlaub für mich. Könnten sie ruhig öfter machen.« Er stellte die Tasse ab. »Ist schön bei euch geworden. War bestimmt nicht ganz billig. Handwerker sind ja heute teurer als Ärzte.«

»Wir mussten noch einen Kredit aufnehmen«, sagte Mathis.

»Wenn ihr gutes Brennholz braucht, dann bring ich euch eine Ladung vorbei. Sind ja harte Zeiten für euch. Da muss man zusammenhalten.«

Mathis lächelte seltsam. »Ja, das muss man wohl.«

Johannson beugte sich hinüber zu Gregor und fuchtelte ihm vor dem Gesicht herum. »Und er kriegt wirklich nichts mit, obwohl die Augen jetzt wieder ganz auf sind? Das weiß man sicher?«

»Nein«, sagte Mathis. »Sicherheit gibt's bei dem, was Gregor hat, bei fast gar nichts. Jeder Fall ist anders. Manche wachen auf und haben alles mitgekriegt, andere bleiben in ihrer Welt. Aber wir können ihn ja nicht rund um die Uhr in die Röhre stecken oder Elektroden an seinen Kopf pappen. Das wäre zu teuer. Was macht eigentlich die Hüfte? Noch immer so starke Schmerzen, wenn das Wetter umschlägt.«

»Nicht nur dann. Sogar auf dem Klo. Hab gerade Mira davon erzählt, dass es steil bergab geht und ich noch jemand suche, der mich um die Ecke bringt, bevor ich ins Pflegeheim abgeschoben werde.« Johannson lachte kurz auf, dann blickte er ernst zu Mathis. »Interesse? Würde dich auch in meinem Testament berücksichtigen.«

»Danke. Würde gerne noch ein paar Jahre in Freiheit verbringen.«

»Vielleicht kann ich meiner Frau beim nächsten Streit das alte Gewehr unterjubeln. Ich hoffe nur, dass sie damit besser zielt als mit dem hässlichen Geschirr.«

Er erhob sich schwerfällig. Mathis kam ihm zur Hilfe. »Alles nicht mehr das Wahre mit den Knochen, aber mit zweiundachtzig wäre ein künstliches Hüftgelenk ein Verbrechen an der Solidargemeinschaft. Und als Sondermüll will ich ja auch nicht enden.« Johannson zog seine Mütze auf und straffte die Schultern. »Kannst loslassen. Den Rest schaff ich alleine.« Er machte einen kleinen Schritt, dann stützte er sich am Tisch ab. »Diese beschissenen Schmerzen wünsche ich keinem. Die können einem wirklich die Laune verderben.« Er humpelte weiter zur Terrassentür.

»Warte«, sagte Mathis.

Johannson zog die Tür auf. »Was ist?«

Mathis zögerte.

»Hat es dir die Sprache verschlagen?«

Mathis verzog keine Miene. »Ich hab noch was für dich.«

Johannson schmunzelte. »Krieg ich jetzt doch noch einen Schnaps?«

Mathis schüttelte langsam den Kopf. Er schaute Johannson mit unbewegter Miene an.

»Was ist los?«, fragte ich. »Willst du uns deinen Geistesblitz telepathisch übermitteln?«

»Schlagfertiges Mädchen«, sagte Johannson. »Bildhübsch und nicht auf den Mund gefallen. Wäre ich ein bisschen jünger, dann ...« Er schmunzelte.

Mathis behielt sein Pokerface bei. Ich stellte mir seine Reaktion vor, wenn er von Gregors Deal gewusst hätte. Das hätte ihn bestimmt umgehauen. Er streifte mich mit einem seltsamen Blick, heftete ihn grinsend auf Johannson und ließ die Bombe platzen. »Soll ich den Grasvorrat weiterhin für dich verwalten, wie es Gregor getan hat, oder willst du gleich alles mitnehmen? Ist aber ziemlich viel.«

Ich starrte ihn fassungslos an. Er kannte also die ganze Wahrheit! Johannson entgleisten die Gesichtszüge. »Wo-wovon redest du?«, spielte er den Ahnungslosen, was nicht wirklich überzeugend war.

»Tu nicht so unschuldig«, sagte Mathis. »Ich bin im Bilde.«

»Du weißt von dem Gras?«, rutschte es mir heraus. »Du hast es die ganze Zeit gewusst?«

»Ja, und du offensichtlich auch. Willkommen im Club.«

Mir verschlug es die Sprache. Mathis wirkte plötzlich unheimlich selbstbewusst. So hatte ich ihn lange nicht mehr erlebt.

»Sie weiß es erst seit gerade eben«, sagte Johannson. »Wo hat er das Gras denn versteckt?«

»In der alten Ritterburg, in der Scheune.«

»Du hast also nicht nur den Gameboy gefunden«, sagte ich. »Deshalb warst du so lange weg.«

»Von dem Gras weiß ich schon länger«, sagte Mathis, immer noch ganz ruhig.

Johannson lächelte verwundert. »Und du hast es nicht weggeworfen?«

»Hätte ich das tun sollen?« Mathis lächelte. »Hätte das zu mir gepasst? Weil ich der Spießer im Haus bin?« Er schaute mich an. »Weil man mir so etwas nicht zutraut?«

»Ich … ich bin einfach nur verwundert«, sagte Johannson und runzelte die Stirn. »Dann bist du das damals auch mit dem Tarnnetz gewesen?«

»Ja.« Mathis nickte. »Beim zweiten Mal hab ich jedoch gehofft, dass ihr selbst auf die Idee kommt, eure Pflanzen gegen fremde Blicke zu schützen. War wohl falsch.«

»Gregor wollte das Netz drüberziehen. Ich Trottel hab gedacht, dass es nicht nötig ist. Ganz offensichtlich ein fataler Irrtum.«

Ich schaute Mathis forschend an. Was führte er im Schilde? Warum rastete er nicht aus, sondern gab sich wie ein Drogenboss, für den solche Gespräche zum Tagesgeschäft gehörten?

»Warum hast du Gregor nicht vor deinen Eltern in Schutz genommen, wenn du die Wahrheit gekannt hast?«, sagte ich. »Oder wissen die auch Bescheid.«

»Tun sie nicht. Die hätten darauf gepocht, die Wahrheit zu sagen und damit noch mehr Staub aufgewirbelt. Das wollte ich auf keinen Fall.«

Johannson nickte. »Das hast du gut gemacht.«

»Aber was ist mit mir?«, sagte ich. »Wieso hast du mir

nicht gesagt, was wirklich gelaufen ist? War das auch zu gefährlich?«

»Was hätte das gebracht?«

»Es hätte Gregor in einem anderen Licht gezeigt. Ich hätte keinen Bogen mehr um ihn gemacht, wenn wir uns in der Schule über den Weg gelaufen sind. So, wie er sich sonst verhalten hat, macht ihn die Aktion wieder sympathisch.«

»Gut. Es tut mir leid.« Sein Blick ging zu Johannson. »Ich wusste, was für dich auf dem Spiel steht. Deshalb hab ich mich so entschieden, und die Sozialstunden haben Gregor auch nicht geschadet.«

»Und Gregor hast du auch nichts gesagt?«

»Nein.«

»Das verstehe ich nicht. Das hätte er dir bestimmt hoch angerechnet. Er wäre doch nie auf die Idee gekommen, alleine zu tauchen und das Geld einzusacken, wenn er davon gewusst hätte. So abgebrüht war er dann doch nicht.«

Mathis schnappte sich den Schlüsselbund und stand auf. »Im Nachhinein ist es immer leichter, nach den Fehlern zu suchen.«

GREGOR

Mira schaltete den Fernseher an und positionierte mich vor dem antiquierten Röhrenaltar wie eine Kamera. Vermutlich waren wir die einzigen Menschen im Umkreis von zwanzig Kilometern mit Internet, aber ohne Flachbildfernseher. Mittlerweile hasste ich *Tom und Jerry*, sämtliche Shopping-Kanäle und die Freaks aus der Astroshow mit ihrem dämlichen Gelaber. Sie hätten wenigstens mal eine Tierdoku nehmen können. Hatte Mira vergessen, dass ich außer Batman und E.T.

auch Tierdokus mochte? War es ihr egal? Glaubte sie, dass ich dafür zu alt, zu cool oder was auch immer war?

Mira, ich will jetzt nicht schlafen. Ich will jetzt reden.

Ihre Hände dufteten nach Orangenschale. Sie gab mir meine Tropfen. Sie schmeckten noch widerlicher als sonst, und ich hätte sie am liebsten ausgespuckt. Zu meiner Überraschung schaffte ich es, sie vorne im Mundraum zu behalten. Ich musste die Kontrolle über meinen Schluckreflex zurückbekommen. Danach war dann meine Stimme dran. Arme und Beine und der ganze Rest kamen später. Ich hasste es, wie ein Automat zu funktionieren, der zu vorgegebenen Zeiten gefüttert wurde. Wenn man so dasitzt, kommt man auf die merkwürdigsten Ideen. In meinem Fall gab ich dem Schluckreflex einen Namen. Otto. Alte Namen fand ich aus irgendeinem Grund cool. Und auf diese Weise wollte ich Vertrauen aufbauen.

Otto, bleib ganz ruhig. Würgen ja, schlucken nein. Verstanden?

Es funktionierte. Otto gehorchte. Und es klingt vielleicht lächerlich, aber es war ein Triumph. Es war ein weiterer Silberstreif am Horizont, auch wenn Mira davon nichts mitbekam. Die Tropfen wurden langsam mit meinem Speichel angereichert, Otto ließ die widerliche Mischung nicht passieren. Er war mein Fels in der Brandung. Er war wieder ein Teil von mir.

»Es ist Zeit, dich auszuruhen«, sagte Mira und strich mir über die Stirn. »Schau mich nicht so an. Ich weiß, dass du keinen Bock hast zu schlafen, aber dein Kopf muss sich erholen. Du brauchst den Schlaf. Du brauchst den Rhythmus.«

Wo ist der verdammte Ring, dachte ich. Ich musste Mira den Ring unbedingt geben. Ich wollte ihr Gesicht sehen. Ich wollte sie um Entschuldigung bitten, dass ich ihr auf dem Golfplatz einen Schrecken eingejagt hatte.

»Hey«, sagte Mira mit ihrem unvergleichlichen Lächeln. »Schau nicht so traurig. Ein bisschen Schlaf tut dir gut. Und später im Traum komm ich dich besuchen.« Das sagte sie immer, wenn sie abends noch hier war. *Bis später im Traum.*

Sie gab mir einen Kuss auf die Stirn. Das hatte etwas Mitleidiges, aber ich spürte die Berührung, und sie gab mir Energie, Zuversicht und Geborgenheit. Und ich hoffte, dass dieser Kuss etwas mit Liebe zu tun hatte und nicht nur mit Fürsorge für einen Kranken.

Ich kann jetzt nicht schlafen, Mira. Ich ... ich will dir was sagen. Ich muss dir sagen, ich bin froh, dass du bei mir bist. Aber ewig kann das ja nicht so weitergehen. Ich will raus hier. Ich mache Fortschritte. Das liegt vor allem an dir. Auch an der Musik. Du spielst wunderschön. Und ich will dir endlich sagen, warum ich so geworden bin. Das hast du mich doch neulich gefragt: Warum ich so cool geworden bin, so anders als früher. Wegen dir, verstehst du, nur wegen dir. Ich wollte sein, wie die Typen, auf die du stehst. Und die sind doch alle cool. Das kannst du doch nicht wirklich schlecht finden, das muss dir doch gefallen. Sag mir, dass ich noch Chancen hab. Der Ring wird alles erklären. Ich hätte ihn dir einfach geben müssen, ich weiß. Das war ein Fehler. Ich habe zu hoch gepokert. Dafür muss ich nun den Preis bezahlen, aber ...

Weiter kam ich nicht mit meinem Gedanken-Gestammel. Der Damm war übergelaufen. Das Medikamenten-Speichel-Gemisch befand sich auf direktem Weg an seinen Bestimmungsort. Vom Magen in den Blutkreislauf und von dort aus weiter in mein Gehirn.

Mira strich mir erneut über die Wange, Otto gehorchte

nicht mehr, der Schluckreflex setzte ein, und das restliche Gift rauschte meine Kehle hinunter. Mira drehte sich von mir weg. Sie angelte sich den Schnabelbecher mit dem Tee, doch bevor sie den Becher an meine Lippen setzte, passierte etwas Wundervolles: Sie gab mir einen zweiten Kuss! Wieder nur auf die Stirn, aber dennoch war das großartig. Leider war der Kuss so flüchtig, dass er wie Wasserdampf im Bruchteil einer Sekunde verdunstete. Plötzlich hörte ich die dröhnende Stimme von Johannson und etwas leiser die meines Bruders. Mira wich zurück, als hätte sie etwas Verbotenes getan. Sie wollte also nicht dabei gesehen werden, wenn sie mich küsste. Obwohl ein Kuss auf die Stirn wohl eher in die Kategorie Mitleid fiel und nicht als Liebesbekundung zu sehen war.

Der Biss der chemischen Klapperschlange saugte mir die Akkus leer. Das Denken fiel mir von Sekunde zu Sekunde schwerer.

Bleib noch ein bisschen bei mir sitzen. Ich will jetzt nicht allein sein. Ich will dir sagen, dass ich dich liebe. Ja, dich liebe. Ich weiß, wie kitschig diese drei Worte klingen, weil sie in Millionen Pop-Songs verbrannt wurden. Aber ich mein es ernst. Ich hab es damals schon ernst gemeint, als ich dir den bescheuerten Zettel in die Hand gedrückt hab. Das war die Idee meines Vaters gewesen. Er hat es nur gut gemeint. Du hast mich ausgelacht. Du hast es nicht ernst genommen. Deshalb ...

Ich hielt inne. Tom und Jerry sprangen tatsächlich aus dem Fernseher, tanzten und sangen. Das hatten sie noch nie getan. Keine Macht den Drogen. Was waren das bloß für Tropfen? »Vielen Dank, für die Blumen. Vielen Dank, wie lieb von dir.« Das Klavier klimperte fröhlich, und ich dämmerte weg. Schritte entfernten sich. Mira ging fort. Ich wollte gerade über die Klippe, in diesen alles lähmenden Schlaf stürzen, als mich ein bekannter süßlich-herber Duft über dem Abgrund hielt.

MIRA

Mathis kehrte mit einem prall gefüllten Beutel Gras zurück und legte ihn auf den Tisch. »Das müsste fürs Erste genügen, um die Schmerzen in Schach zu halten.«

Johannson stand auf, griff mit beiden Händen nach Mathis' Hand und schüttelte sie mindestens eine halbe Minute lang. »Danke. Vielen Dank.« Er hatte Tränen in den Augen.

»Und davon gibt's noch mehr?«, fragte ich.

Mathis nickte. »Eine ganze Ritterburg voll.« Er öffnete den Beutel, zog eine kleine Portion heraus und bat Johannson um Zigarettenpapier. »Wenn wir schon mal so nett zusammensitzen.« Dann verteilte er das Gras routiniert mit dem Zeigefinger

»Was wird das jetzt?«, fragte ich.

»Wonach sieht es denn aus?«

»*Du* baust einen Joint?«

»Ja, ich, der große Spießerbruder, der Wächter über Anstand und Moral der Familie Wendland, baut einen Joint. Ist das so unglaublich? Passt das nicht zu meiner langweiligen, unemotionalen und bevormundenden Art?«

»Man muss sich tatsächlich erst mal dran gewöhnen«, sagte Johannson.

»Ich hab mir die Rolle nicht ausgesucht«, sagte Mathis. »Zwei von Gregors Sorte passen nicht unter ein Dach, ohne es in die Luft zu sprengen.«

Johannson setzte sich wieder hin. »Da könntest du eventuell recht haben.«

»Ich dachte, du findest Kiffen scheiße?«, sagte ich. »Langsam und dumm und unzuverlässig würde es einen machen.«

Mathis reagierte nur mit einem Schmunzeln. Er befeuchtete das Papier mit den Lippen und drehte den Joint zwischen den Fingern hin und her, bis er die gewünschte Form hatte. »Manchmal ist es gut, langsam und dumm zu sein. Vor allem, wenn es zu kompliziert wird.«

»Ich weiß nicht, was ich dazu sagen soll?« Johannson war baff.

»Keine passende Bauernregel parat?«, sagte Mathis grinsend. »Soll ich mir was überlegen? Irgendwas mit Hanf und Hüfte vielleicht.«

Johannson winkte ab. »Ich glaub, das wird mir zu modern.«

Mathis reichte ihm den Joint. »Geht aufs Haus.«

»Danke.«

»Ich würde gern auch mal ziehen«, sagte ich herausfordernd.

»Dann sind wir also zu dritt«, sagte Mathis unbeeindruckt.

»Was ist mit Gregor?«, fragte ich. »Er ist sicher eingeschlafen. Sollen wir ihn noch kurz ins Bett bringen?«

»Nein. Mein kleiner Bruder kommt natürlich auch mit.«

Wir nahmen die Wolldecken vom Sofa und setzten uns auf die Terrasse. Zu viert. Wir redeten nur das Nötigste. Ich befand mich in einer Art Blase, konnte nicht recht glauben, was sich in der letzten halben Stunde abgespielt hatte. Erst die Sache mit dem Hanffeld und jetzt der neue lässige Mathis, der zusammen mit mir, mit seiner *kleinen Schwester*, einen Joint rauchen wollte. Das war schon irgendwie verrückt.

Johannson bekam einen Liegestuhl, damit seine Hüften weniger weh taten. Gregor packten wir in eine Daunenjacke, zogen ihm Mütze und Handschuhe an und verkeilten den Rollstuhl unter dem Küchenfenster, damit er in den Sternenhimmel blickte, sollte er doch noch mal die Augen öffnen.

Mathis war wie ausgewechselt. Zum ersten Mal seit Wochen war er wieder gut drauf und das, obwohl die Sache mit Hannah erst ein paar Tage zurücklag. Wahrscheinlich kam es vom Radfahren. So, wie er in die Pedale trat, wenn er wütend war, wurden bestimmt jede Menge Endorphine freigesetzt.

Johannson lobte ihn für seine Besonnenheit und bedankte sich wieder und wieder, während er genüsslich an dem Joint zog, als sei er eine kostbare Zigarre.

Gregors Augenlider zitterten leicht. Trotz der doppelten Dosis Schlafmittel schlief er immer noch nicht richtig. Morgen musste er noch einmal routinemäßig in die Röhre, dann erst wieder nach Weihnachten. Der ausgedünnte Stundenplan am Kühlschrank war wie ein stiller Abschied von der anfänglichen Hoffnung, die uns alle getragen hatte. Physiotherapie, Logopädie, Massagen, von allem nur noch die Hälfte. Wachkoma war nicht wie Krebs, wo man bis zuletzt die teuersten Medikamente auffuhr, weil man an Heilung glaubte und sich dabei an Blutwerten und Tumorzellen orientieren konnte. Wachkoma war ein Blick in die Glaskugel. Die Hoffnung auf ein Wunder und der Versuch, dieses Wunder so günstig wie möglich zu halten. Das Schlimmste jedoch waren die Hochglanz-Prospekte, die ein Außendienstmitarbeiter der Krankenkasse gestern vorbeigebracht hatte. Seitenweise Bilder von Einrichtungen, in denen Wachkomapatienten mit der Diagnose »austherapiert« betreut wurden. Wir sollten Gregor abschieben, wie ein Möbelstück, das ausgedient hatte. Aber das kam nicht in Frage, darin waren wir uns zum Glück alle einig.

Ich umschloss Gregors Hand. Ich mochte ihn wieder, hatte eigentlich nie richtig aufgehört, ihn zu mögen. Die Sache mit dem Hanffeld, der VW-Bus, so sehr hatte er sich also gar nicht verändert. Ich hatte nur immer die falsche Seite zu Gesicht bekommen. Den Entertainer, den Frauenheld, den selbstverliebten Sunnyboy, der die Bewunderung der anderen zum Atmen brauchte. An dem Tag auf dem Golfplatz war er kurz aus seiner Rolle gefallen. Er hatte verletzlich ausgesehen, wie in der Höhle, nachdem wir uns geküsst hatten. Und das hatte ich mir nicht bloß eingebildet. Das war kein Wunschtraum gewesen, sondern Wirklichkeit. Deshalb war es richtig, hier zu sein und sich um ihn zu kümmern, wie wir es uns geschworen hatten.

»Ich will, dass du wieder wie früher bist, wenn du aufwachst«, flüsterte ich Gregor ins Ohr, wie ein Hypnotiseur, kurz vor Ende der Show. Ich spürte ein kleines Zucken in seiner Hand. Reflexe. Bei Tag und bei Nacht. Im Wachen und im Träumen.

Gregor musste zurückkehren. Ich musste wissen, was er mir auf dem Golfplatz hatte geben wollen. Das war nicht bloß Spaß gewesen. Da steckte mehr dahinter.

Ich starrte in den Himmel, als würde dort die Lösung für alles geschrieben stehen. Die Antworten auf das Wohin und Warum. In diesem Augenblick kapierte ich, dass ich meinen Weg noch nicht gefunden hatte und die Karten soeben neu gemischt wurden. Alles auf Anfang. Alles neu. Warum musste man überhaupt so tun, als würde man sein komplettes Leben im Griff haben? Warum durfte man nicht dazu stehen, auf der Suche zu sein?

Früher hatten wir Gregor dafür belächelt, wenn er jede Woche mit neuen Ideen ankam, was er denn werden wollte.

Weltraumforscher, Rockstar, Wissenschaftler oder Extremsportler. Er hatte keine Angst, zu scheitern oder nicht talentiert genug zu sein. Es war, als würde er darauf vertrauen, dass sich die Weichen von selbst stellten. Und vielleicht war diese Haltung die einzig richtige. Vielleicht durfte man keine Angst haben. Vielleicht wollte er uns mit seiner lässigen Art demonstrieren, dass wir vor lauter Ehrgeiz das richtige Leben verpassten. Die Tage dazwischen.

Ich nahm einen tiefen Zug und ließ mich in den Moment hineinfallen. Ich stellte mir vor, wie ich mit Gregor und Mathis im VW-Bus saß und dem kitschigsten Sonnenuntergang der Welt entgegenfuhr. Offene Fenster, der Fahrtwind im Gesicht und keine Gedanken an morgen, nur Freiheit. Nichts als Freiheit.

Wusste Mathis auch von Karl?

»Hey«, sagte ich zu ihm. Sein Blick war weggetreten. Er reagierte nicht. Ich stupste ihn in die Seite.

»Was ist, kleine Schwester?«

»Kennst du eigentlich Karl?«, fragte ich.

Er schaute mich verwundert an. »Karl?« Er schüttelte den Kopf. »Ein Freund von Gregor?«

Ich hielt ihm den Joint an die Lippen. »Ja, genau. Ein Freund von Gregor.«

12

Eine Million Sterne. Ein trauriger Poet.
Und nichts als die Freiheit

GREGOR

Ich sah Sterne! Tausende, nein, Millionen und Abermillionen blinkende kleine Sterne. Meine Augen waren höchstens einen halben Millimeter geöffnet, und ich setzte alles daran, sie weiter aufzukriegen, um den Himmel über mir in aller Klarheit zu bewundern. Tatsächlich bildete ich mir ein, dass sich meine Augenlider durch meinen Willen anhoben. Das hier war kein Traum. Das hier war die Wirklichkeit. Ich saß auf der Terrasse. Soeben hatte ich Miras Stimme gehört. Ein Flüstern an meinem rechten Ohr. Das einzige Wort, das ich verstanden hatte, war »früher«. Sehen konnte ich sie nicht. Mein Blickfeld war auf einen schmalen Tunnel begrenzt. Ich hatte das Gefühl, tief in die Galaxie zu schauen. Zurück zum Anfang, zu meinem persönlichen Urknall. Meine Augen waren Teleskope. Das Schlafmittel zerrte noch an meinem Bewusstsein. Ich kämpfte dagegen an, und die Euphorie und die Kälte halfen mir dabei. Ich hatte die Zügel in der Hand und würde meinen Körper dazu bringen, auch die restlichen Funktionen freizugeben. Arme und Beine, ich würde den Eroberungsfeldzug fortsetzen. Alles nur eine Frage der Zeit. Ich musste zurück in dieses Leben, in diese Welt, mit all den großen und kleinen Wundern, den Selbstverständlichkeiten und

Überraschungen – und der Liebe. Ja, ein Hoch auf die Liebe. Sterne, gebt euch die Kante, ich bin auf dem Weg zurück in meine Umlaufbahn. Wenn man in den Himmel starrt, bleibt einem nichts anderes übrig, als an Wunder zu glauben. Wir leben. Wir atmen, wir lachen, wir weinen. Haben Sauerstoff und Wasser.

Ich – werde – zurückkehren. Das war mein persönliches Mantra. Tante Irma hätte mir dafür anerkennend auf die Schultern geklopft. Nicht nur für Augenblicke würde ich zurückkehren, sondern für ein ganzes buntes Leben. Denn da draußen war Mira. Zwar würde ich draufgehen, wenn sie mir noch eine Abfuhr gab, aber dann hatte ich es wenigstens versucht, ernsthaft versucht, nicht mit einem lächerlichen Schmierzettel auf dem Pausenhof oder einem Ring hinter dem Rücken.

Vor Aufregung begann mein Herz, schwer zu pumpen. Auch wenn ich mir den neuerlichen Ortswechsel nicht erklären konnte, weil ich kurz eingenickt war, durften meine Augen nicht wieder zufallen. Nein, nein, nein, wehrte ich mich wie ein störrisches Kind. Ich hörte Schritte, das Schleifen von Metall auf Stein und eine brüchige Männerstimme flüsterte: »Hey, mein Junge«.

Das war Johannson! Wäre ich nicht schon sprachlos gewesen, hätte ich jetzt keinen Pieps mehr herausgebracht. Ich war völlig von den Socken. »Du sollst auch nicht auf dem Trockenen sitzen«, sagte er leise. Ich stellte mir sein verschmitztes Lächeln vor. Dann hörte ich ein Knistern. Glut, die sich verheißungsvoll durch Tabakkrümel fraß. Ich mochte dieses Geräusch. Mein Gleichgewichtssinn sagte mir, dass mein Kopf angehoben wurde. Ein Ruckeln. Meine Augenlider klappten zu. Mist! Ich wollte mich gerade darüber aufregen, als sich meine Lunge mit Rauch füllte wie ein Ballon. Ich musste nichts tun, es war ein Reflex, wie beim Essen und Trinken. Etwas, das ich gelernt hatte wie das Radfahren ohne Stützräder und unfallfreies Pinkeln neben betrunkenen Männern mit Schrumpfgehänge auf dem Herbstfest.

Der Geschmack explodierte in meinem Mund und wenig später in meinem Kopf. Das war mein Gras! Unser Gras. Unsere Ernte. Die von mir und Johannson. In Gedanken machte ich Freudensprünge. Der alte Herr kümmerte sich um mich. Unser Pakt auf Gegenseitigkeit funktionierte also. Er hatte das Versteck gefunden. Ich kapierte nur nicht, warum mein Bruder nicht einschritt, sondern lachte? Ja, er lachte, und Mira lachte mit ihm. Das war keine Täuschung. Das war nicht bloß in meinem Kopf. Sie waren alle bei mir!

MIRA

Wir ließen den Joint kreisen, ohne zu reden. Jeder tauchte ab, in seine eigene Welt, in seine eigenen Gedanken und Gefühle. Alles nur in meinem Kopf, dachte ich, das Leben, dieser Moment, die Gefühle, alles nur in meinem Kopf. Ich blickte zu Gregor, dann zu Mathis und Johannson. Die Verbindung zwischen uns allen waren der Wind, der nach Schnee roch und um unsere Gesichter strich, das Summen der Autobahn, der ruhige Atem der Wiesen und Felder und eben dieser Himmel, dieser grandiose Sternenhimmel.

Ich wartete darauf, außer dem Kratzen in der Lunge noch etwas zu spüren, einen Rausch, eine andere Ebene, die mich von den kreisenden Gedanken befreite, von dem beschissenen Ehrgeiz, der meinen Fingern selbst im Traum keine Pause gönnte.

Die Wirkung setzte erst ein, als ich nicht mehr darauf wartete. Mein Mund wurde trocken, und mein Gesicht fühlte sich taub an. Johannson redete wie ein Wasserfall. Er erzählte Geschichten über das Dorf, die Bewohner und seine erste und einzige große Liebe. »Sie hätte alle haben können und hat sich für mich entschieden«, sagte er stolz.

»Was ist passiert?«, fragte Mathis.

»Sie ist krank geworden. Sehr krank.« Johannson nahm einen tiefen Zug. »Schaut, da oben. Der Stern da.« Er zeigte mit der Hand in den Himmel. »Sie ist immer da. Sie sieht alles. Wahrscheinlich macht sie die anderen Sterne mit ihrem Lächeln verrückt.«

»Wie alt warst du damals?«

»Zwanzig, so alt wie du. Ich war jung und verrückt, mit Träumen für zwei.« Er lachte kurz auf. Dann wurde er wieder ernst. »Alles, was in Sachen Liebe danach kam, war nur ein Kompromiss. Der Versuch, über ihren Verlust hinwegzukommen und nicht allein zu sein. Allein sein ist noch beschissener, als mit Martha unter einem Dach zu leben. Und Martha war ja auch nicht immer so. Als sie noch auf dem Hof mithelfen konnte, sind wir sogar manchmal sonntags in die Stadt gefahren. Nur für einen Kaffee und ein Stück Torte im Café Wilhelm. Das hat ihr gefallen. Sie hat sich dafür richtig schick gemacht.«

»Das klingt ziemlich traurig«, sagte ich.

»Na ja, das Leben hat seinen eigenen Plan. Es bringt nichts, damit zu hadern. Erinnerungen bleiben. Man muss nur ab und zu daran arbeiten, die schlechten auszusortieren, wenn das nicht von selbst passiert. Das hilft beim Glücklichsein.« Er schaute lächelnd in den Himmel. »Und mein Mädchen, meine erste und einzige große Liebe, ist ja immer noch da, und irgendwann werden wir uns wiedersehen. Das weiß ich.« Er setzte seine Brille ab. »Die Ewigkeit kann uns keiner nehmen.«

»Du hast ja noch was anderes drauf als Bauernregeln«, sagte Mathis. »Ein Hoch auf die wahre, kompromisslose Liebe!«

Ich verpasste ihm einen Stoß mit dem Ellenbogen. »Kannst du das bitte nicht so abgeklärt sagen, nur weil es bei dir gerade nicht so gut läuft?«

»Entschuldigung.« Grinsend hielt er mir den Joint an die Lippen. »Ich werde mich bessern. Versprochen.«

»Schon gut.«

Mir war kalt. Ich rückte näher an Mathis heran, wie früher, wenn wir draußen übernachtet hatten. Er legte mir seine Decke über die Schultern und irgendwann auch seinen Arm, und das fühlte sich gut an. Ich war nicht mehr wütend auf ihn, weil er Gregor mit dem Hanffeld nicht in Schutz genommen hatte. Am Ende hätte die Wahrheit wohl tatsächlich mehr Ärger eingebracht.

Wir schwiegen eine Weile, dann fing Johannson erneut an, mit Gregor zu plaudern. Er stand auf und hielt ihm den Joint an die Lippen. Ich dachte, Mathis würde einschreiten, aber er lachte nur, und ich lachte mit ihm. Gregor schlief nicht mehr, er nuckelte an dem Joint, wie ein Baby an einer Flasche, die Augen einen winzigen Spalt geöffnet, das Gesicht völlig entspannt.

»Das muss unbedingt in die Liste«, verkündete Mathis immer noch lachend. »Dafür gibt's die volle Punktzahl. Mein kleiner Bruder kann wieder kiffen. Das ist großartig!«

»Und trinken kann er auch«, sagte Johannson wenig später und gab Gregor einen Schluck aus seinem Flachmann.

Ich bekam alles nur noch gedämpft mit. Durch die angelehnte Tür hörte ich das Gluckern des Kühlschranks, das sich mit dem leisen Knacken des Kanonenofens und dem Rauschen und Klappern der Spülmaschine zu einer endlosen Symphonie verband. Dann schloss ich die Augen und fühlte mich frei und glücklich. Gregors Hand in meiner, Mathis' Arm um meine Schultern. Ich spürte mein Herz schlagen, freundlich schlagen, wenn es das gibt, und ich hörte das Rattern eines Zuges in der Ferne. Es war rhythmisch und einladend und erinnerte mich daran, wie wir als Kinder den Zügen nachgeschaut hatten. Aufspringen wollten wir. Raus aus unserer kleinen Welt, die Erde umrunden und dort aussteigen, wo es uns gefiel. Zu dritt, immer zu dritt. Mathis hatte immer davon gesprochen, nach Australien zu reisen. Das Outback, die Tiere, die Stille. Eine Zeitlang hatte er sein komplettes Zimmer mit Postern von Down Under tapeziert. Wir alle wollten Abenteuer erleben, uns an verrückte Gedanken verschwenden und leben. Ja, leben. Mit allen Sinnen. Auch wenn es vielleicht manchmal weh tat. Weil zu viel Leben weh tun kann.

Ich schloss die Augen und suchte in Gedanken nach einem Traum. Einem wiederkehrenden Traum mit Gregor und Mathis. Ich ging tiefer hinein in diesen Traum, um Gregor zu besuchen. Ja, ich wollte ihn besuchen, auf seiner Seite, in seiner Welt. Eine Gänsehaut überzog mich wie in Zeitlupe. Nicht, weil es kalt war, die Kälte spürte ich nicht mehr. Was ich spürte, war vollkommenes Glück, das mich auf der anderen, auf Gregors Seite, empfing.

Er war verrückt, anders, ein bisschen wie seine Tante, aber genau dieses Verrücktsein hatte unsere überschaubare Welt zu einer großen werden lassen. Dieses Verrücktsein hatte uns zu Helden gemacht. Vielleicht war es auch meine Schuld, dass wir uns aus den Augen verloren hatten. In Wahrheit hatte sich Gregor ja gar nicht so sehr verändert. Er hatte Johannson geholfen. Er hatte seinen Vater darin bestärkt, weiter an die ultimative Formel zu glauben, und er schraubte in jeder freien Minute an einem alten Bus herum, mit dem er durch Europa fahren wollte. Das alles war echt, nicht gespielt, nicht, um gut dazustehen und von anderen bewundert zu werden.

»Hier bin ich«, sagte ich leise zu Gregor. »Ich hab doch gesagt, dass ich vorbeikomme. Dass ich dich besuche.« Ich legte meine Hand auf seinen Arm und streichelte ihn.

»Mit wem redest du?«, fragte Mathis.

»Mit deinem Bruder.«

»Du träumst?« Ich spürte Mathis' warmen Atem an meinem Hals. Die Wärme breitete sich über meinen ganzen Körper aus. Ich mochte ihn sehr. Ich mochte beide sehr, jeden auf seine Art. Für einen Moment wollte ich Mathis küssen. Ihn ganz nah bei mir spüren, das war verdammt komisch, dieses Gefühl. Das machte mir irgendwie Angst, weil ich mich auf dieselbe Weise zu Gregor hingezogen fühlte.

»Kommst du mit?«, fragte ich.

»Wohin geht die Reise?«, fragte Mathis.

»Wir besuchen Gregor in seinen Träumen.« Ich musste lächeln. Ich drehte mich zu Mathis um, war drauf und dran, ihn zu küssen, ohne über die Konsequenzen nachzudenken. Einfach nur, weil jetzt der richtige Augenblick dafür war. Aber dann spürte ich Gregors Hand in meiner. Sie bewegte sich leicht. Und ich dachte, dass ich auch ihn gerne küssen würde, wäre er wach gewesen, und schloss kurz die Augen, weil sich die Welt und mit ihr meine Gedanken drehten.

»Du musst mitkommen«, sagte ich zu Mathis. »Wir müssen Gregor gemeinsam besuchen. Er will mit uns Abenteuer erleben.«

Ich spürte Mathis' Hand, wie sie meine umschloss, fest und im nächsten Moment zärtlich. Ohne die Augen zu öffnen, wandte ich den Kopf zu ihm. Der Rest passierte wie von selbst. Wir küssten uns. Ich spürte die Wärme. Die Verbindung. Und ich wollte, dass dieser perfekte Augenblick nie zu Ende ging.

GREGOR

»Nicht so hastig«, sagte Johannson flüsternd. Ich war ihm so was von dankbar, weil er hier war, weil er sich dafür revanchierte, dass ich damals den Kopf für ihn hingehalten hatte. Er hatte das Versteck gefunden. Wie glücklich mich das machte!

Zwischen den Zügen roch ich sein Aftershave. *Old Spice*, er badete darin, weil er der Überzeugung war, dass viele seiner Altersgenossen nach Pisse, Schweiß, Tod und Medikamenten stanken, und er auf keinen Fall mit diesem »Verwesungsgeruch« herumlaufen wollte.

»Zombies sind das«, schimpfte er immer. »Stinkende Zombies.«

»Danke«, sagte ich nach einem weiteren Zug. Meine Stimmbänder beließen es bei einem gurgelnden Laut, der in meinem Hals entstand und wohl nicht nach außen drang. Hätte mir Johannson auf den Rücken geklopft, hätte ich wahrscheinlich ein zufriedenes Bäuerchen gemacht.

»Jetzt ist genug«, sagte er.

Das ist nicht fair. Ich hab ein Recht darauf, stoned zu sein! Nur noch einen Zug, bitte.

Mein Flehen wurde erhört, und unter meiner Schädeldecke breitete sich eine blühende Wiese aus, die voller schöner Erinnerungen war. Wieder hörte ich das Knistern des glimmenden Tabaks unnatürlich laut, gefolgt von Johannsons erleichtertem Schnauben. Er schnaubte beim Kiffen, manchmal furzte er auch, wenn er Kohlsuppe gegessen hatte. Er behauptete, mit seinen Fürzen Außerirdische anlocken zu können. Den Beweis war er mir bis heute schuldig geblieben.

Nicht aufhören. Bitte. Ich konnte meine Gedanken nicht hörbar machen. Sie wurden nach innen umgeleitet, als würde ich gegen Panzerglas sprechen. Aber ich wollte nicht undankbar sein. Ich hatte mein Basislager verlassen und befand mich auf dem Weg zum Gipfel, zur Sonne, zur Freiheit. Schritt für Schritt, wie mein Opa immer sagte, Schritt für Schritt.

Der Joint und der schnaubende Johannson verschwanden aus meinem Blick- und Hörfeld, der Geschmack in meinem Mund blieb. Trockenheit breitete sich aus. Meine Ohren fielen zu. Rosa Rauschen überlagerte alle Zweifel an meiner Rückkehr. Ich wurde wieder nach hinten gekippt. Meine Augenlider öffneten sich wie bei einer Puppe, und ich blickte in einen grandiosen Star-Wars-Sternenhimmel, der im Sekundentakt von Sternschnuppen durchzogen wurde. Lange Schweife, wie Feuerwerksraketen, nur ohne dämlichen Glitzerregen. So viele Wünsche hatte kein Mensch, wie da Sternschnuppen über meinem Haupt verglühten. Ich hatte eigentlich nur zwei. Ich wollte aufwachen und mit einer kleinen Kurskorrektur wieder sein wie früher. Ich wollte lieben und geliebt werden. Ich hatte den Ring von Miras Vater gefunden. Eine wärmende Erinnerung. Auf dem Golfplatz hatte ich ihn gefunden, bei Sonnenschein. Rote Haare, ein Flattern im Wind, die dritte Chance, die ich versaut hatte. Wo war der verdammte Ring? Lag er noch immer im Sand? Hatte ich ihn losgelassen, nachdem mich der Golfball getroffen hatte? Mira würde mich dafür lieben, für den Ring, zumindest für einen Moment, und dieser Moment würde mir fürs Erste genügen.

Sie war damals völlig verzweifelt gewesen, als sie den Ring verloren hatte. Seit dem Tod ihres Vaters hatte sie ihn an einem feinen Lederband um den Hals getragen. Nie offen, sondern immer unter T-Shirts und Pullis und Blusen, damit keiner Fragen stellte. Tagelang hatten Mathis und ich den Grund des Weihers durchforstet. Ohne Erfolg. Seither hoffte ich bei jedem Tauchgang, den Ring zu finden. Nicht nur, um sie glücklich zu machen, sondern weil ich mir vorstellte, dass sie den Überbringer des Rings lieben würde, mich lieben würde. Wie in einem verdammten Märchen mit großartigem Happy End, mit Freudentränen und Küssen und dem Versprechen zusammenzubleiben.

Für immer.

MIRA

Als sich unsere Lippen voneinander lösten, war Gregor eingeschlafen. Johannson musste reingegangen sein. Seine Schuhe standen vor der Tür. Hatte er den Kuss mitbekommen? Und wenn schon, dachte ich. Er wusste, was es hieß, verliebt zu sein, und es hatte sich richtig angefühlt. Obwohl Gregor dabei gewesen war, hatte es sich richtig angefühlt und verdammt gut. Ja, Mathis konnte verdammt gut küssen.

In meinem Kopf gab es im Augenblick nur Glück und angenehme Leere. Gregor schien zu lächeln. Ich gab ihm einen Kuss auf die Stirn.

Von drinnen kam Musik. Orgelspiel. Der Anfang klang nach Bach, dann setzten Schlagzeug und Stimme ein. Neben mir fing Mathis an, mitzusummen. Ich versuchte aufzustehen.

Unsichtbare Kräfte zogen mich in alle Himmelsrichtungen. Erst jetzt spürte ich, wie stark das Zeug war, und überlegte, wie es ich anfühlen würde, in dem Zustand Cello zu spielen. In Gedanken jedenfalls ging es total easy. Vielleicht sollte ich was von dem Grasvorrat abzweigen. Die Nervosität vor jedem Vorspiel war ja kaum auszuhalten und wahrscheinlich reichten schon ein, zwei Züge, um runterzukommen.

Endlich schaffte ich es, aufzustehen. Der Boden war weich wie Moos. Meine Zehen suchten Halt.

»Du darfst mich nicht verlassen«, jammerte Mathis mit geschlossenen Augen.

»Bin gleich wieder da. Muss nur kurz für kleine Mädchen.« Ich schaute Richtung Terrassentür und überlegte, wo ich mich überall auf der Abenteuerreise zum Klo abstützen konnte. Rollstuhllehne, Tisch, Türrahmen, Wohnzimmertisch, Sideboard und dann immer der Nase nach.

Mathis blinzelte mich selig an. »Bekomm ich wenigstens noch einen Kuss, bevor du mich an diesem kühlen Ort zurücklässt?«

»Davon wird man aber süchtig.«

»Das Risiko würde ich eingehen.«

Ich beugte mich zu ihm hinunter und gab ihm einen langen Kuss. Die Welt drehte sich, aber meine Gedanken blieben in diesem Augenblick, und das war wunderschön.

VIERTER TEIL

13

Der verschüttete Poet. Greys Anatomy. Und die Brücke zum Bewusstsein.

GREGOR

Ich war im Krankenhaus, das sagte mir meine Nase. Der Geruch, ein bisschen schärfer als harmlos. Also kein Notfall. Kein Grund zur Panik. Dass ich hier war, hatte nichts mit dem Joint zu tun. Ich befand mich in einem grellweißen Zimmer mit einer flackernden Neonröhre und glänzendem Boden, der von quietschenden Plastiksohlen gekitzelt wurde. Ich erinnerte mich daran, dass Frank von dem Ausflug gesprochen hatte. »Diese Woche geht es wieder in die Röhre.« Das waren seine Worte gewesen, nachdem der schmierige Moderator den Splitter aus meiner Schaltzentrale gezogen hatte.

Die Röhre war ein großer Apparat mit einer kreisrunden Öffnung. Details wie Knöpfe und LEDs verschwammen, weil ich keine Brille aufhatte. Gleich würde man mein Gehirn durchleuchten, digitalisieren und in Scheiben schneiden. Der Feind war der Splitter, der Stachel, der dunkle Herrscher über Leben und Tod, Wahnsinn und Wirklichkeit. Aber er konnte auch der Schalter zu meiner Rückkehr sein, das hatte ich nicht vergessen. Ich war noch verstrahlt von dem gestrigen Kollektiv-Rausch, und die Welt erschien in einem hellen weichen Licht, das sich wie ein Seidentuch an meine Haut schmiegte. Meine Pupillen arbeiteten daran, die Lichtzufuhr auf normal zu drosseln und den Kontrast zu erhöhen. Von allen Seiten schoben sich kräftige Hände unter meinen Körper und brachten mich zum Schweben. Ich wurde umgelagert.

Plötzlich sah ich Miras Gesicht leicht verschwommen hinter einer Scheibe. Nur für ein, zwei Sekunden, aber lange genug, um zu erkennen, dass sie meinen Optimismus nicht teilte. Sie sah erschöpft aus. Ein paar Engelslocken baumelten wirr vor dem linken Auge. Mein Herz beschleunigte von null auf hundert, und mein Gehirn wurde mit einer Überdosis Sauerstoff geflutet, was seltsame Gedankenspiele an die Oberfläche spülte. Treibgut eines verschütteten Poeten.

Liebe ist der Unterschied zwischen Existenz und Leben, schoss es mir durch den Kopf.

Angst das Gegenteil von Zukunft.

Freude die Steigerung von Gewohnheit.

Und Leben das Ende der Vernunft.

Ich war Dichter, Philosoph, Wortverdreher in einer Person.

Der Ring, der Ring.

Sie wird dich lieben.

Der Ring, der Ring.

Bringt dich ans Ziel.

Das klang wie der alberne Zauberspruch aus einem Märchen, vielleicht aus Hexe Lilli oder so.

In ihrer kurzen, aber intensiven Kleinmädchenphase war uns Mira damit auf die Nerven gegangen.

Ich war wirklich erstaunt, was sich in meinem Oberstübchen abspielte. In diesen Sekunden fügten sich Worte zusammen, wie bei einem Slam-Poeten auf Speed. Schneller als der Schall.

Nach ein paar Minuten war der Spuk vorbei, zwar hatte ich jetzt Kopfschmerzen, die aufkeimende Panik aber war verschwunden. Man brachte meinen Körper in die richtige Position für die Maschine. Noch einmal erhaschte ich einen Blick auf Mira.

Sie hatte sich keinen Millimeter vom Fleck bewegt. Blass wie ein Geist stand sie da, eine edle Porzellanpuppe mit großen Klimperaugen. Die wilden roten Locken ein flirrender Kontrast zu ihrer weißen Haut. Angst? War das in ihren Augen Angst? Aber wovor fürchtete sie sich? Ich war doch da, mehr als in den ganzen letzten Wochen, die ich in einer Grauzone zwischen Wachen und Träumen verbracht hatte. Seit gestern, seit dem Braten-Debakel (ich hoffte, dass es wirklich gestern gewesen war und durch den Rausch keine Tage unter die Räder gekommen waren), spürte ich Arme und Beine und erinnerte mich daran, wie Mira meine Hand gehalten hatte, während ich Sternschnuppen zählte und ihr in einer stummen Generalprobe meine Liebe gestand.

Unbemerkt für die Leute da draußen, hatte ich die letzte Stufe erreicht. Bald würde ich die Kuppel durchbrechen und zurückkehren. Da war ich mir sicher. Ein Signal, ich musste ein Signal aussenden. Irgendein Lebenszeichen, bevor man mich aufgrund geringer Erfolgsaussichten zur Organspende freigab oder in ein Heim abschob, wo es mehr von meiner Sorte gab. Ich war E.T., der nach Hause telefonieren wollte. Nur hatte ich keinen Sender, keine Apparatur, mit der ich meinen Willen verstärken und hörbar machen konnte. Ich selbst war der Sender. Mein Körper. Die Neuronen in meinem Kopf. Ich musste ein Feuerwerk abbrennen. Ein Lebenszeichen. Das musste ich hinkriegen. Jetzt musste ich das hinkriegen! Obwohl ich wusste, was auf dem Spiel stand, war ich wieder gelassen bis in die Zehenspitzen, als hätte man in meinem Kopf einen Schalter umgelegt.

»Wie können Sie so ruhig bleiben?«, fragte Dr. Watson.

Ich zuckte mit den Achseln. »Es geht mir gut. Ich werde geliebt. Und ich weiß, dass ich hier rauskomme. Mehr brauche ich nicht.«

Ich war eigentlich nicht pathetisch veranlagt, aber wenn es doch einen Gott gab oder so was wie eine fünfte Dimension, die all das zusammenhielt, dann schenkte mir dieses Etwas nun die Kraft und die Zuversicht, an meine Rückkehr zu glauben, und die Stärke, dafür zu kämpfen. Sollte ich tatsächlich der Held einer Serie sein, die von Außerirdischen mit gigantischen Fernrohren verfolgt wurde, dann hatte ich noch jede Menge Abenteuer zu bestehen. Fünf, sechs Staffeln, jede Menge Cliffhanger und überraschende Wendungen, damit die grünen Männchen ein Abo buchten und ich meinem Vater ein amtliches Labor mit allem Drum und Dran einrichten konnte.

Jetzt versperrte mir das rundliche Gesicht der Krankenschwester die Sicht. Sie legte mir einen Zugang und sagte in kindlichem Tonfall: »Nur ein kleiner Pieks.«

Aber Schmerz war ein gutes Gefühl. Schmerz bedeutete Leben. Endlich kapierte ich, warum sich manche Leute die Arme aufritzten: Sie wollten leben. Ich spürte das unangenehme Kratzen der Windel an den Innenseiten meiner Schenkel. Wenn ich wieder im Stehen pinkeln konnte, würde ich drei Kreuze machen.

Mein medizinisches Wissen beschränkte sich auf mehrere Staffeln *Greys Anatomy* und *Dr. House*. Aber wie viel Wahrheit steckte in diesen Serien und woran genau konnte ich mich erinnern? CT, MRT, davon hatte ich schon gehört. Wieder dachte ich an den Fernsehmoderator. Er bohrte sich mit seinen Spinnenfingern in meine Schaltzentrale, holte einen kleinen Klumpen heraus und hielt ihn in die Kamera: »Das hier ist die Seele des Jungen. Kein besonders tolles Exemplar, wie man an den ausgefransten Seitenrändern erkennen kann. Aber das können wir ändern.«

Tagträume sind die Vorstufe zu echten Träumen. Müdigkeit die Vorstufe zu Schlaf. Aber ich durfte jetzt nicht einpennen, auch wenn ich schon wieder müde wurde. Bevor der Moderator weiterredete, verpasste ich ihm in Gedanken einen Faustschlag. Das tat gut.

Ich war wieder im Bilde beziehungsweise in dem Raum mit der Neonröhre über mir, die wie in einem Horrorfilm flackerte. Der penetrante Geruch des Alkoholtupfers stieg mir in die Nase. Zum ersten Mal erkannte ich einen Vorteil an unangenehmen Gerüchen: Sie hielten einen wach.

MIRA

Die Tür zum Kontrollraum schloss sich mit einem dumpfen Klacken. Ich rieb mir mit den Händen über die Arme. Ein paar Grad mehr hier drin hätten nicht geschadet. Drüben bei Gregor war es deutlich wärmer, aber ich hatte Mathis den Vortritt gelassen, schließlich war er sein Bruder, und außerdem wollte ich kurz für mich alleine sein.

Durch das Oberlicht sah man dicke Schneeflocken, die vom Wind umhergewirbelt wurden und schon den äußeren Rand der Scheibe bedeckten. Ich hatte keine Lust auf Winter, Kälte und Dunkelheit. Ich wusste momentan nicht, wozu ich überhaupt Lust hatte.

Der gestrige Abend hatte alles verändert. Ich war durcheinander. Ich hörte in mich hinein und suchte nach Antworten. Fakt war, dass ich mit Mathis rumgeknutscht hatte.

Das war schön gewesen, passend zur Stimmung. Die Sache hatte nur einen Haken: Während das passiert war, hatte ich Gregors Hand gehalten, und erst dadurch war der Augenblick vollkommen gewesen. Dessen war ich mir sicher, nachdem ich die halbe Nacht wach gelegen hatte.

Liebte ich etwa Mathis? Oder war ich verliebt? Liebte ich Gregor? Liebte ich beide oder keinen?

Fest stand, dass ich ein schlechtes Gewissen hatte. Gregor gegenüber hatte ich ein schlechtes Gewissen. Und dann hatte mir Mathis heute Morgen auch noch diese lange SMS geschickt. *Er* meinte es ernst. Für ihn war der Kuss kein Ausrutscher gewesen. Jetzt, zehn Stunden später, wusste ich nicht mehr, was richtig war und was falsch, welche Rolle Mathis in meinem Leben spielte und welche Gregor, und dieses Gefühl war beschissen. Fragen, die gestern Abend noch nicht existiert hatten, türmten sich nun zu einer meterhohen Welle auf, die kurz davor stand, über mir zusammenzuschlagen.

Wie bekam Mathis es überhaupt hin, so schnell umzuswitchen? Wie lange war die Trennung von Hannah jetzt her? Zehn Tage, eine Woche oder noch kürzer? Konnte man seinen Kompass wirklich so schnell neu ausrichten? Je länger ich über die Situation nachdachte, desto elender fühlte ich mich. Auf keinen Fall wollte ich Mathis verletzen, aber was war mit Gregor? Hätte man mich jetzt in die Röhre gesteckt, wären mit Sicherheit alle Sicherungen durchgebrannt. Ich hätte nicht mitkommen sollen. Das war ein Fehler.

Durch die Scheibe beobachtete ich, wie Gregor für die Untersuchung vorbereitet wurde. Ja, verdammt. Ich liebte auch ihn! Und nicht erst seit gestern Abend, sondern seit Wochen. Jedes Mal, wenn ich ihm vor dem Schlafengehen einen Kuss auf die Stirn gab, manchmal auch einen zweiten, wenn er mich traurig anschaute, spürte ich dieses Kribbeln im Magen. Und dieses Gefühl ließ sich beim besten Willen nicht mit Mitleid erklären. Ich wollte mit ihm alleine sein, wenn ich »bis später im Traum« sagte und ihn auf die Stirn küsste. Keiner sollte dabei zusehen. Keiner.

Das Chaos war perfekt. Gregor war wieder zurück. Zurück in meinem Leben. Und das, obwohl er nur stumm dalag und das vielleicht immer so bleiben würde.

Jetzt waren Esther und Mathis drüben bei ihm. Esther und Frank hatten keine Ahnung, was gestern passiert war. Die beiden waren erst aufgetaucht, nachdem unsere kleine Party vorbei war. Das hätte noch gefehlt. Mathis und ich knutschend, Johannson bekifft und betrunken und Gregor nuckelnd an einem Joint.

Mathis nickte mir verstohlen zu, als ihm Esther den Rücken zudrehte. Ich hätte mich am liebsten in Luft aufgelöst. Wie sollte ich ihm erklären, was mit mir los war, ohne ihn zu verletzen? Ich wusste es nicht. Ich hatte nicht die leiseste Ahnung, wie ich ihm mein Gefühlschaos erklären sollte.

Esther zog Gregor vorsichtig den Pulli über den Kopf. Ich schloss die Augen, weil ich nicht sehen wollte, wie die Schwester die Plastikkanüle in Gregors Vene schob. Über einen dünnen Schlauch bekam er während der Untersuchung in der Röhre ein Kontrastmittel. Hoffentlich hatte Mathis recht und die paar Züge, die Gregor inhaliert hatte, hatten keine Spuren hinterlassen.

Als ich die Augen wieder aufmachte, hatte sich der Ausdruck auf Gregors Gesicht kaum verändert. Vielleicht sah er ein bisschen entspannter aus, aber das konnte ich mir auch nur einbilden. Offensichtlich hatte er den Einstich nicht gespürt. Aber meine Hand, die hatte er gestern Abend vielleicht gespürt. Vielleicht wusste er, dass ich da war und immer für ihn da sein würde, egal, ob er aufwachte oder nicht. Ich würde bei ihm bleiben, und zwar nicht nur wegen des Schwurs, sondern weil wir miteinander verbunden waren.

Gregor blinzelte träge. Fast hatte ich den Eindruck, er würde in meine Richtung schauen. Hoffentlich schlief er nicht ein. Wenn er träumte, konnte man aus den Aktivitäten keine sicheren Schlüsse ziehen. So lautete zumindest meine Theorie.

Sein Kopf wurde fixiert. Noch lief über die Monitore im Kontrollraum ein Bildschirmschoner, der wie ein alter Filmstreifen aussah. Die Simpsons lachten einem mit aufgerissenen Mündern entgegen. Wahrscheinlich musste man sich ein dickes Fell zulegen, wenn man hier arbeitete. Bestimmt entdeckten die Apparate jeden Tag Krebsgeschwüre. In Gregors Fall bedeutete die Farbe Rot Leben und nicht die Entdeckung eines Tumors, wie bei meinem Vater. Das hatte Mathis vorhin im Auto noch mal erklärt. Natürlich war diese Information hauptsächlich für mich bestimmt gewesen. Aber ich nahm ihm seine Fürsorge nicht übel. Er machte sich immer um alles und jeden Gedanken. Besser als meine beiden Exfreunde, die immer ihr eigenes Süppchen gekocht hatten.

»Alles okay?« Die Frau mit der Zahnlücke bot mir einen Stuhl an. Für eine Ärztin sah sie verdammt jung aus. Ich lehnte ab, war viel zu aufgeregt. »Geht gleich wieder«, sagte ich. »Ist nur der Temperaturunterschied.«

»Soll am Wochenende noch kälter werden.« Die Radiologin deutete mit dem Kopf zu Gregor. »Bist du seine Freundin oder die seines Bruders?«

Die Frau konnte Gedanken lesen. »Ich ... ich bin die Freundin seines Bruders«, stammelte ich und hatte das Gefühl, rot anzulaufen. Bevor der Moment vielleicht noch unangenehmer geworden wäre, öffnete sich die Schiebetür. Esther und die Krankenschwester traten ein, gefolgt von Mathis und dem Arzt. Mathis hielt einen dampfenden Kaffeebecher in der Hand, was ihm einen mahnenden Blick der Radiologin einbrachte. Das Schild mit dem Hinweis, dass hier keine Getränke erlaubt waren, war ja kaum zu übersehen. Er trug ein weißes Hemd, das locker über der Hose hing. Ich lächelte ihm zu. Und wenn es doch er war, den ich liebte? Was dann? Was, wenn die Gefühle für Gregor nur mit seiner Situation zusammenhingen und ich ihn in Wahrheit als besten Freund, als Vertrauten zurückhaben wollte?

Ein anschwellendes Brummen drang von Gregors Seite herüber. Der Apparat schien ihn mit Haut und Haaren zu verschlingen. Wir starrten gebannt auf die Monitore. Gregors Gehirn erschien als eine Serie von Querschnitten. Esther setzte sich auf den Stuhl. Vielleicht wäre es doch besser gewesen, zu sagen, dass Gregor gekifft hatte. Aber jetzt war es zu spät. Ich stellte mir vor, wie bestimmte Hirnregionen flammend rot aufleuchteten und ein Alarm losging. Ein mehrmaliges Piepsen kündigte den Start des Scanvorgangs an. Die Stunde der Wahrheit.

GREGOR

Ich bin auf dem Weg zurück zu euch.

Tatsächlich brachte ich einen winzigen Laut zustande, der wie das mitleidige Gurren einer Taube klang, deren bester Freund gerade unter die Räder gekommen war.

Meine Hoffnung galt der modernen Medizintechnik. Es war das erste Mal, dass ich die Untersuchung im CT mitbekam.

Wie gesagt: Dank meiner Vorliebe für Fernsehserien und den Videos, die mir mein Vater gezeigt hatte, hatte ich eine ungefähre Vorstellung davon, was gerade passierte. Mein Kopf wurde gewissermaßen von allen Seiten durchleuchtet. Aber die Müdigkeit, diese verdammte Müdigkeit nagte plötzlich mit Gewalt an meinem Bewusstsein.

Nicht die Augen schließen, dachte ich. Bitte nicht. Es war ein aussichtsloser Kampf. Ich musste wenigstens noch ein paar Minuten durchhalten, sonst würden sie nicht sehen, dass ich da war. Vielleicht half es, wenn ich meine Gedanken auf eine einzige Sache konzentrierte, obwohl Konzentration nicht zu meinen Stärken gehörte. Vielleicht fiel es den Apparaten leichter, einen einzelnen Funken zu entdecken als ein diffuses Glimmen.

Also dachte ich an meinen großen Traum. Es war ein wiederkehrender Traum. Ich musste ihn schon an die tausend Mal geträumt haben. Mira und ich, wie wir mit dem VW-Bus bei Sonnenschein an Lavendel- und Sonnenblumenfeldern vorbeifuhren. Den Fahrtwind im Gesicht, die Freiheit auf der Straße. Ich weiß, dass es ein kitschiges Bild ist, die Straße, die blühenden Felder, Mira in meinen Armen, aber manchmal ist Kitsch die einzige Währung, gegen die man sein zielloses Leben eintauschen möchte.

Plötzlich wurde mir entsetzlich heiß. Dort, wo die Nadel in meine Haut stach, pumpte man flüssige Lava in meine Vene, so fühlte sich das an. Aber wie gesagt, Schmerz war Leben, also biss ich die Zähne zusammen, bis das Brennen nachließ. Dann konzentrierte ich mich wieder auf meinen Tagtraum. Die heiße Luft flimmerte über dem Asphalt, so warm war es. Mira lachte mir zu. Ihre roten Haare schlugen Wellen in der Luft. Lavendelduft benebelte mir den Geist. Es fühlte sich so echt an. So unglaublich echt. Ich bemerkte gar nicht, dass ich dabei war, wegzudösen. Mira legte ihren Kopf auf meine Schulter. Ihre Locken kitzelten an meinem Hals. Aus dem Lautsprecher am Armaturenbrett zwängte sich Jim Morrison (der Held meines Vaters) als Miniaturausgabe nach draußen. Er machte eine anzügliche Hüftbewegung und fasste sich in den Schritt. Ich hörte ekstatisches Kreischen aus tausend Mädchenkehlen, dann begann er zu singen. »Come on baby light my fire. Try to set the night on fire.« Aus seinen geröteten Augen sprühte der unstillbare Durst nach Erkenntnis, Leben und Liebe. Hätte mir jemand angeboten, für immer in diesem Traum zu bleiben – ich hätte eingewilligt. Vielleicht sind unsere Träume genauso wirklich wie die Wirklichkeit selbst. Vielleicht kann ein schlechtes Leben durch schöne Träume zu einem besseren werden. Vielleicht ist es unsere Entscheidung, wo unsere Seele leben soll. Wir müssen uns nur trauen.

MIRA

»Merkwürdig«, sagte Dr. Arnold. Er bat die Radiologin, den vorderen Teil des Gehirns zu vergrößern. In einigen Bereichen hatte die Farbe von Orange zu Rot gewechselt. Zum Vergleich zeigte der zweite Monitor die Aufnahme vom letzten Mal. Dort dominierten die Farben Blau und Grün.

Hatte Mathis sich getäuscht? Konnte das der Joint gewesen sein? Er warf mir einen unsicheren Blick zu. Trat jetzt Plan B in Kraft? War es Zeit für ein Geständnis?

»Das ist wirklich merkwürdig«, wiederholte der Arzt. »Die Aktivitäten haben sich signifikant verändert.« Er wandte sich zu uns. »Ist nach dem Zwischenfall mit dem Kater noch etwas passiert?«

»Nein«, sagte Esther ängstlich. »Das hätten wir doch in die Listen eingetragen.« Sie blickte Mathis und mich an, wir nickten. »Ist was mit dem Splitter? Hat er sich bewegt? Muss er operiert werden?«

Das Herz rutschte mir in die Hose.

»Kein Grund zur Beunruhigung«, sagte der Arzt. »Die Veränderung ist eher positiver Natur.« Er wechselte einen Blick mit der Radiologin, die mit dem Kopf zu einem Schaubild mit ansteigenden Kurven deutete.

»Es gab da einen kleinen Zwischenfall«, meldete sich Mathis zu Wort. Sofort waren alle Augen auf ihn gerichtet. »Gregors Reflexe funktionieren ja schon ziemlich gut und ...«

»Was ist passiert?«, schnitt ihm Esther das Wort ab. »Hat Frank wieder die Medikamente verwechselt?« Sie verdrehte die Augen.

»Nein.«

»Sondern?«

»Gregor hat gestern gekifft. Zusammen mit mir.«

Esther schnappte nach Luft. Sie blinzelte, als könnte sie nicht glauben, was sie soeben gehört hatte. »Gregor hat was? Gekifft? Du und Gregor, ihr habt zusammen gekifft? Hab ich das richtig verstanden?« Sie schüttelte fassungslos den Kopf. Ich machte einen Schritt nach vorne, griff nach seiner Hand und sagte laut und deutlich: »*Wir* haben zusammen mit Gregor gekifft.« Johannson außen vor zu lassen war okay, aber mich musste Mathis nicht in Schutz nehmen.

Esther sah uns beide mit einer Mischung aus Wut und Verwunderung an. Ich weiß nicht, warum ich nach Mathis' Hand gegriffen hatte, aber es fühlte sich richtig an. Wir würden es langsam angehen lassen. Auch wenn das Kribbeln nicht mehr so stark war wie gestern Abend, fühlte es sich gut an, als er mir wie zum Trotz gegen Esthers Kopfschütteln einen Kuss gab. »Wie kommt man auf so eine bescheuerte Idee?«, sagte sie. »Die Krankenkasse macht doch jetzt schon wegen jeder Kleinigkeit Ärger. Die werden uns sämtliche Leistungen streichen, wenn das rauskommt.«

»Wegen mir ...«, setzte der Arzt an und schaute zur Radiologin. »Ich korrigiere: Wegen *uns* müssen Sie sich deshalb keine Sorgen machen. Das fällt gewissermaßen unter die ärztliche Schweigepflicht.«

»Das war meine Idee«, sagte ich.

»Quatsch!« Mathis kniff die Augen zusammen. »Ich hab das Gras mitgebracht!«

Esther schüttelte ungläubig den Kopf. »Ist ja wie früher, wenn ihr was ausgefressen hattet.« Sie musterte Mathis, als wäre es unvorstellbar, dass er kiffte. »Gerade von dir hätte ich mehr Verantwortung erwartet. Du bist doch sonst nicht so ...« Sie suchte nach dem richtigen Wort.

»Locker«, kam es von Mathis. Ich wunderte mich über den bissigen Unterton. »Da hast du wohl recht. War ja eher Gregors Rolle, zu experimentieren.«

Der Arzt klickte mit dem Kugelschreiber. »Bevor Sie einen Streit vom Zaun brechen, würde ich Ihnen gerne erklären, was dieses *Experiment* bewirkt hat. Wie es aussieht, hat der Joint das prozedurale Gedächtnis stimuliert.«

»Und das bedeutet was?«, schnaubte Esther.

»Dass der kleine Rausch Ihrem Sohn gut bekommen ist.« Er grinste kurz. Als Esther nicht auf den Witz reagierte, wurde er wieder ernst. »Vereinfacht gesagt, beschäftigt sich dieser Teil des Gehirns mit Fertigkeiten, die man wiederholt ausführt, um sie zu behalten. Radfahren, ein Instrument spielen, gehen und so weiter. Durch Wiederholungen werden dafür

Nervenbahnen angelegt. Geht der Zugriff darauf verloren, verschwinden jedoch auch die Fähigkeiten.«

»Was heißt das jetzt für Gregor?«, fragte Esther ungeduldig.

Die Radiologin drehte den Bildschirm. »Sehen Sie diesen Bereich hier vorne.« Sie tippte auf eine längliche Insel in der Mitte von Gregors Gehirn. »Hier wird die willentliche Bewegung der Motorik Ihres Sohnes gesteuert. Und wie Sie sehen können, gibt es da im Augenblick einiges an Aktivität.«

Mathis beugte sich vor. »Heißt das, Gregor könnte auf dem Weg zurück sein?«

Der Arzt nickte lächelnd. »Könnte sein, dass es bald richtig viele Punkte gibt, wenn es ihm gelingt, die Schranke nach draußen zu durchbrechen.«

Esther schlug die Hand vor den Mund, ließ sich auf den freien Stuhl sinken und begann unvermittelt zu weinen. Ich hätte am liebsten mitgeweint. Gregor war auf dem Weg zurück! Ich fiel Mathis um den Hals. Ich hätte schreien können vor Glück.

Nachdem wir uns alle wieder beruhigt hatten, erklärte der Arzt im Detail, wie sich Gregors Zustand seit der letzten Untersuchung verändert hatte. »Sehen Sie.« Er zoomte eine ausgefranste Insel heran. »Diese Aufnahme sieht ein bisschen aus wie bei einem Menschen mit Spielsucht.«

Esther wischte sich die Tränen aus dem Gesicht. »Und das ist gut?«

»Ja«, sagte die Radiologin und reichte ihr ein Taschentuch. »Bei Menschen mit Spielsucht aktiviert sich dieser Bereich überdurchschnittlich stark, wenn man ihnen einen Gewinn in Aussicht stellt.«

»Oder die Rückkehr«, murmelte ich vor mich hin.

Sie nickte. »Oder die Rückkehr.«

»Sind die Erwartungen des Spielers jedoch zu hoch«, übernahm Dr. Arnold wieder, »das heißt, fixieren wir uns zu sehr auf dieses eine Ziel, kann es passieren, dass wir verkrampfen und im schlimmsten Fall eine Angst entwickeln.« Er zeigte auf einen gelben Fleck. »Jetzt scheint es einen Moment der Angst zu geben. Dafür ist der sogenannte Mandelkern zuständig.« Kaum hatte er das gesagt, war der Fleck auch schon wieder verschwunden.

»Das heißt, Gregor ist im Augenblick glücklich und unglücklich und hat Angst?«, fragte Esther.

»Ich weiß, wie merkwürdig das klingt. Aber Emotionen in Reinform gibt es nur selten auf *natürlichem* Wege.« Arnold grinste. »Sobald wir das Glück erkennen, haben wir Angst, es zu verlieren. Das ist Teil unseres Menschseins. Und bei Gregor ist dieser Wechsel im Augenblick ungewöhnlich schnell.«

»Aber ist das dann nicht schrecklich für ihn«, fragte Esther. »Dieses ständige Hin und Her?«

Der Arzt zuckte die Schultern. »Vielleicht, vielleicht auch nicht. Das sind alles nur Bilder, mehr nicht. Jedenfalls spricht sehr viel dafür, dass wir die Zeit des Stillstands hinter uns haben. Sie können den beiden jungen Leuten also dankbar sein. Solche außergewöhnlichen Experimente sind uns ja nur unter größten Auflagen gestattet.« Er zuckte mit den Achseln. »Der Ethikrat.« Er schaute mich an. »Ist es eigentlich still gewesen, als Sie gekifft haben?«

»Am Anfang schon. Später haben wir Musik gehört. Ziemlich laut.«

Der Arzt machte sich Notizen.

»Welche Art von Musik?«

»Rockmusik. Vor allem The Doors.«

»Das passt ja wie die Faust aufs Auge. The Doors of Perception. Die Pforten der Wahrnehmung. Hat Gregor irgendwie auf die Musik reagiert?«

Ich schaute zu Mathis. Er zuckte die Achseln. »Kann sein, dass er etwas schneller geatmet hat.«

»Bitte nicht«, seufzte die Radiologin.

»Was ist?«, fragte Esther erschrocken.

Die Frau zeigte auf den Querschnitt. Die beiden roten Inseln verblassten. »Ihr Sohn ist soeben eingeschlafen.«

GREGOR

Ich wurde von einem Rütteln aufgeweckt. Man hatte vergessen, meinen Kopf zu fixieren. Jetzt wackelte er wie bei den Marionetten der Augsburger Puppenkiste, wenn sie durch die Gegend dackelten. Das Brummen um mich herum war verschwunden und mit ihm die Wärme und der Druck auf der Blase. Bei Letzterem wollte ich mir lieber keine Gedanken über die Ursache machen. Ich hasste es, wenn Mathis meine Windeln wechselte und mich einpuderte. Hoffentlich ging der Splitter nicht auf Reisen. Bei dem, was ich die letzten Wochen durchgemacht hatte, wäre es eine fiese Wendung gewesen, wegen so was ins Gras zu beißen.

Die nächsten Minuten redete ich wie ein wahnsinniger Prediger auf meine Augen ein. Ich wollte schon aufgeben, da öffneten sie sich einen winzigen Spaltweit. Ein weiterer Etappensieg, bisher hatten sie die Kooperation verweigert.

Ich war nicht mehr im Krankenhaus. Ich lag in einem Krankentransporter, zugeschnürt wie ein Paket. Hier drin roch es so extrem nach Desinfektionsmitteln, als hätte jemand einen

Eimer verschüttet. Ich versuchte, durch den Mund zu atmen, was zu meiner Überraschung auf Anhieb funktionierte.

Man hatte das Kopfteil meiner Liege schräg gestellt. Der Hinterkopf des Fahrers zeichnete sich als Schatten hinter der Scheibe ab.

Meine Augen brauchten ein paar Minuten, bis sie sich an die neuen Lichtverhältnisse gewöhnt hatten. Ich trug dicke Socken, hatte aber trotzdem kalte Füße. Das war mies. Noch mieser war jedoch die Tatsache, dass ich in der Röhre eingeschlafen war und dadurch die Chance verpasst hatte, ein Signal an die Außenwelt abzugeben. Meine Mission war gescheitert.

Ich versuchte, in einen Traum mit Mira zurückzukehren, um zu sehen, ob ich das mit dem Ring wenigstens in dieser Dimension hinbekam, aber das Gerüttel und Gerumpel machten es unmöglich, mich zu konzentrieren, und das Radio spielte *Last Christmas*, was mich daran erinnerte, wie viel Zeit seit dem Umfall vergangen war.

Der Fahrer drehte die Musik leiser und ging an sein Handy. »Die Kinder kommen aber besser mit meinen Eltern klar ... Nein, das liegt nicht an den Geschenken ... sie ... sie haben einfach einen guten Draht zu Kindern ... So hab ich das nicht gemeint. Ich wollte damit nur sagen ... (Pause) Bei uns zu Hause? Alle gemeinsam. Ähm, meinst du nicht, dass das etwas eng werden könnte? ... Nein, damit will ich nicht sagen, dass deine Eltern uncool sind.«

Der Mann legte auf. Ich starrte durch den schmalen Spalt des ungefrosteten Glases nach draußen, sah Schneeflocken zwischen Himmel und Beton auf die Erde rieseln und sehnte mich danach, Mira bald wiederzusehen, mit ihr und meiner Familie Weihnachten zu feiern. Ich schlief ein.

Tage.

Nächte.

Tagträume.

Richtige Träume.

Mein Gesicht im Spiegel.

Meine Hände in Miras Händen.

Mein Bruder, der mir vorlas.

Mein Vater, der seine neuen Formeln präsentierte.

Meine Mutter, die mich liebevoll umarmte.

Und Irma, wie sie mit mir spazieren ging und mir Schnee an die Wange hielt.

Und immer wieder mein Atem. Immer wieder mein Herz, das mir bis zum Hals schlug. Immer wieder so etwas wie Liebe. Ein Gefühl, das mich durch alle Dimensionen meines Bewusstseins trug.

»Du musst mir zuhören.« Mit diesen Worten wurde ich eines Abends geweckt. Ich lag in meinem Zimmer. Hinter den Vorhängen war es dunkel. Das rote Nachtlicht neben der Tür verbreitete einen dünnen Schleier. Der bittere Geschmack in meinem Mund sagte mir, dass ich mein Schlafmittel erst vor kurzem bekommen hatte.

»Ich weiß nicht, was ich tun soll ...«, redete die Stimme weiter.

Ich hörte ein Schleifen. Jemand zog einen Stuhl heran. »Ich kann ihr doch nicht sagen, was passiert ist. Jetzt nicht. Niemals. Ich hab das nicht gewollt.«

Entweder handelte es sich um meinen Vater oder um meinen Bruder. Am Telefon klangen ihre Stimmen sehr ähnlich, flüsternd waren sie kaum zu unterscheiden. Ich fühlte mich wie ein Pfarrer im Beichtstuhl. Ein Räuspern. War das mein

Bruder? Er räusperte sich immer, wenn er nervös war. Ging es um Hannah? Hatte er sie betrogen? Mein Bruder?

»Ich kann ihr nicht erzählen, was passiert ist. Das musst du verstehen.« Kein Zweifel, es war Mathis! »Das würde alles kaputtmachen. Alles.«

FÜNFTER TEIL

14

Süßholz. Ein kleiner Zeh.
Und eine virtuelle To-do-Liste.

MIRA

Über der Werkbank hing eine Zeichnung, daneben ein großformatiger Kalender. Gregor hatte den Bus nach einem festen Zeitplan umgebaut. Bis zum Abi wollte er fertig sein. Er musste sich das alles selbst beigebracht haben. Aus Büchern. Unglaublich. Der Gregor, der früher gleich hinschmiss, sobald es ihm zu anstrengend wurde, konnte also auch anders, wenn er das richtige Ziel vor Augen hatte.

Auf der Werkbank lag ein farbiger Konstruktionsplan, professionell wie von einem Innenarchitekten. Mit ein paar Handgriffen konnte man den hinteren Teil des Busses in ein Bett verwandeln. Die dünne Schaumstoffmatratze stand zusammengerollt neben der Werkbank. Das war alles perfekt durchdacht.

»Gregor hat uns alle an der Nase herumgeführt«, sagte ich zu Mathis. Das hier war ein Blick hinter die Kulissen. Ein Blick hinter Gregors Fassade. »Er wollte was von der Welt sehen. Es ging ihm gar nicht darum, schnell Karriere und Kohle zu machen, wie wir alle gedacht haben.«

»Ja, ist echt seltsam«, murmelte Mathis und stieg in den Bus. Ja, vielleicht hätte ich ihn vorhin auf dem Hof küssen sollen. Aber ich wollte das nicht, noch nicht. Mir war nicht klar, wie es mit uns weitergehen sollte. Im einen Moment hatte ich Schmetterlinge im Bauch, und dann packte mich wieder dieses merkwürdige Gefühl, Mathis könnte nicht der Richtige sein. Ich konnte meine Zweifel nicht verbergen. Auch weil ich mir nach meinem letzten Fehltritt geschworen hatte, in Sachen Liebe keine Kompromisse mehr einzugehen.

Ich betrachtete die Europakarte an der Wand. Die Streckenpunkte waren mit bunten Klebern markiert, auf denen Nummern standen. Paris, Barcelona, Athen, Lissabon. Eine Tour in der Größe schaffte man nicht in ein paar Wochen. Dazu brauchte man Monate.

»Glaubst du wirklich, er wollte ganz alleine verreisen?«, fragte ich, nachdem Mathis wieder ausgestiegen war.

»Weiß nicht.« Seine Augen folgten der Strecke.

»Sicher, dass er nichts mit Helena hatte? Sie ist die Einzige aus seiner Clique, die noch ab und zu vorbeikommt.«

Er zuckte die Achseln. »Weiß nicht.«

»Kannst du eigentlich auch noch was anderes sagen?«

»Im Augenblick finde ich das ausreichend.«

»Sollen wir zusammen was rauchen, damit du wieder normal mit mir redest? Wenn ich dich vorhin gekränkt habe, tut es mir leid. Das wollte ich nicht. Und ich kann im Moment einfach nicht sagen, ob ich dazu bereit bin, eine feste Beziehung zu haben. Wir wissen doch auch nicht, wie das alles hier weitergeht.«

»Mit ›alles‹ meinst du Gregor, hab ich recht?«

»Mit ›alles‹ meine ich *alles*.«

»Was ist eigentlich, wenn Gregor wieder aufwacht?«, sagte Mathis. »Könnte dein Gefühlschaos auch damit zusammenhängen?« Der Unterton in seiner Stimme gefiel mir nicht.

»Wie meinst du das?«

Sein Blick, eine Mischung aus Wut und Enttäuschung. »Würde das etwas an deinen Gefühlen ändern? An deinen Gefühlen für *mich*?«

»Nein«, sagte ich, obwohl das Gegenteil der Fall war. Sobald ich an Gregor dachte, sobald ich mir vorstellte, dass er wieder aufwachte und in dieses Leben zurückkehrte, spielten meine Gefühle verrückt. Ich malte mir aus, wie wir uns neu kennenlernten, zusammen lachten und nicht mehr wie Fremde miteinander umgingen. Mir Mathis als festen Freund vorzustellen kam mir in diesen Momenten vor, als würde ich Gregor betrügen.

»Worauf willst du hinaus?«, sagte ich und versuchte meine Unsicherheit mit einem ebenso wütenden Blick zu überspielen.

»Glaubst du, ich bin blind?«, schleuderte er mir entgegen. »Glaubst du, ich krieg nicht mit, wie du ihn anschaust oder ihn auf die Stirn küsst, bevor du gehst?«

Ich schüttelte den Kopf. »Du bist eifersüchtig? Auf Gregor? Auf deinen kleinen Bruder, der vielleicht nie wieder gesund wird?«

»Ja, vielleicht bin ich das. Vielleicht will ich trotzdem wissen, was aus uns beiden wird, auch wenn er nicht aufwacht.« Er räusperte sich. »Ist das denn wirklich zu viel verlangt? Darf ich diese Frage erst dann stellen, wenn Gregor es geschafft hat?«

»Nein«, sagte ich betroffen. »Natürlich nicht.«

Mathis schaute mich direkt an. »Bist du auch in ihn verliebt?«

»Was?« Ich sah die Angst in seinen Augen und konnte nicht anders als lügen. Die Vorstellung, ihn zu verletzen, war schrecklich. »Schau dich mal um«, sagte ich und deutete mit dem Kopf zum Bus. »Ich hab ihn doch gar nicht richtig gekannt. Keiner von uns hat Gregor richtig gekannt. Könntest du dich in einen Menschen verlieben, den du nicht richtig kennst? Könntest du das?« Ich redete mich um Kopf und Kragen. Aber was war die Alternative? Alles kaputtzumachen? Nur weil ich nicht wusste, was ich wollte?

Mathis musterte mich skeptisch, als würde er meinen Worten nicht trauen. »Nein, könnte ich nicht«, sagte er ruhig.

»Also. Dann hör bitte damit auf, Gregor mit hineinzuziehen. Es geht nur um uns beide.«

Ich weiß nicht, warum ich noch eins draufsetzen musste. *Es geht nur um uns beide.* Das war eindeutig gelogen. Es war nie nur um uns beide gegangen. Es ging immer um uns drei. Es ging um Freundschaft und Liebe und alles dazwischen.

Mathis schaltete das alte Transistorradio ein, und es kam Klassik. Gregor, der kaum Brahms von Beethoven unterscheiden konnte, hatte einen Klassiksender eingestellt.

Mathis und ich tauschten Blicke. Er lehnte sich gegen die Werkbank und holte seinen Golfballanhänger heraus. »Weißt du eigentlich, wie lange du über uns nachdenken musst, oder ist das hier deine Art zu sagen, dass es nur ein Ausrutscher war?«

»Es war kein Ausrutscher. Das hab ich nicht gesagt. Es hat sich an dem Abend richtig angefühlt, das muss du mir glauben.«

Mathis wich meinem Blick aus. »Und jetzt? Was ist jetzt? Kommt nun der Teil, in dem du mit mir Schluss machst, bevor es überhaupt angefangen hat? Ist das der Plan?«

»Schau mich wenigstens an, wenn du mit mir redest«, sagte ich. Als er nicht reagierte, nahm ich ihm den Anhänger aus der Hand. Seine Augen hatten sich zu Schlitzen verengt.

Ich wusste nicht, ob das Wut war oder ob er kurz davor stand, zu weinen.

»Das war also nur aus einer Laune heraus?«, sagte er. Es war Wut. »Weil es so gut zur Stimmung gepasst hat und gerade kein anderer zur Stelle war oder was?«

»Mach es doch nicht schlimmer, als es ist. Ich ...«

»Bin ich nicht dein Typ?«, fiel er mir ins Wort. »Ist es das? Musst du davor einen durchziehen, dass du mich gut findest?«

»Was?« Ich erkannte ihn nicht wieder. So hatte er noch nie mit mir gesprochen. »Spinnst du jetzt total? Ich verstehe ja, dass du gekränkt bist, aber ich hätte das nie getan, wenn ich nichts für dich empfinden würde. Nie!«

»Aber anscheinend reicht die *Empfindung* nicht aus, um mich zu lieben. Das willst du doch sagen, oder?« Er setzte mir das Messer auf die Brust und hatte damit Erfolg. Der Gedanke, ihn zu verlieren, war genauso schrecklich wie die Vorstellung, Gregor für immer im Rollstuhl zu sehen. Warum wollte ich alles aufs Spiel setzen? Warum hatte ich meine Zweifel nicht erst mal für mich behalten? Es war zum Verrücktwerden.

»Es tut mir leid«, sagte ich mit zitternder Stimme. Ich stand kurz davor, zu weinen. Dazu passte die Musik. Mozarts Requiem. »Gib mir ein bisschen Zeit.«

Mathis antwortete nicht. Jetzt sah er verletzlich aus. Seine Augen glänzten.

Ich schaltete das Radio aus. Wegrennen wäre die ehrlichste aller Reaktionen gewesen. Stattdessen umarmte ich Mathis. Er wehrte sich dagegen, aber ich ließ es nicht zu, dass er sich aus meiner Umarmung befreite. Plötzlich hatte ich Angst, alles zu verlieren. Alles. Seine Liebe und seine Freundschaft. Und diese Vorstellung war kaum zu ertragen.

»Was wird das jetzt?«, fragte er kühl. »Willst du mich erdrücken?«

Anstatt zu antworten, küsste ich ihn. Angst, Liebe, Unentschlossenheit. Keine Ahnung, was das war. Ich wollte keine Tränen, keine Blicke aus der Ferne, keine Schmerzen, wenn ich an ihn dachte. Zuerst Gregor und jetzt Mathis. Die beiden wichtigsten Menschen in meinem Leben. Sie zu verlieren würde mir das Herz brechen.

Ich stieß die Matratze um. Sie landete lautlos auf dem Boden und schnappte auseinander. Ich öffnete die Knöpfe an Mathis' Hemd und küsste seine nackte Brust. Ich wollte ihn lieben. Ich wollte mit ihm zusammen sein. Jetzt wollte ich das. Weil man den Film ändern kann. Man kann sich dagegen wehren, von außen, von der Musik bestimmt zu werden. Ich ließ die Töne an mir abprallen und setzte schöne Bilder dagegen. Verliebt im Gras liegen. Der Nebel über dem Weiher, der Duft des Sommers. Der Blick in die Sterne. Und es funktionierte. Die Dunkelheit zog sich zurück. Die Angst, eine falsche Entscheidung zu treffen, wich dem Glauben an diesen Augenblick.

Mathis bedeckte meinen Hals mit fordernden Küssen. Dann zog er mir die Bluse über den Kopf. Wir ließen uns auf die Matratze sinken, als wäre sie unsere rettende Insel. Ausgehungert und verzweifelt, schliefen wir miteinander wie zwei Menschen, die sich für immer lieben wollten. Vernunft ist das Gegenteil von Freiheit, dachte ich. Das hatte Irma neulich über Gregor gesagt, als wir Bilder von früher anschauten. Und sie hatte recht. Wir können nicht planen, wo die Reise hingeht. Wir können uns Ziele setzen, einzelne Etappen markieren, aber die Wirklichkeit wird immer eine andere sein. Es gibt kein Richtig und Falsch. Es gibt nur ein Jetzt und Später.

Die ganze Welt, ein Cluster aus Sehnsüchten, Ängsten und Möglichkeiten. Ein Geräusch, aus dem alles entstehen kann. Dur, Moll, Freude, Trauer, Wahnsinn, Melancholie – und Sex. Wunderschöner Sex, bei dem sich die ganze Welt dem Rhythmus der Leidenschaft unterordnet.

Mathis und ich waren eine Insel, die sich dagegen wehrte, von einem Sturm in Stücke gerissen zu werden. Wir würden untergehen oder überleben. Dazwischen gab es nur den harten Atem der Wellen und die Liebe in Gedanken, die uns über das Tosen des Sturms hinweg zusammenhielt.

GREGOR

Der warme Ton der Klangschale ebbte ab. Auf meinen Beinen vibrierte das Silbergefäß lautlos weiter. Sofort wedelte Irma mit einem rauchenden Stück Holz vor meiner Nase herum. Ich wusste nicht, dass Holz nach Honig riechen konnte. Seit ich aus dem Krankenhaus zurück war, ließ man mich keine Minute mehr unbeaufsichtigt. Irgendetwas musste bei der Untersuchung rausgekommen sein, anders konnte ich mir die totale Überwachung nicht erklären. Mein Vater hatte sein halbes Labor auf dem Wohnzimmertisch ausgebreitet, um mich im Auge zu behalten. Ich hoffte nur, dass es nicht mit dem Splitter zusammenhing, aber dann hätten sie mich ja im Krankenhaus behalten. Und dafür war die Stimmung zu gut. Es wurde viel herumgealbert und gelacht. Beim Abendessen schob man mich jetzt an den Esstisch in der Küche. Mira und Mathis saßen nebeneinander, beschossen sich mit Maiskörnern oder stritten sich darum, wer mich füttern durfte, als seien sie wieder in ihre Kindheit zurückgefallen. Es war ein schönes Gefühl, dazuzugehören, zu dieser Familie, zu diesen

Menschen. Lieber heute als morgen wollte ich zu ihnen zurückkehren und mich bei ihnen bedanken.

Seit dem Mittagessen kribbelte es in Armen und Beinen. In meinem rechten Oberschenkel staute sich unangenehme Hitze auf einer Fläche, groß wie ein Handteller, und zog von dort aus weiter, meine Wirbelsäule hinauf, über meinen Nacken, bis zur Einschlagstelle. Als Mira mit mir den Spiegeltest gemacht hatte, hatte ich die Mulde zum ersten Mal ohne Pflaster gesehen und mir vorgestellt, wie sich darin bei Regen das Wasser sammelte. Eine verrückte Vorstellung, ich weiß, aber meine Laune war seit gestern Abend, 19.30 Uhr Ortszeit, richtig gut. Denn ich hatte meinen linken kleinen Zeh zum ersten Mal bewegt, bewusst bewegt. Und das war ein tolles Gefühl gewesen.

Das Hin und Her zwischen Wachen und Träumen blieb. Vielleicht war es ein körpereigener Schutzmechanismus. Denn sobald ich anfing, mich selbst zu bemitleiden und die Hoffnung zu verlieren, beschloss mein Körper, herunterzufahren und mich ins Land der Träume zu schicken. Und wenn ich dann wieder aufwachte, war es, als hätte ich die dunkle Seite des Mondes verlassen.

Johannson kam jetzt auch öfter vorbei, setzte sich neben mich, trank ein Bier, hielt meine Hand, schlief ein, schnarchte und riss dabei den Mund bis zum Anschlag auf.

»Das reinigt«, sagte Irma und wedelte weiter mit dem glimmenden Holzspan vor meiner Nase herum. Ihre Brüste waren wirklich riesig. Ich fragte mich, wie lange die Knöpfe an ihrer Bluse noch der Spannung standhielten, und hoffte, im Ernstfall nicht verletzt zu werden. »Atme ganz tief ein, mein Junge. Ja, so ist gut.«

Ich gab mir Mühe, aber bis zum Atemzentrum war ich

mit meinem Wille noch nicht vorgedrungen. Im Hintergrund hantierte mein Vater mit einem fleckigen Stofftuch herum. Dass er keinen dummen Kommentar zu Irmas alberner Zeremonie abgab, war ein echtes Wunder. Heute war sogar das Gegenteil der Fall. Er erkundigte sich bei Irma nach der Herkunft des duftenden Holzspans und bat sie darum, ihm größere Mengen zu besorgen. »Wenn möglich in unterschiedlichen Intensitäten.«

»Mach ich gerne, kleiner Bruder.«

Ein weiteres Wunder gab es nach dem Mittagessen. Offensichtlich hatte meine Familie Angst, dass mir vor lauter Babybrei die Zähne ausfielen, weshalb ich nach jeder Mahlzeit mit einer elektrischen Zahnbürste gequält wurde, die ganz fürchterlich am Zahnfleisch kitzelte.

Seit dem Abend auf der Terrasse war Mathis seltsam drauf, wenn er mit mir alleine war. Er redete kaum noch, und wenn, dann nur über belanglose Dinge wie das Wetter oder die Punkte auf einer Liste, die ich bekommen würde, wenn ich nicht mehr so viel schlief oder mit den Augen auf die nervige Graphik von *Super Mario* reagierte.

Nachdem er die Reste der rosa Kinderzahnpasta, so gut es ging, ausgespült hatte, lehnte er meinen Kopf vorsichtig gegen die Stütze. Er behandelte mich wie ein rohes Ei. Das war schön und traurig zugleich, weil ihm die Sorgen ins Gesicht geschrieben standen.

Er läutete eine neue Ära unserer Beziehung ein, indem er nüchtern neben mir im Stehen pinkelte. Ich lächelte in mich hinein. Wenn das unsere Mutter gesehen hätte, hätte es mächtig Ärger gegeben. Sein Handy verkündete den Eingang einer neuen Nachricht. Er spülte kurz, klappte Klobrille und Deckel nach unten, setzte sich hin und begann zu tippen, als sei ich nicht da. Aus dem Augenwinkel konnte ich erkennen, dass er lächelte. Wenn es eine Krise mit Hannah gegeben hatte, war sie allem Anschein nach vorbei, und das machte mich glücklich. Er hatte mit mir schon genug Ärger am Hals.

Eine fette Fliege landete auf meiner Nase. Ich schielte, so gut es irgend ging, und so sah ich sie doppelt. Ich überlegte, wie dieses fette Exemplar ins Bad gekommen war und ob es sich darüber wunderte, wie seltsam sich die Spezies Mensch verhielt. Die Fliege fing damit an, Salz von meiner Nase zu lecken, als wäre das ein Festmahl. Satt und zufrieden hob sie wieder ab. Das Brummen der Flügel kam mir ziemlich laut vor. Ich schaute ihr nach. Wie von Geisterhand hob sich mein Kopf in die Waagrechte. Nur weil man das eben so machte, den Kopf bewegen, wenn die Pupillen eingefroren waren. Als ich begriff, was da eben passierte, stockte mir der Atem. Ja, verdammt! Meine Nackenmuskulatur hatte wieder Kontakt zur Basistation! *Houston, wir bleiben auf Kurs*, meldete ich. Die Fliege hatte sich auf die Armatur gesetzt und starrte mich an. Das war unglaublich, übergalaktisch, der absolute Wahnsinn. Mein Kopf bewegte sich Millimeter für Millimeter nach oben und dann nach vorne. Ich war so fasziniert von diesem Kunststück, dass ich nicht bemerkte, dass ich mich dem kritischen Punkt näherte, wie ein Kran, der zu viel Gewicht auf den Ausleger geladen hat. Meine Bauchmuskeln reagierten zu spät. Ich kippte nach vorne und knallte gegen das Waschbecken. Der Aufprall wurde von dem feuchten Waschlappen gedämpft, der über dem Waschbeckenrand hing. Trotzdem sah ich Sternchen. Vor lauter Schreck schleuderte Mathis sein Handy von sich und schrie auf. Mir rutschte das Herz in die Hose. Er brachte mich wieder in die richtige Position, betrachtete meine Stirn. Mein Vater kam dazu. Die beiden diskutierten, ob man sich wegen des Splitters Sorgen machen musste. Sie hielten Rücksprache mit dem Arzt, und mein Vater leuchtete mir mit einer kleinen Taschenlampe in die Augen, was ziemlich fies war, aber anscheinend die richtige Reaktion bei meinen Pupillen provozierte. Den restlichen Abend saß mein Bruder neben mir, las mir ein paar Seiten aus einem Batman-Comic vor und entschuldigte sich tausend Mal. Er konnte nicht ahnen, dass er Zeuge eines kleinen Wunders geworden war.

MIRA

Johannson ließ die Motorhaube zufallen und zeigte den erhobenen Daumen. Hoffentlich hatte er den Fehler gefunden. Ich hatte keine Lust, die Kisten wieder auszuladen. Ich drehte den Zündschlüssel energisch im Schloss. Mit sanft hatte ich es schon versucht. Der Anlasser kreischte auf, und der Wagen machte einen Satz nach vorne.

»Die Kupplung«, rief Johannson durch das offene Fenster. »Gleich noch einmal.«

»Aber ...«

»Ganz durchdrücken.« Ich streckte mein Bein und hatte das Gefühl, einen Krampf im Oberschenkel zu bekommen. Der alte Dieselmotor verschluckte sich, dann kam er auf Touren, und ich atmete erleichtert aus.

»Jetzt den Gang rausnehmen.«

Wenigstens das klappte auf Anhieb.

»Gut gemacht«, sagte Johannson und setzte sich wieder hinters Steuer. Ich rutschte rüber auf den Beifahrersitz. »Marder sind wirklich saublöde Viecher. Nicht mal vor dem Batteriekabel machen sie halt.« Er steckte sich eine Zigarette an und fuhr los. Die verschneite Landschaft zog glitzernd an uns vorüber. Bei Sonnenschein ließ sich der Winter dann doch ertragen. Die Helligkeit war unglaublich. Im Laderaum drängten sich unzählige Kartons und Kisten. Irma hatte ihren halben Laden leergeräumt und Freunde um Sachspenden gebeten. Als sie von den Neuigkeiten gehört hatte, wollte sie einen Hofweihnachtsmarkt veranstalten, um Gregor zusätzliche Massagen zu bezahlen. Die Genehmigung dafür hatte Johannson vorhin mit ein paar Flaschen Schnaps klargemacht. Ich musste daneben stehen und dämlich mit den Augen klimpern.

Irmas Tonfiguren sollten am letzten Abend versteigert werden. Vermutlich würde die Auktion als einzige in die Geschichte eingehen, bei der sich die Bieter vorher mit einem Motivationsschreiben bewerben mussten.

»Ist das jetzt eigentlich was Festes zwischen dir und Mathis?«, fragte Johannson. Rauch wirbelte an seinem Gesicht vorbei nach draußen. Es roch verdächtig nach Gras. Ich wollte lieber nicht nachhaken. »Oder haben Küsse heute keine Bedeutung mehr?«

Mathis hatte sich getäuscht. Er hatte es also doch mitbekommen.

»Doch«, sagte ich überrascht. »Wir ... wir sind zusammen.« Nach dem, was vorgestern passiert war, machte die Geheimniskrämerei keinen Sinn. Auch wenn Mathis mich nicht drängte, die Sache offiziell zu machen, hatte ich ihm gegenüber ein schlechtes Gewissen. Was konnte er denn dafür, dass ich in Sachen Liebe gestört war.

»Eine Beziehung ist in der heutigen Zeit also kein Grund mehr, sich zu freuen?«, sagte Joahnnson ironisch.

»Doch, natürlich. Bin nur müde.«

»Ach so.« Er hielt mir den Joint hin. »Auch etwas Entspannung gefällig?«

»Danke. Ist noch ein bisschen früh am Tag.«

»Aber offiziell ist das mit euch beiden noch nicht?«

Ich blickte ihn erstaunt an. »Wir wollen warten, wie es mit Gregor weitergeht.«

»Klar.« Ich konnte ihm ansehen, dass er mir nicht glaubte. Aber er beließ es dabei und sagte: »Hab schon gehört, dass es gerade etwas zäh ist.«

»Ja, nach der Untersuchung haben wir uns einfach mehr erhofft. Aber jetzt schläft er wieder so viel wie am Anfang, und das ist kein gutes Zeichen.«

»Und was ist mit der Playstation? Hat er darauf reagiert?«

»Nein. Nicht mal auf seinen Bus. Ich bin gestern den ganzen Abend mit ihm dort gewesen, aber er ist nach ein paar Minuten eingeschlafen.«

GREGOR

Irma schob mich nach draußen in den Hof, wo es von Menschen nur so wimmelte. Ich wusste, dass der Aufwand mir galt. Vor ein paar Tagen hatten meine Eltern in meinem Beisein eine großangelegte Rechnungs-Verbrennungsaktion durchgeführt. Danach hatten sie sich vor meinen Augen geküsst, was ich einerseits süß und anderseits komisch fand, weil sie das nur selten machten. Eigentlich war es cool, dass sie sich nach all den Jahren und den kleineren und größeren Meinungsverschiedenheiten noch so gut verstanden und sich nicht vom allgemeinen Patchwork-Trend anstecken ließen, der selbst in unserem Kaff grassierte. Irgendwann am Abend war Irma dazugestoßen, hatte ein paar unbezahlte

Rechnungen aus ihrem Mantel gezogen und sie ebenfalls in Flammen aufgehen lassen. Anschließend hatten sich die drei gemeinsam an einen Plan gemacht, wie man Geld für zusätzliche Massagestunden, Physiotherapie und solche Sachen auftreiben konnte, damit ich wieder auf die Beine kam beziehungsweise keine Rückschritte machte, wie sie es unschöner nannten. Nach zwei weiteren Flaschen Wein und einem Besuch von Johannson entschlossen sie sich dazu, einen Hofweihnachtsmarkt zu veranstalten. Mein Konto wollten sie nicht anrühren. Es sei für meine Ausbildung, sagten sie einhellig. Das war zwar ein feiner Zug, aber sie konnten ja nicht ahnen, dass ich überhaupt keinen Plan hatte, und meine Zukunft außer meiner Rückkehr, dem Vorsprechen bei Mira und der Reise mit dem Bully nichts weiter umfasste. Diese ganze Planerei war mir immer schon suspekt gewesen. Nicht umsonst war ich kurzsichtig. Das hatte was zu bedeuten. Ich wollte meinen Zeitstrahl nicht bis zum Ende sehen. Das hätte mir Angst gemacht.

Die letzten Stunden hatte ich unruhig geschlafen. Wenn meine Zeitrechnung stimmte, musste es früher Nachmittag sein. Ich machte ein Bäuerchen und wurde von meinen Geschmacksnerven daran erinnert, Kartoffelbrei mit Linsen gegessen zu haben. In einem bizarren Traum hatte ich Mira gesehen, wie sie singend am Steuer von Karl gesessen hatte, meine roten Dr.-Dre-Kopfhörer auf den Ohren. Ich musste mich ranhalten, wollte ich bis zum Sommer den Führerschein haben. Mit dem Umbau war ich so gut wie fertig, fehlte nur noch das Okay vom TÜV. Ob mit Mira oder alleine, ich würde meine Reise nicht verschieben. Entweder ich hatte Trauer im Gepäck, oder ich war der glücklichste Mensch auf Erden. Ein Dazwischen gab es nicht. Den Kerzen auf dem Adventskranz nach zu urteilen, stand der zweite Advent bevor, also war der Zeitplan noch nicht hinfällig. Zum ersten Mal aufgewacht war ich heute Morgen durch meinen Vater. Zuerst dachte ich, sein Geschrei galt der Entdeckung einer neuen Schneckenschleimformel, aber dann sah ich, wie er das Standardwerk für Arzneimittel und Erkrankungen, aus dem er mir alternativ zu Dr. Doolittle vorlas, quer durch das Zimmer feuerte. Vor lauter Schusseligkeit und weil er die Nacht durchgeackert hatte, hatte er mir die falschen Medikamente gegeben und war fluchend vor mir herumgetänzelt. Irma hatte versucht, ihn zu beruhigen. Seit die beiden viel Zeit zusammen im Wohnzimmer verbrachten, verstanden sie sich prächtig. Sie redeten miteinander, tauschten Anekdoten und Erlebnisse aus, die nicht selten für Lachkrämpfe sorgten. Manchmal kam mein Vater hinter seiner Versuchsstation hervor, wenn Irma mit mir Entspannungsübungen machte. Er stellte oder setzte sich neben sie und folgte ihren Anweisungen, ohne sich darüber lustig zu machen. Das gefiel mir. Dass er mir heute morgen nicht den Finger in den Hals gesteckt hatte, um die kleine Kapsel zurückzuholen, hatte ich Irmas Eingreifen zu verdanken.

»Kann er davon sterben?«, hatte sie ganz pragmatisch gefragt.

»Nein.«

»Die wissen doch auch nicht genau, was diese chemischen Keulen mit ihm machen. Vielleicht sollten wir das ganze Zeug das Klo runterspülen, der Pharmaindustrie den Mittelfinger zeigen und warten, was dann passiert.«

»Das werden wir auf keinen Fall tun!«

»Gut, dann soll ihn Mira nachher beobachten, wenn sie kommt, und du solltest dich wieder beruhigen. Es ist nichts passiert. Er sieht genauso verschlafen aus wie gestern und vorgestern und die Tage davor.«

Den Schlusssatz fand ich zwar gemein, aber trotzdem war es cool, wie sie meinen Vater mit ein paar Sätzen von seinem Hysterie-Trip runterbrachte. Außer ihr schaffte das keiner in so kurzer Zeit. Irgendwie war es paradox. In den letzten Jahren hatte ich mich nie so zugehörig zu meiner Familie gefühlt wie seit dem Unfall und meiner halben Rückkehr in dieses Leben. Jetzt war ich mehr denn je ein Teil davon, und es fehlten nur noch Mira und der Ring zu meinem Glück.

Was auch immer es war, das da jetzt durch meinen Blutkreislauf zirkulierte, es verstärkte meine Wahrnehmung und bekämpfte die Müdigkeit in meinen Knochen. Mein Vater hätte sich die Medikamenten-Mixtur merken sollen. Seit der holprigen Rückfahrt aus dem Krankenhaus war ich nicht mehr so wach gewesen.

Der trockene Schnee knirschte unnatürlich laut unter den Gummireifen, als mich Irma über den Hof schob. Die Luft war von einer schneidenden Kälte, weshalb ich die extrem dämlich aussehende, aber warme Kaninchenfell-Mütze meines Opas trug und Irma mir einen halben Zentimeter Fettcreme ins Gesicht geschmiert hatte. Der dampfende Atem eines Hundes, der mich schwanzwedelnd begrüßte, kroch in stinkenden Wolken aus seinem Maul, und mir wurde beinahe schwindelig. Mit Hunderassen kannte ich mich nicht aus. Dieses Exemplar war ziemlich groß und das Fell glänzend schwarz, und ich stellte mir vor, wie wir zusammen durch den Schnee tobten. Vielleicht lag es tatsächlich an der neuartigen Chemie-Mixtur, dass ich von einem Schwall Liebe und Glück der Extraklasse überflutet wurde, obwohl ich Mira heute noch nicht gesehen hatte. Und dann war da noch die Sonne. Der glühende Planet schenkte mir ein sanftes Kribbeln auf der Haut. Mein Vater sagte immer, dass viele wissenschaftliche Erkenntnisse auf Fehler zurückgingen. Vielleicht waren die vertauschten Medikamente der Fehler, den es brauchte, um die Mauer nach draußen zu durchbrechen. Der Dominostein, der alles in Gang setzte. Der Flügelschlag des Schmetterlings. Ansonsten blieb mir nur die Hoffnung auf die nächste Niesattacke oder den Splitter in meinem Kopf, der sich in meinen Träumen wie ein winziger Fisch bewegte und dabei sämtliche Funktionen in meinem Gehirn anknipste.

Ich wollte die Welt umarmen. Ich liebte den Hund und die Menschen und fragte mich, warum ich das früher nur selten so empfunden hatte. Vor dem Unfall war ich ständig damit beschäftigt gewesen, allen zu gefallen, Späße zu machen, lustig zu sein. Das war so anstrengend gewesen. So entsetzlich anstrengend, weil ich immer Angst hatte, etwas falsch zu machen. Nur bei Mira hatte ich bewusst den Idioten gespielt, um sie auf Abstand zu halten. Eine Freundschaft hätte mich umgebracht.

Irma hatte ihre komplette Anhängerschaft mobilisiert. Der Innenhof erinnerte an eine Hippie-Aussteiger-Kommune. So viele Leute mit verfilzten Haaren, Lippen-, Nasen- und Augenbrauen-Piercings grüßten, drückten mir die Hände und lächelten ein beseeltes Kifferlächeln, dass ich mich kurz fühlte wie ein gelähmter, stumm geschalteter Guru. Die Freude in den Gesichtern war ansteckend. Sie ging mir durch den ganzen Körper. Hätten meine »Jünger« einen Kreis um mich gebildet, dann hätten wir mit all dem Metall ein erstklassiges Kraftfeld erzeugt und unsere Liebe in die ganze komplizierte Welt hinausgeschickt. Es wurde gehämmert, gesägt, und aus einem großen Topf, der über einem Feuer hing, wurde dampfende Currysuppe gereicht, von der ich leider nichts abbekam, weil Irma sie für zu scharf befand. Einige Stände waren bereits fertig. Reisigzweige, farbige Tücher und immer wieder Eisengestelle mit Holzscheiten, die nach Einbruch der Dämmerung angezündet werden sollten, wie mir Irma überschwänglich erklärte. Mira und mein Bruder kamen bepackt mit Sperrholzplatten aus dem Schuppen. Sie lachten ausgelassen. Mathis stolperte über seine eigenen Füße. Mira konnte ihn im letzten Moment abstützen. Und dann passierte das Unfassbare. Die beiden küssten sich. Sie küssten sich im Sonnenlicht, und ich wollte am liebsten schreien und den Kopf irgendwo dagegenknallen. Am besten mit der Stirn gegen das Eisengestell vor mir, damit mich der Splitter von hier aus direkt in ein nächstes Leben katapultierte. Mein Bruder und Mira! Vor lauter Schreck hielt ich den Atem an, bewusst, und es funktionierte. Ich blickte den beiden nach. Sie gaben sich einen Kuss. Sie waren verliebt. Ich hatte sie zusammengebracht. Ich! Wie beschissen war das denn? Ich, der stumme Krüppel, hatte meinem Bruder die Möglichkeit gegeben, sich von seiner besten Seite zu zeigen. Das war die späte Rache des Zauberers. Meine Stimmung kippte innerhalb weniger Sekunden, und mir war zum Heulen zumute. Ich war ein Geist, für alle hier war ich ein Geist. Ich würde nie damit klarkommen, Mira um mich, aber nicht bei mir zu haben. Das würde mich umbringen. Wenn man sich nicht bemerkbar machen kann, ist man tot. Am Leben teilhaben bedeutet, seinen Willen zu äußern, und sei es nur durch ein Zwinkern. Weil jedoch keiner auf die Idee kam, Crusoe, meinen kleinen Zeh, zu beobachten, wenn ich ihn beim Baden einen halben Millimeter anhob, oder meine Ohren, war ich nur ein Stück Fleisch, das am Leben gehalten wurde, weil man hoffte, dass unter meiner gesprungenen Schädeldecke ein Mensch auf seine Rückkehr wartete.

Irma parkte mich neben einem Stand mit selbstgezogenen Kerzen und stinkenden Räucherstäbchen. Zu weit weg von dem Eisengestell. Mein Bruder und Mira. Der Atemreflex setzte wieder ein. Ich konnte es nicht verhindern. Das Glück war verschwunden. Es war explodiert. Scheiß auf den VW-Bus, scheiß auf die Reise. Ich hatte mir etwas vorgemacht. Ohne Mira würde ich nirgendwo hinfahren, ohne sie würde ich draufgehen.

MIRA

»Ich freu mich für euch«, sagte Irma. »Ihr seid zwar ganz schön unterschiedlich, du und Mathis, aber Gegensätze ziehen sich ja bekanntlich an.«

Ich nickte. Wir saßen im Wohnzimmer und verpackten die Tonfiguren, die bei der Versteigerung unter den Hammer gekommen waren. Viel Geld war leider nicht zusammengekommen. Aber das schien Irma nicht zu stören. Sie freute sich über die vielen Mails, die vor der Versteigerung eingegangen waren. Die lustigsten wollte sie im Internet veröffentlichen.

»Findest du's komisch, dass wir jetzt zusammen sind?«

»Nein, so hab ich das nicht gemeint? Ich hab zwar eher darauf getippt, dass du und Gregor irgendwann mal zusammenkommt, aber sind ja beides tolle Menschen.«

»Ja«, sagte ich lächelnd. »Das ist wohl war.«

Irma streckte mir eine kleine Tonfigur entgegen, bei der das Namenskärtchen am Hals fehlte. Die Figur hatte einen großen ballonartigen Rumpf, dünne Ärmchen, die aussahen, als würden sie die Welt umarmen, und ebenso dünne Beine.

»Das ist Paulina.« Sie stellte die Figur vor mich auf den Boden. Ich nahm einen Paketaufkleber von Stapel und griff nach dem Klemmbrett mit den Adressen. In der Liste hinter Paulina stand ein Strich, was bedeutete, dass für sie kein Gebot abgegeben worden war.

»Tut mir leid«, sagte ich und zuckte die Schultern. »Paulina geht noch nicht auf die Reise.«

»Da hast du recht«, sagte Irma geheimnisvoll. »Sie ist nämlich schon angekommen. Sie wird ein hübsches Mädchen in Zukunft auf ihrem Weg begleiten, es in der Stille beraten, wenn es nicht weiß, was richtig ist und was falsch.«

GREGOR

Mathis schnappte sich das Handy und tippte eine Nachricht im Stehen. Ich meinte, ein Lächeln zu sehen, das im nächsten Moment einem nachdenklichen Gesicht Platz machte. Hatte er doch ein Gewissen? Würde er mir jetzt erklären, was da hinter meinem Rücken mit Mira lief? Wieso er mir unbedingt das Herz brechen wollte?

Er zog einen Stuhl heran, setzte sich direkt vor mich hin und räusperte sich. Hätte man mir eine Pistole gegeben, ich hätte ihn, ohne mit der Wimper zu zucken, abgeknallt. Er hatte mir Mira genommen, das Wichtigste in meinem Leben.

Leg schon los, du Arsch. Sag mir, was du für sie empfindest, dass es einfach so passiert ist und wie leid es dir tut – blablabla. So reden die doch immer in diesen bekloppten Soaps, wenn einer abserviert wird.

»Ich wollte das nicht, aber es ist passiert«, begann er stockend. Dann wieder ein Räuspern. »Wir sind uns plötzlich so nahgekommen.«

Ist das jetzt dein Ernst? Das war wirklich eins zu eins, was ich erwartet hatte. Ganz tief aus der Schublade der Standardwerke des schlechten Geschmacks. Ich dachte, du hast so viele Bücher gelesen, großer, schlauer Bruder. Wichtige Bücher. Klassiker mit Tiefgang, wie du immer betont hast. Und dann begnügst du dich mit so einer billigen Floskel? Glaubst wohl, du musst dir keine Mühe geben, weil ich nichts mitkriege? Aber da täuschst du dich. Ich bekomme alles mit. Alles! Und ich schwöre dir, dass ich mit jeder Faser meines Körpers daran arbeite, zurückzukehren. So kommst du mir nicht davon. So nicht!

»Weißt du«, fuhr er mit belegter Stimme fort. Er machte lange Pausen zwischen den Sätzen. »Ich hab das nicht gewollt. Ich hätte mit dir reden sollen. Dir die Wahrheit sagen. Damals am See, bei dem Streit.«

Welche Wahrheit meinst du? Dass du mir meine Traumfrau wegnehmen wolltest? Dass du zu feige warst, mir zu sagen, dass du genauso verrückt nach Mira bist wie ich? Wenn du gleich behauptest, dass du sie erst seit dem Unfall liebst, prügle ich dich windelweich. Du weißt, dass das nicht stimmt. Im Nachhinein kann ich die Zeichen deuten. Vor dem Cellounterricht hast du jedes Mal ewig geduscht, Parfum aufgelegt und im Wohnzimmer ferngeschaut, weil du es kaum erwarten konntest, dass Mira an der Tür klingelte.

Und übrigens: Ich hasse dich. Und sobald ich zurück bin, sobald ich wieder meine Arme bewegen kann, werde ich dir kräftig die Fresse polieren. Und dann werde ich ohne Abitur und Zeugnis abhauen. Mit *meinem* Bus, den ich ganz alleine wieder zum Laufen gebracht habe. Ohne deine weisen Ratschläge und dein ewiges Kopfschütteln.

Und Hannah, was ist eigentlich mit ihr? War sie nur der

Lückenbüßer, das Intermezzo vor dem großen Finale? War wirklich armselig von dir, mir Vorwürfe zu machen, nicht reif für die Liebe zu sein, und selbst eine Lüge zu leben. Ich bin wohl doch nicht der Einzige in unserer Familie, der verschiedene Rollen beherrscht.

Gib zu, dass du auf deine Chance gelauert hast, bei Mira zu landen. Mein Unfall muss für dich doch ein Glückstag gewesen sein. Natürlich hat sich Mira an unseren Schwur erinnert. Sie ist die Einzige in unserer fatalen Dreierkombination, die sich keine Vorwürfe machen muss. Sie war sich immer treu geblieben. Du solltest den Tag in deinen peinlichen Organizer eintragen und jedes Jahr feiern. Ohne mich hättest du das nämlich nicht geschafft.

Mathis schaltete den Fernseher aus und legte seine Hand auf meine. Meine Haut brannte. Wie erleichtert musste er gewesen sein, als ich mir bei Mira eine Abfuhr geholt habe. Sein Trost war nur gespielt gewesen. Nur um nicht aufzufliegen, hatte er den fürsorglichen Bruder gegeben. Er nahm seine Hand wieder weg und fasste an mir vorbei zum Tisch. Draußen war es stockfinster. Im großen Fenster sah ich die Spiegelung von uns beiden.

»Seien Sie auch das nächste Mal wieder dabei, wenn es heißt: ›Der Krüppel und sein feiger Bruder‹«, verkündete der Moderator in meinem Kopf.

»Ich weiß, was du Mira an dem Tag geben wolltest«, redete Mathis weiter.

Was ich ihr geben wollte? Wovon redest du? Mein Puls beschleunigte. Mein Herz fing an zu toben. Seine rechte Hand schob sich unscharf ins Bild. Ich versuchte scharf zu stellen, und es klappte. Der silberne Ring! Er blitzte zwischen seinen Fingern auf. Ich war fassungslos.

»Er war bei den Sachen, die die Sanitäter gebracht haben«, sagte er. »Ich hab ihn an mich genommen.« Eine Hitzewelle schoss durch meinen Körper. »Siehst du ihn?«, fragte er. »Kannst du ihn sehen?«

Und ob, du Arschloch! Natürlich kann ich ihn sehen! Ich bin ja nicht blind!

Er ließ den Ring in seiner Hosentasche verschwinden.

»Warum gibst du ihr den Ring nicht, verdammt?« Ich stellte mir vor, wie meine Stimme nach außen getragen wurde.

»Ich kann ihn ihr nicht geben«, sagte Mathis, als hätte er meine Frage gehört.

Wie? Ich war immer noch fassungslos. Ist das dein Ernst?

»Sie würde sich Gedanken machen ...«

... und Fragen stellen. Ja, das würde sie tun, weil sie verdammt klug ist. Vielleicht würde sie verstehen, dass sie sich in mir getäuscht hat und ich die Rolle des Angebers nur wegen ihr gespielt hab, um ihr einen Grund zu geben, mich nicht zu lieben. Einen Grund, der nicht so sehr schmerzt, wie die Tatsache, nicht Teil ihres Programms zu sein.

Damals am See, großer Bruder, bei dem Streit, als du ausgerastet bist, wollte ich dieses dämliche Spiel beenden und Miras Freundschaft und irgendwann auch ihre Liebe zurückhaben. Das hast du geahnt, nicht wahr? Du hast geahnt, dass ich nur auf den richtigen Zeitpunkt warten wollte, um meine Rolle aufzugeben, und bist in Panik geraten.

Und dann hab ich tatsächlich den Ring gefunden, meine Chance, ein Wink des Schicksal, den Kurs zu korrigieren und die Weichen neu zu stellen. Wäre da nur nicht dieser beschissene Golfball gewesen. Kannst froh sein, dass es so gelaufen ist, großer Bruder. Das ist das Gemeine am Leben: Irgendwo gibt es immer eine unerwartete Wendung.

»Es tut mir leid«, sagte er.

Ach, nein, es tut dir leid. Da ist aber toll. Du musst ihr den Ring geben, verdammt! Dann sag ihr eben nicht, dass ich ihn gefunden habe, sondern erfinde irgendeine Geschichte, die dich an meiner Stelle zum Helden macht. Ach, beinahe hätte ich's vergessen, du brauchst ja für alles Bücher und Scheine und Urkunden und Pokale. Ohne bist du ja aufgeschmissen.

»Willst du wissen, warum ich ihr den Ring nicht geben kann«, redete er weiter.

Ja, und ob ich das will! Ich will wissen, was verdammt nochmal in deinem Kopf vor sich geht. Willst du denn nicht, dass Mira glücklich ist? Reichen deine *Liebe* und *Selbstlosigkeit* dazu nicht aus? Soll Mira dem Ring denn ewig nachtrauern?

»Ich kann ihn ihr nicht geben. Sie würde sich Vorwürfe machen. Sie würde glauben, dass es ihre Schuld sei, dass dich der Golfball am Kopf getroffen hat. Das kann ich nicht zulassen.«

Wie bitte? Das ist wirklich die dümmste Ausrede, die ich je gehört hab. Einen Scheiß wird sie! Gib ihr verdammt nochmal den Ring, du Idiot! Weißt du nicht mehr, wie sie damals geweint hat? Weißt du nicht mehr, wie du sie in den Arm genommen hast? Wir beide haben ihr versprochen, so lange danach zu suchen, bis wir ihn finden. Hast du das vergessen?

Anstatt weiterzureden, stand Mathis auf. Die Tür zum Wohnzimmer hatte sich geöffnet. Jemand war eingetreten. Mira! Ich sah ihre Umrisse in der Fensterscheibe. »Sollen wir uns nachher bei Karl treffen?«, sagte sie. Ihre Stimme so zärtlich, so verliebt, dass ich sterben wollte. »Wir könnten Gregor doch mitnehmen.«

»Ist gut«, sagte Mathis. »Ich zieh ihm nur kurz noch einen Pulli an.«

Mir verschlug es den Atem. Was hatten die beiden mit Karl zu schaffen? Das war *mein* Bus! Das war mein Traum! Wollte mir Mathis wirklich alles wegnehmen? Warum hatte ihm Johannson den Schlüssel gegeben? Wegen dem Gras? Glaubte hier denn keiner mehr an meine Rückkehr?

Ich wollte auf der Stelle mit dem Kopf irgendwo dagegenknallen. Wollte auf der Stelle sterben.

»Ich komm gleich nach«, sagte Mathis und zog das Tablett mit den Medikamenten heran. »Muss Gregor noch die Abendration geben.«

»Gib ihm das Schlafmittel doch später. Sonst kriegt er den Ausflug zu seinem Bus vielleicht gar nicht mit.«

Mira kam ins Bild. Sie trug ihren dunklen Wollmantel mit den Lederknöpfen.

Mathis zog einen Gefrierbeutel mit Gras aus seinem Rucksack und gab ihn ihr. »Kannst du das dem Johannson unauffällig zustecken? Er hat gestern danach gefragt.«

»Und wenn seine Frau die Tür aufmacht?«

»Ich glaub nicht, dass er zu Hause ist.« Mathis zog Mira auf seinen Schoß. »Gestern hat er mit Irmas Freunden auch die halbe Nacht durchgefeiert.«

»Ich soll jetzt also den Drogenkurier spielen?«, sagte Mira ironisch und gab Mathis einen Kuss. Ich wollte die Augen schließen, aber es ging nicht. Meine Eingeweide zogen sich zusammen. Ich werde ihn umbringen. Ich werde Mathis töten.

Sie stand auf und ging ein paar Schritte weg. Die Wohnzimmertür öffnete sich mit einem Quietschen.

»Pass auf, dass er die Ration nicht wieder unters Volk streut«, rief ihr Mathis nach.

»Sonst noch was?«

»Du siehst toll aus.«

Die Tür wurde ins Schloss gezogen, und ich wollte kotzen. Was war mit meinem Bruder passiert? *Du siehst toll aus!* Woher wusste er plötzlich, wie man mit Frauen umging?

Er kippte das Küchenfenster, füllte meinen Schnabelbecher mit Wasser und setzte sich wieder zu mir. Von draußen hörte man Musik, Stimmen und vereinzelt Gesang. Die Wut laugte mich aus. Ich wollte einschlafen und nicht mehr aufwachen, wenn das nun die Wirklichkeit war: Mira und mein Bruder.

Ein kalter Windhauch zog brennend über meine geöffneten Augen. Mathis zählte die bitteren Tropfen in den Plastiklöffel. Mittlerweile erkannte ich das Schlafmittel sogar am Geruch. Wieso gab er mir das jetzt doch? Hatte er Mira nicht gerade versprochen, damit zu warten, bis ich den Bus gesehen hatte? Meinen Bus!

Hör auf!, schimpfte ich in Gedanken. Ich will jetzt nicht schlafen. Ich will verdammt nochmal wissen, was du vorhast!

»Ich liebe sie«, sagte Mathis. »Schon immer. Für dich wäre Mira nur ein weiterer Strich auf der Liste gewesen. Für mich bedeutet sie alles.« Er zählte weiter bis zehn. Die Hälfte wäre normal gewesen. Wollte er mich umbringen oder nur betäuben, weil sich sein Gewissen zu Wort meldete?

Er wischte mir den Mund ab. »Es tut mir leid.«

MIRA

Mathis legte das Lineal an die Zeichnung und zog eine feine Linie. »Wir müssen nur die beiden Schränke wieder ausbauen und irgendwo eine Befestigung für den Rollstuhl anbringen. Dann müsste das gehen.«

Seit ich ihn heute Mittag auf dem Hof für alle sichtbar geküsst hatte, war er wie ausgewechselt. Er war glücklich und verrückt nach mir und gab mir das Gefühl, sein größter Schatz zu sein, was ich noch nie bei einem Freund gespürt hatte.

Seine gute Laune war ansteckend. Er sagte, dass ich das einzige Mädchen sei, bei dem er sich vorstellen könnte, zu heiraten. Auch wenn das übertrieben war, imponierte mir der Gedanke, weil ich das Gefühl nicht kannte, auf Händen getragen zu werden.

Wenn ich mich bei meinen Freunden umschaute, wie sie sich von einer Beziehung in die nächste stürzten, weil irgendwas nicht passte oder noch was Besseres kommen konnte, fragte ich mich, ob richtig lieben nicht einfach heißt, eine Entscheidung zu treffen. Für einen einzigen Menschen und ein einziges Leben. Und wenn mich Mathis so anschaute, war ich mir sicher, dass er so dachte und er Hannah nicht wegen mir verlassen hatte. Ich versuchte nicht daran zu denken, was passieren würde, wenn Gregor doch noch aufwachte. Ob ich dann wieder diese Unentschlossenheit spüren würde?

»Aber wir halten uns schon an seine Route«, sagte ich und gab Mathis einen Kuss. Ich musste endlich damit aufhören, an die Zukunft zu denken. Es geht nur um das Jetzt, und jetzt war ich glücklich.

Mathis nickte. »Wir machen es genau so, wie er es geplant hat.«

Er wusste, dass damit sämtliche Aufnahmeprüfungen hinfällig waren. Aber es schien ihn nicht zu stören.

»Im Schuppen muss noch irgendwo ein Zelt sein. Dann haben wir alle genügend Platz zum Schlafen.«

Ich beugte mich hinunter zu Gregor. »Und wie gefällt dir die Idee?« Seine Augenlider zitterten. Er stand kurz davor, einzuschlafen. »Vielleicht können wir ihn ja morgen noch mal mitnehmen.«

»Er kann immer mitkommen«, sagte Mathis. »Muss nur noch einen zweiten Heizstrahler besorgen, damit er sich nicht erkältet.«

Von draußen hörte man Musik und Stimmengwirr.

»Hast du Johannson vorhin eigentlich erwischt?«, fragte Mathis.

Ich salutierte. »Der Auftrag wurde planmäßig ausgeführt.«

»Du hast ihm die Tüte aber nicht vor den anderen gegeben?«

Ich verdrehte die Augen. »Quatsch. Der Beutel befindet sich in einer unsichtbaren Innentasche seines Mantels.«

»Perfekt.«

Mathis wollte noch was sagen, als man von draußen Schüsse hörte. Dumpf, aber dennoch eindeutig Schüsse. Dann ein lautes Poltern und aufgeregte Schreie.

GREGOR

Die Schüsse holten mich zurück in die Wirklichkeit, in den Schuppen, zu Mira und meinem Bruder, die nach draußen rannten. Durch die geöffnete Tür fegte ein eiskalter Wind herein und kratzte mir die hässliche Müdigkeit vom Gesicht. Ich hörte auf die Geräusche von draußen. Knirschender Schnee unter rennenden Füßen. Sturmklingeln an Johannsons Haustür, gefolgt von spitzen Schreien. Ich wusste, dass der Schuss etwas mit Johannson zu tun hatte. Ich wusste, dass er tot war. Aber ich wusste auch, dass er davor noch einmal gelebt hatte.

15

Der gekreuzigte Jesus. Die Apokalypse. Und die Liebe in Gedanken.

GREGOR

Die Kirche platzte aus allen Nähten. Dicke Schneeflocken klatschten gegen die Glasscheiben, klebten an schwarzen Mänteln und Kleidern, wo sie von der Wärme gefressen wurden, die unter den Holzbänken hervorkroch.

Johannson hatte sich *nicht* selbst erschossen, das hätte ich ihm auch nicht zugetraut. Trotz der starken Schmerzen und der harten körperlichen Arbeit, die er sich zumutete, war sein Glas immer halb voll gewesen. In einer Sache hatte er recht behalten: Seine Frau konnte nicht zielen. Als er an dem Abend ziemlich high und in weiblicher Begleitung nach Hause kam, empfing sie ihn mit mehreren Schüssen aus seinem Jagdgewehr. Johannson stolperte nach oben, um ihr das Gewehr abzunehmen, bevor sie nachladen konnte. Dabei kam es zu Handgreiflichkeiten. Johannson verlor das Gleichgewicht, stürzte die steile Treppe hinunter und brach sich das Genick. Auf den ersten Blick kein schöner Tod. Aber anscheinend hatte er nicht nur Probleme mit der Hüfte gehabt, sondern auch Darmkrebs im fortgeschrittenen Stadium. So erklärte ich mir die widersprüchlichen Gefühle und Gedanken, von denen ich heimgesucht wurde, während ich stumm und gelähmt dahockte und das Gemurmel der Gemeinde verstummte.

Vielleicht war es genau der richtige Zeitpunkt gewesen, diese Welt zu verlassen. Noch ein letztes Mal bekifft, ein letztes Mal glücklich, und dann – ohne langes Leiden – ab ins Paradies. Diesen Tod hätte ich meinem Opa auch gewünscht.

Mich hatten sie neben dem alten Klavier geparkt. Mathis und Mira saßen links von mir in der ersten Reihe und hielten Händchen. Der Anblick war meine persönliche Apokalypse. Ich wollte auch sterben.

Die Glocken fingen an zu läuten, Mira stand auf und ging nach vorne zum Altar, zu ihrem Cello. Sie trug ein schwarzes, bodenlanges Kleid. Die Haare hatte sie hinter dem Kopf zu einem Dutt nach oben gesteckt. Die Absätze ihrer eleganten Schuhe klickten bei jedem Schritt, wie die Sekunden eines Uhrwerks. Ich würde sie immer lieben. Immer. Die Vorstellung, sie an Mathis verloren zu haben, machte mich entsetzlich traurig.

Der Hass auf meinen Bruder war noch da, aber er war nicht mehr so intensiv wie vor ein paar Tagen. Jeder hatte das Recht zu lieben. Jeder hatte das Recht, seine Chance zu suchen. Würde er ihr doch nur den Ring geben! Mehr wollte ich ja gar nicht. Nein, das war gelogen, ich wollte Mira immer noch sagen, dass ich sie liebte, und ich wollte mich dafür entschuldigen, wie ich mich ihr gegenüber die letzten Jahre verhalten hatte. Und wenn es nur einen winzigen Funken Hoffnung gab, wollte ich ihr auch sagen, dass sie die schönste Frau der Welt war und ich sie für immer lieben würde, auch wenn es zu spät war. Aber was nützt die Liebe in Gedanken? Was nützt es, sie unausgesprochen mit sich herumzutragen? Was bringt es, zu warten, wenn man nur diese eine Chance sieht, glücklich zu sein? Liebe ist eben doch nicht nur Zufall. Wahre Liebe ist kein Zufall. Sie begegnet uns, und wir können entscheiden, ob wir sie annehmen oder nicht, ob wir bereit sind, unsere Gefühle offenzulegen, auch wenn einiges dagegenspricht, dass der andere genauso empfindet, weil wir glauben, nicht hübsch genug, cool genug oder was auch immer zu sein. Richtig zu lieben bedeutet, das Risiko einzugehen, abgelehnt zu werden. Und ich wollte es immer noch wissen. Auch wenn es mich umbringen würde, wollte ich es aus ihrem Mund hören, dass sie nie auch nur ein kleines bisschen in mich verliebt gewesen war. Nicht damals in der Höhle, nicht als ich ihr den Brief gegeben hatte. Das wollte ich aus ihrem Mund hören.

Deshalb wollte ich zurückkehren. Heute wollte ich zurückkehren. Im schwarzen Anzug, mit Hemd und Krawatte. Ich konnte nicht darauf warten, bis mein Kopf irgendwann wieder auf Normalbetrieb umstellte. Ich musste es jetzt wissen. Heute würde ich auferstehen oder für immer so bleiben. Dass ich bei dem Experiment auch draufgehen konnte, versuchte ich zu verdrängen.

Und das Schicksal spielte mir in die Karten. Vor lauter Aufregung hatte man vergessen, meinen Kopf zwischen die gepolsterten Backen der Kopfstütze zu spannen. Die Kante des Klaviers stand im perfekten Winkel zu meiner Fallbahn. Ich musste nur noch einmal das Wunder aus dem Bad wiederholen. Diesmal ohne Fliege. Ich musste mich entspannen. Ich musste das hinkriegen. Ich dachte an die Übungen, die Irma mit mir gemacht hatte, stellte mir ihre tiefe Stimme vor und horchte ganz tief in mein Muskelgewebe hinein.

Der Pfarrer trat vor den Altar. Mira hatte das Cello aus dem Koffer genommen, saß kerzengerade hinter ihrem Instrument und wartete auf ihren Einsatz. Ich schaute hinüber zum gekreuzigten Jesus, versuchte mir vorzustellen, wie sich so ein Dornenkranz auf dem Kopf anfühlte, und kam zur Erkenntnis, dass ich so gesehen besser dran war, weil der Splitter in meinem Gehirn nicht weh tat. Noch einmal dachte ich daran, dass ich sterben könnte. Aber ich hielt es nicht mehr länger aus, Statist zu sein. Ich wollte nicht mehr bloß davon träumen, mit meinem VW-Bus auf Reisen zu gehen. Ich hatte meine Lektion gelernt, wenn das der Plan von Mr. GOTT war. Ewig so weiterleben wollte ich nicht. Was gibt es Schlimmeres, als nicht bemerkt zu werden? Da zu sein und doch nicht? Zu atmen, nur um zu existieren, aber nicht mehr zu leben – und zu lieben? Ich wollte das nicht, ich konnte das nicht. Ich hatte alles versucht. Hatte all meine Kraft aufgeboten, um mehr als nur die kleine Zehe zu bewegen, aber es hatte nicht genügt. Um wieder Teil dieser Welt zu sein, musste ich den Schalter in meinem Kopf umlegen.

Mira fing an zu spielen. Leise und verhalten. Schüchtern, wie es die Noten von ihr verlangten. Sie schloss die Augen. Ich kannte das Stück. »Oh that Cello« von Charlie Chaplin. Ja, Charlie Chaplin. Wegen ihm hatte sie damals mit Cellospielen angefangen. Frank hatte uns einen uralten Schwarzweißfilm gezeigt, bei dem der verrückte Charlie Chaplin durch ein riesiges Räderwerk gezogen wurde.

»Welches Instrument hat Chaplin gespielt?«, hatte er nach dem Film gefragt. Keiner von uns wusste die richtige Antwort. Auch nicht Mathis. Trompete, Gitarre, Klavier. Cello hatte keiner auf dem Schirm. Ein Komiker, der Cello spielte, das war irgendwie absurd.

Und dann spielte er uns dieses Lied vor. Keiner von uns sagte ein Wort, bis der letzte Ton vom Knistern der Aufnahme geschluckt wurde. Da musste ich plötzlich lachen, weil ich die merkwürdige Stille und Miras entrückten Blick nicht mochte. Aber auch, weil ich nicht verstand, wie ein Mann, der komische Grimassen ziehen konnte, so traurige Musik komponierte.

Und jetzt war mir wieder zum Lachen zumute, weil es grotesk war, dass mein Bruder und Mira mich in meinem VW-Bus mitnehmen wollten. Plötzlich löste sich die Verspannung in meinem Nacken. Ich wusste, dass der Zeitpunkt gekommen war, das Experiment zu wagen. Ich hörte den letzten Ton verklingen und gab den Befehl aus, lockerzulassen. Wie in Zeitlupe segelte ich dem Klavier entgegen. So langsam, dass ich aus dem Augenwinkel beobachtete, wie Mira die Augen öffnete, in meine Richtung schaute und das Cello auf den Boden fallen ließ. Sie hatte mich gesehen. Ja, Mira hatte mir einen letzen Blick geschenkt.

16

Zwei Wochen später

Sonnenaufgang.

Der Schrei einer Krähe.

Und der silberne Ring.

GREGOR

Ich kannte den Geruch. Es roch nach Alkoholtupfer.

Ich kannte das Brummen. Ich lag in der Röhre.

Um mich herum Flimmern, dann zitternde Bilder und eine Stimme, die mich von allen Seiten einfing.

»... sehen Sie den Splitter, liebe Zuschauer?« Es war der schmierige Moderator. Er durfte eine letzte Sendung über mich bringen. »Er hat sich tatsächlich bewegt.« Mit Fingern wie Scheren fasste er in meinen Kopf. Der Schmerz war kaum auszuhalten. Ein Angelhaken aus Metall erschien in Großaufnahme. Ein winziger Fisch hatte sich darin verbissen und zappelte wie wild um sein Leben. »Dieser Parasit hat seinen Wirt blockiert. Doch jetzt werden wir ihm den Garaus machen, dazu brauchen wir nur einen Tropfen von diesem Wundermittel.« Er riss den Mund zu einem riesigen Lächeln auf, wie bei einer Comicfigur.

Nein, halt, der Typ war plötzlich eine Comicfigur. Mit riesigen weißen Zähnen, Fliege und Smoking. »Snake Bite«, verkündete er wie ein Ringrichter vor dem Boxkampf. Vor seinem Mund hing ein großes Mikrophon. »Gerüche, Bakterien, Viren und Parasiten haben keine Chance.«

Er zog ein Fläschchen aus dem Smoking und gab einen einzelnen Tropfen auf den Fisch. Die Schuppen lösten sich auf wie unter Salzsäure. Dampf schoss empor. Tosender Applaus kam von allen Seiten. Regen, dachte ich und stellte mir dicke Tropfen vor, die auf meinem überhitzen Körper explodierten. Blitze zuckten durch die Dunkelheit. Donner folgte, wie damals auf Helenas Party, die ich nie besucht hatte.

Mein Atem beruhigte sich wieder. Jemand schaltete das Licht in kurzen Abständen an und aus. Aus und an. Stimmen flüsterten über mich hinweg. Ich schlief ein und wachte auf. Wachte auf und schlief. Bewegte meine Lippen und dachte an Mathis und Mira, die Kirche und Johannson. Den Anfang und das Ende.

Dann war der Sturm vorüber. Es war still, und ich spürte die Schwere meines Körpers, als würde ich fünfhundert Kilo wiegen. Ich wollte wissen, wo es mich an Land gespült hatte, und öffnete vorsichtig die Augen. Rechts von mir schälten sich die Umrisse eines Tisches aus dem orangefarbenen Licht. Das musste ein Sonnenaufgang sein. Davor hockte ein gebeugter Schatten. Das Umblättern von Zeitschriftenseiten, der Schrei einer Krähe. Ich versuchte mich zu orientieren. Mein Kopf tat entsetzlich weh. Der Druck auf meinen Augen war so groß, dass ich sie am liebsten gleich wieder geschlossen hätte. Aber ich wollte noch ein letztes Mal kämpfen. Vor die überbelichtete Wirklichkeit schoben sich verwaschene Erinnerungen an einen Sanitäter oder Notarzt, der hektisch auf mich einredete.

»Er ist wieder wach«, hörte ich plötzlich eine Stimme sagen. Das war meine Mutter. Ja, meine Mutter! Jetzt erkannte ich sie auch. Sie stand links von mir. Daneben mein Vater. Ich lag in einem Krankenbett. Ich hatte überlebt.

Ich versuchte mich zu räuspern und erschrak, als ich dieses Räuspern von innen und außen gleichzeitig hörte. Und dann geschah ein Wunder: Miras Gesicht tauchte über mir auf. Wie damals auf dem Golfplatz, angestrahlt von der Sonne. Ich musste lächeln.

»Hey, da bist du ja wieder«, sagte sie und strich mir über die Wange.

Fehlten nur noch Irma und mein Bruder, dachte ich. Ja, wo war mein verdammter Bruder?

Ich räusperte mich erneut, hörte das Geräusch ganz deutlich. Hinter mir ein Brummen. Ich wurde aufgerichtet. Die Muskeln in meinem Gesicht zitterten. Mein ganzer Körper zitterte.

Mira gab mir zu trinken. Meine Mutter küsste mich, mein Vater weinte. Ich spürte den lauwarmen Pfefferminztee, wie er meine ausgetrocknete Kehle hinunterrann. Und ich schluckte, weil es mein Wille war.

»Ich ... ich.« Und das war meine Stimme! Ich konnte wieder reden. Ich hatte es zurückgeschafft!

»Alles gut«, sagte Mira sanft. »Bitte bleib bei uns.«

»Ja«, kam es leise aus meinem Mund. Ich musste schon mal wach gewesen sein und geredet haben, sonst hätten Mira und meine Eltern anders reagiert. Aber jetzt war ich da. Ganz da. Bei vollem Bewusstsein. Und ich wollte nie wieder schlafen. Nie wieder.

Meine Eltern klammerte sich aneinander fest.

»Kannst du mich erkennen?«, fragte Mira. »Weißt du, wer ich bin?«

Ich nickte und versuchte zu lächeln. »Ja, natürlich ... na- natürlich weiß ich, wer ... du bist.« Meine Stimme klang brüchig und schwach, aber sie war wieder da, nein, ich war wieder da.

»Danke«, sagte Mira.

»Wofür?«, fragte ich schwach und hoffte, dass mein Lächeln nicht so schräg daherkam, wie es sich anfühlte.

»Dafür.« Zwischen ihren Fingern hielt sie den Ring, den silbernen Ring ihres Vaters. »Mathis hätte das nicht tun sollen. Mathis hätte ihn mir gleich nach dem Unfall geben müssen.«

Ich nickte und versuchte, meine Tränen zurückzuhalten. Meine Eltern verließen das Zimmer. Ich hatte Angst, zu träumen, und bat Mira, mir »Brennnesseln« zu machen, damit ich wusste, dass dieses Gespräch nicht nur ein Tagtraum war. Sie lachte und weinte zugleich und machte mir Brennnesseln, und ich wusste, dass ich es zurückgeschafft hatte.

»Mathis liebt dich«, brachte ich krächzend hervor. Keine Ahnung, warum ich das sagte.

»Das hätte er trotzdem nicht tun dürfen.«

»Wo ist er?«

»Er ist ...« Sie zögerte. »Er ist weggefahren.«

»Warum? Wegen des Rings?«

»Nicht nur deshalb. Mathis hat dich mit der Schleuder abgeschossen. Das war kein Unfall.«

»Was?«, sagte ich ziemlich laut. Ich brauchte einen Moment, um diese Information zu verarbeiten. »Mathis ... er ... er hat auf mich geschossen? Mit ... mit der Schleuder?«, stammelte ich.

Mira nickte. Dann zog sie einen Brief aus ihrer Tasche. »Ich hab ihm versprochen, dir das hier vorzulesen, wenn du aufwachst.« Sie schaute mich fragend an. »Ist das okay für dich?«

Ich nickte, und sie begann zu lesen.

Gregor,
ich weiß, dass es keine Entschuldigung gibt für das, was ich Dir angetan hab. Aber als Du mir damals auf dem Golfplatz davon erzählt hast, dass Du es noch einmal bei Mira versuchen willst, diesmal richtig, habe ich Dir angesehen, dass Du es ernst meintest. Ja, diesmal war es nicht für Dein Ego, nicht, um Dich besser zu fühlen, sondern weil es Dir genauso ging wie mir. Weil Du eigentlich nur dieses eine Mädchen lieben kannst.
Ich hab mich nicht getraut, ehrlich mit Dir darüber zu reden, dass Mira auch für mich mehr als eine Blutsschwester war. Ich wusste nicht, wie ernst du es meinst. Und dann war da plötzlich diese Angst, Du könntest sie mir wegnehmen. Deshalb bin ich Dir auf den Golfplatz gefolgt. Es sollte ein Warnschuss sein. Ich hatte nie vor, Dich ernsthaft zu verletzen, das musst Du mir glauben. Aber durch den Feldstecher hab ich den Ring gesehen, wie Du ihn in die Luft gehalten hast, und ich wusste, dass dieser Ring Deine Chance war, sie zu bekommen. Und das wollte ich verhindern. Ich dachte, Du würdest ihn fallen lassen, wenn ich Dich treffe. Ich hätte nie gedacht, dass es so ausgehen würde. Dieser Schuss war der größte Fehler meines Lebens. Ich hoffe, Du kannst mir eines Tages verzeihen, weil Du für mich immer mein kleiner verrückter Bruder sein wirst. Ich werde zurückkehren, sobald Du mir ein Zeichen gibst, dass es für Dich okay ist.
Ich vermisse und umarme Dich,
Dein großer Bruder

Für die letzten Zeilen brauchte Mira mehrere Anläufe. Sie weinte, und ich weinte mit ihr.

Und dann saßen wir minutenlang einfach nur da und sagten nichts. Nur unser Schluchzen war zu hören. Mira faltete den Brief zusammen und legte ihn auf den Beistelltisch, auf dem eine pummelige Tonfigur mit den dünnen Ärmchen die Welt umarmte.

Mira nahm meine Hand, und ich spürte ihre Berührung wie einen warmen Strom.

Ohne etwas zu sagen, beugte sie sich zu mir herunter und küsste mich. Ich spürte ihre Tränen von ihrem Gesicht auf meines tropfen, und ich wusste, dass ich sie für immer lieben würde. Genau wie ich meinen Bruder für immer lieben würde. Und das wollte ich ihm als Erstes schreiben, wenn ich meine Hände wieder bewegen konnte: Dass ich ihn liebte und ihm verzieh. Denn ich wusste genau, was es heißt, unsterblich verliebt zu sein. Dass man zu allem bereit ist, sogar zu töten.

NACHTRAG

Wenige Tage nachdem ich entlassen wurde, gelang meinem Vater der Durchbruch. Er hatte aus Irmas Spezialholz einen Duftstoff isoliert, der selbst die hartnäckigsten Gerüche abkapselte. Der Rest war ein Kinderspiel.

Kurz nach meinem achtzehnten Geburtstag schmiss ich die Schule und gründete mit Frank eine eigene Firma. Mit Mathis hab ich schon ein paarmal telefoniert. Er hat viel geweint, wir haben über unsere Kindheit gesprochen, über die Liebe und natürlich auch über Mira. Er will noch ein paar Monate durch Australien reisen. Bis dahin habe ich noch Zeit, mir zu überlegen, wie ich ihm die Sache mit Mira erklären soll. Denn wir beide sind jetzt ein Paar. Und daran wird sich in diesem Leben auch nichts mehr ändern. Denn unsere Liebe ist für immer.

ENDE

DANKSAGUNG

Die Überschrift täuscht. An dieser Stelle will ich zuerst was anderes loswerden. Selten rede ich in der Öffentlichkeit ehrlich darüber, was es für mich heißt, Monate oder gar Jahre – in diesem Fall zwei – an einem Buch zu sitzen, ohne genau zu wissen, ob es jemals fertig wird.

Viele Leute denken, dass man nach ein paar Büchern den Dreh raushat und ein Buch nach dem anderen produzieren kann. Das würde ich mir wünschen. Doch die Wirklichkeit sieht anders aus. Meist ist das Schreiben ein Durchbeißen und Weitermachen, ein Hinfallen und Aufstehen. Aber trotzdem gibt es außer dem Beruf des Autors keinen anderen, an den ich lieber mein Leben verschwenden möchte[1]. Deshalb bin ich dem Schicksal dankbar, mich auf diesen Weg geführt zu haben.

Jetzt komme ich zu Menschen, die mir bei diesem Roman direkt oder indirekt geholfen haben. Nici danke ich dafür, dass sie jede Fassung gelesen hat und wir trotzdem gute Freunde geblieben sind. Regine Teufel, meiner fabelhaften Lektorin, danke ich für ihre Ideen, die Freundschaft, das Einfühlungsvermögen und den Respekt, den sie meinem Manuskript in jeder Phase der Entstehung entgegengebracht hat. Bei Katrin möchte ich mich für die unzähligen Gespräche bedanken und

1 Außer vielleicht als Musiker mit fettem Plattendeal und allen Freiheiten.

die Fähigkeit, mich selbst dann wieder zu beruhigen, wenn ich vor Wut und Enttäuschung überschäumte. Tania danke ich für ein großartiges Coaching, das mich zurück in die Spur gebracht hat. Meinem Bruder danke ich, dass es ihn gibt und wir uns nie in dieselbe Frau verguckt haben. Freddy und Sandra danke ich für ihre großartige Freundschaft und ihre offenen Ohren. Last but not least, bedanke ich mich bei allen, die es eigentlich verdient hätten, hier genannt zu werden.